Marlian Wall

Triangulum

Impressum
Titel: Triangulum
Autor: Marlian Wall
1. Auflage
© Marlian Wall, 2017
ISBN: 9783734781827
Herstellung und Verlag: BoD-Books on Demand, Norderstedt
Umschlaggestaltung: Isabell Valentin
Foto Brücke: Nicole Schurr
Schrift Titel: Twilight New Moon, P. A. Vannucci, Alphabet & Type

Bibliografische Information der Deutschen Nationalbibliothek: Die Deutsche Nationalbibliothek verzeichnet diese Publikation in der Deutschen Nationalbibliografie; detaillierte bibliografische Daten sind im Internet über dnb.dnb.de abrufbar.

Dieses Buch ist urheberrechtlich geschützt. Übersetzungen, Vervielfältigungen, Nachdruck, Speicherung, Aufarbeitung in elektronischen Systemen, Aufführung, Sendung sind auch in Auszügen nur mit vorheriger schriftlicher Zustimmung des Autors zulässig.

Auch als E-Book überall erhältlich: ISBN 978-3-7427-9949-4

Marlian Wall

Triangulum

Roman

Prolog
Vermont

Rick

Das Zimmer roch so übel, wie ich es aus anderen Krankenhäusern kannte. Die Gesichter der Anwesenden wurden nur von einer Wandlampe und dem grünlichen Leuchten der Monitore und Displays der Spritzenpumpen erhellt. Anspannung und Angst lagen wie Nebel im Raum.

Mein erster Blick fiel auf die fahle Gestalt im Bett, die nichts mit meinem einst so strahlenden Bruder Max gemein hatte. Neben dem Bett und mit dem Rücken zu mir saß mein Schwager Vincent, Partner von Max, zusammengesunken und wirkte wie versteinert. Meine Ankunft hatte er nicht bemerkt.

Meine Schwester Franca begrüßte mich und flüsterte: »Du hast es dir also doch noch überlegt! Es ist wohl die letzte Gelegenheit, ihn zu sehen. Die Ärzte wollen die Therapie morgen beenden und ihn in Ruhe sterben lassen.« Blass vor Sorge, konnte sie die Tränen kaum zurückhalten. »Max hat verfügt, keine lebenserhaltenden Maßnahmen durchzuführen, wenn keine Hoffnung mehr besteht. Und seine Hirnaktivität sinkt seit Tagen kontinuierlich.«

Ich strich ihr tröstend über den Arm, sah zu unseren Eltern hinüber, die eng aneinander gekauert auf dem Besuchersofa saßen. Meine Mutter hatte meine Ankunft von Trauer gebeugt kaum wahrgenommen, mein Vater stützte sie und nickte mir nur kurz zu. Francas Tochter Mariah schien von der gedrückten Stimmung eher genervt als geängstigt.

Vor der Glastür hatte ich schon Joseph, Max´ Manager, getroffen, der mir wie ein Wachhund den Zutritt mit dem Hinweis 'Nur für Familie' verwehrte. Ich musste ihn erst überzeugen, dass ich der Definition nach durchaus dazugehörte. Verlegen entschuldigte er sich, dass er mich nicht erkannt hatte, aber ich winkte ab. Wir hatten uns seit Jahren nicht gesehen. Während der Rest der Familie einen engen und regen Kontakt pflegte, hatte ich mich schon vor dreißig Jahren zurückgezogen. Die häufigen Wohnortwechsel unserer Familie hatten mich als Kind belastet, dann hatte ich mich bei einem Praktikum in den U.S.A. schnell eingelebt und eine Rückkehr nach England abgelehnt. Diese räumliche Trennung setzte die erste Wegmarke zu unserer Entfremdung. Die üblichen Familienfeste besuchte ich nur noch sporadisch und unsere unterschiedliche persönliche Entwicklung bot auch keinen Anlass, Kontakt zu halten.

Wieder fiel mein Blick auf Max. Schon als Kind hatte mein Bruder die Gabe, alle in der Umgebung durch seine lebendige Art um den Finger zu wickeln. Er war der geborene Entertainer, der mit seinen schauspielerischen Fähigkeiten schon früh seine Ziele erreicht hatte. Meine Schwester wurde zu seiner Beschützerin und ging in ihrer Rolle vollkommen auf. Noch heute profitierte sie von der Bekanntheit, zu der Max es aufgrund einer gnadenlosen Selbstvermarktung gebracht hatte. Vor zehn Jahren war er auf dem Höhepunkt seiner Karriere angelangt. Und nun sollte er mit Mitte vierzig sterben?

Plötzlich kam Leben in meinen Schwager. Er richtete sich auf, schloss kurz die Augen, schien sich zu konzentrieren. Mit einem Blick auf Franca stand er unsicher auf. »Sie ist da, ich gehe ihr entgegen«, sagte er. »Bleibst du hier bei ihm?« Vincent fuhr sich übers Gesicht, strich das Haar nach hinten. Selbst ich sah, dass die Anspannung der letzten Wochen ihm deutlich zugesetzt hatte.

Er verließ das Zimmer und auf meine unausgesprochene Frage antwortete meine Schwester mit leisem Murmeln: »Elisabeth kommt gleich, lass dich überraschen.«

»Elisabeth? Wer ist das?« Den Namen hatte ich in meiner Familie noch nie gehört. »Und woher weiß er so plötzlich, dass sie da ist?«, fragte ich flüsternd. Niemand hatte Vince gerufen oder ein Zeichen gegeben. »Ich dachte, nur die Familie hat hier Zutritt. Oder will Max auch noch seinen Tod gewinnbringend vermarkten?«

Franca schnaubte genervt. »Himmel, Rick, ich kann deinen Sarkasmus jetzt nicht ertragen. Elisabeth ist ihre Freundin, eine besondere Freundin.« Es lag ein irrationaler Hauch von Hoffnung in ihrer Stimme.

»Eine Freundin? Die in dieser Situation hier erwünscht ist?«

Sie hatte meine Zweifel bemerkt. »Wie ich sagte: Eine besondere Freundin.« An ihrem Tonfall hörte ich, dass sie nicht mehr sagen wollte.

Ich fand einen Sessel, nahm in einer entfernten Ecke Platz und betrachtete meinen Bruder. Ganz unwillkürlich erstanden die Erinnerungen, trugen mich in unsere Kindheit zurück. Obwohl fast fünf Jahre jünger als ich, waren wir uns einige Zeit recht nahe gewesen. Im Alter von etwa acht Jahren hatte der Kleine eine gewisse Zuneigung zu mir entwickelt und ich musste seine Hartnäckigkeit widerwillig bewundern, mit der er mir hinterherlief. Ab und zu nahm ich ihn zum Fußballspiel oder zum Schwimmen mit, wo er sich mit seiner Wendigkeit und seinem Durchhaltevermögen den Respekt meiner Freunde verdiente. Auf dem Weg nach Hause fragte er mir unentwegt Löcher in den Bauch, meist zu Themen, die mich selbst gerade erst zu interessieren begannen. Er war ein frühreifes Bürschchen!

Sein Interesse an Technik dagegen war vorgetäuscht, um auch in meiner Nähe zu bleiben, wenn ich in unserer Kellerwerkstatt an den alten Radios bastelte. Dann verhielt er sich ruhig und unauffällig, lauschte aufmerksam den Gesprächen der Älteren. Wir hatten uns so aneinander gewöhnt, dass mir später, als sich unsere Wege trennten, mein kleines Maskottchen fehlte.

Die Tür wurde geöffnet und Vincent kam zurück. Eine zierliche, ganz in Schwarz gekleidete Frau begleitete ihn. Mir schien es, als trüge sie bereits Trauerkleidung. Ihr helles Haar stand widerspenstig vom Kopf ab, an ihrer Lederjacke entdeckte ich silberfarbene Nieten. Die schweren Stiefel unterstrichen ihren unpassend wirkenden Stil.

Sie begrüßte uns nicht, sondern trat ans Bett. Traurig sah sie auf Max hinab, strich ihm eine Strähne aus der Stirn und fühlte seinen Puls am Hals. Vince reichte ihr die Krankenakte. Konzentriert überflog sie die medizinischen Berichte, kontrollierte dann die Werte auf den Monitoren. Leise sprach sie mit ihm in einer fremden Sprache, die ich im nordeuropäischen Raum ansiedelte: Holländisch, dänisch, deutsch?

Sie nahm das Pulsmessgerät von Max´ Zeigefinger und kontrollierte dessen Funktion, indem sie es sich an die eigene Hand steckte. Die Pulswerte erhöhten sich sofort auf siebzig, wie man auf dem Display sehen konnte. Den Kontrollton schaltete sie mit geübter Bewegung ab und ich atmete erleichtert auf: Wie sehr das monotone Piepsen mich genervt hatte, bemerkte ich erst in diesem Moment.

Max´ Herztätigkeit betrachtete Elisabeth auf dem EKG-Monitor, als wollte sie die unterschiedlichen Frequenzen abgleichen. Mit einer wortlosen Aufforderung bat sie Vincent wohl um einen Stuhl, denn er verließ das Zimmer und stellte kurz darauf einen Armlehnstuhl neben dem Bett ab. Leise erklärte sie ihm die Funktionen der Monitore, tippte auf verschiedene Anzeigewerte. Als er nickte, setzte sie sich neben Max´ Bett und Vincent drehte sich zu uns um.

»Elisabeth hat mich gebeten, zu übersetzen; sie ist müde vom langen Flug. Sie hat mir versprochen, einen letzten Versuch zu wagen, aber anscheinend ist Max schon weit fort.« Mit einem dankbaren Seitenblick auf sie, fuhr er fort. »Wenn ihr wollt, könnt ihr hierbleiben, aber sie braucht eine ruhige Umgebung, um sich zu konzentrieren«, erlaubte er großzügig, was sofort Groll in mir auslöste. Wie konnte diese Fremde es wagen, in das Sterbezimmer meines Bruders einzudringen? Und welche Überheblichkeit zeigte ihr 'Versuch', nachdem doch die besten Mediziner des Landes Max aufgegeben hatten? Doch auch Franca wirkte hoffnungsvoll, drückte die Hand meiner Mutter.

Nun verteilte Vince Aufgaben an uns, wie ich mit halbem Ohr mithörte. »Helft mir, die Pulswerte der beiden und ihre Sauerstoffsättigung zu überprüfen. Auf diesem Monitor seht ihr jetzt Elisabeths Werte, dort sind die von Max. Sollte ihr Puls länger als fünfzehn Minuten unter vierzig sinken, habe ich die Aufgabe, sie aufzuwecken. Jede Veränderung bei Max´ Werten, insbesondere bei seinen Hirnwellen hier, ist zunächst positiv.« Er tippte auf den Bildschirm, seufzte dann. »Das ganze Zusammenspiel ist jedoch fragil und vielleicht nicht zu stabilisieren. Wahrscheinlich wird es so aussehen, als würde Elisabeth nur schlafen, aber auch andere Reaktionen sind möglich.« Der Reihe nach schaute er uns eindringlich an. »Daher kommt jetzt das Wichtigste: Auf keinen Fall und unter keinen Umständen darf einer von euch sie berühren, bis sie es wieder erlaubt. Haben das alle verstanden? Ihr dürft sie nicht berühren! Ich werde darauf achten, dass sie sicher ist. Gut, wer nicht hierbleiben mag, sollte jetzt gehen.« Wie ein Bodyguard stellte er sich schützend vor die Fremde.

Ich überdachte die ungewohnt ausführliche Ansprache meines Schwagers: Bisher hatte ich ihn kaum drei Sätze hintereinander sprechen hören, was sicher auch daran lag, dass wir uns nicht viel zu sagen hatten. Wir lebten in verschiedenen Welten.

Jo und Mariah verließen tatsächlich das Zimmer. Fast glaubte ich Erleichterung in der Miene meiner Nichte zu erkennen, dem Trauerspiel entkommen zu können. Meine Mutter wurde von den anderen bedrängt, doch ebenfalls zu gehen, weil das Warten zu anstrengend für sie sei. Aber sie bestand darauf, zu bleiben. Ich selbst entschied mich nach kurzem Zögern ebenso und fragte mich wiederum, was vor sich ging. Die anderen nahmen ihren Platz ein, so bequem es unter in diesen beengten Verhältnissen möglich war.

Ich weiß nicht, was ich nach Vincents Ankündigung erwartet hatte, aber insgesamt war ich enttäuscht. Eine Krankenschwester betrat das Zimmer und schloss in gewohnter Routine eine Infusion für Max an. Da saßen wir nun, während die Frau ihre Fingerspitzen an Max´ Handgelenk legte und einzuschlafen schien. Mein Schwager lauerte mit höchster Wachsamkeit hinter ihr, den Blick abwechselnd auf sie und die Monitore gerichtet.

Was bedeutete dieses Spektakel? Die Ärzte hatten doch alles getan und die Spezialisten waren einhellig zu der Meinung gelangt, dass mein Bruder aus seinem Komazustand kaum mehr erwachen würde. Oder wollte? Er hatte seinen Weg gewählt und nur durch intensivste Maßnahmen hatte man seine Vitalfunktionen stabilisieren können. Er atmete selbstständig, hatte das Bewusstsein aber seit Wochen nicht wiedererlangt. Diese Nacht sollte der Familie einen letzten Abschied in Ruhe ermöglichen, bevor der Abbruch der lebenserhaltenden Maßnahmen der letzte Akt des Dramas war, das wir nur schwer erfassen konnten: Mein Bruder war schon tot.

Eine plötzliche Bewegung ließ mich zu Elisabeth schauen. Sie zuckte zusammen und ihr Atem ging schneller, während ihr Puls sich auf über 140 erhöhte. Vincent legte ihr leicht die Hand auf die Schulter, dann sank sie auf dem Stuhl zurück und Franca begann leise und mit fragendem Blick zu Vincent, die Pulswerte zu murmeln: 90, 70, 60. Mit leichten Schwankungen ging es ständig weiter abwärts. Kurz über fünfzig Schläge schien Elisabeth sich zu stabilisieren und verblieb dort längere Zeit.

Vince kreiste um das Bett, strich sich durchs Haar: Seine Nervosität wirkte ansteckend. Ab und zu sah ich, dass Joseph kopfschüttelnd am Glasfenster der Tür stand und sich dann erregt wieder abwandte. Ich wollte von meiner Schwester erfahren, welches Schauspiel hier stattfinde, aber sie hob nur abwehrend und warnend die Hand. Sie verfolgte die Werte der beiden auf den Monitoren, als sähe sie dort den spannendsten Krimi.

Ich stellte mich neben sie und konnte selbst als Laie erkennen, dass Bewegung in die flache Wellenlinie des EEGs kam. Fragend sah ich zu Franca, aber sie ignorierte mich und vermeldete konzentriert die Pulswerte.

Dann blieben die Werte stabil und die Zeit schien sich ins Unendliche auszudehnen. Ich muss zugeben, ich war wohl im Sessel weggedriftet oder eingeschlafen, bis die aufkommende Unruhe im Zimmer mich wieder zurückholte. Elisabeth hatte sich bewegt und ihre Pulswerte lagen unter der magischen Vierzigergrenze. Vincent stand blass vor Sorge in Habachtstellung hinter ihr und drohte, sie sofort aufzuwecken.

Franca bat ihn inständig, noch ein wenig zu warten, weil die Amplitude in Max´ Hirnwellen deutlich angewachsen war. Während des erbitterten Disputs der beiden über das Bett hinweg sah ich, dass die Frau zögernd ihre Augen öffnete. Die Streithähne bemerkten anhand der Monitore, dass ihr Puls wieder gestiegen war und blickten sich erleichtert an.

Elisabeth beugte sich zu Max vor und murmelte leise einen Satz in sein Ohr. Sie löste den Pulsmesser von ihrem Zeigefinger und schob den Stuhl im Sitzen zurück, als wolle sie Platz für die Familie machen.

Das Geräusch ließ unseren Blick zu ihr wandern und ich hörte den ersten Satz auf Englisch von ihr: »He is coming back to you.«

Den aufkommenden Tumult, das ungläubige Aufseufzen in meiner Familie ignorierte die Fremde. Sie war mit dem Stuhl in die Ecke zurückgerutscht, hatte die Beine an sich gezogen und ihre Arme um sie geschlungen. Zusammengekauert schloss sie wieder die Augen.

Während Franca die Vitalwerte im Sekundenabstand von den Monitoren ablas, als erlebte sie einen Countdown, entspannte sich Elisabeths Miene. Nach einem prüfenden Seitenblick deutete Vince an, dass alles in Ordnung sei und so verschwand Elisabeth aus unserer Wahrnehmung.

Hatte Max sich bewegt? Alle wollten ihm nahe sein, wenn er tatsächlich aufwachen sollte. Vincent hielt seine Hand, war immer noch bleich; Joseph war wieder zurückgekommen und verfolgte das Geschehen eher distanziert. Die Unruhe im Krankenzimmer veranlasste auch eine Krankenschwester, nach dem Rechten zu schauen. Ein Blick auf den Monitor verriet ihr die Veränderung, die sie sofort den diensthabenden Arzt rufen ließ.

Elisabeth hatte sich seit einiger Zeit kaum gerührt, veränderte nun ihre Haltung, als störe sie die Unruhe im Zimmer. Sie öffnete die Augen und ihr Blick wirkte desorientiert wie nach einem langen und tiefen Traum. Hinter dem Rücken aller anderen, die sich um das Bett scharten, stand sie auf und machte zögernd zwei Schritte in Richtung der Tür.

Ich sah sofort, dass sie den Weg so unsicher nicht schaffen würde. Vincent drehte sich fragend zu ihr um. Nach einem weiteren Schritt stolperte sie und ich konnte gerade noch verhindern, dass sie vor mir auf dem Boden aufschlug. In dem Moment, als ich sie auffing, gab sie einen angstvollen Schrei von sich, der den ganzen Trakt erschüttern musste. Ich hörte nur ein Wort: »Vincent!«

Es ging mir durch Mark und Bein. Meine Ohren klingelten, als hätte jemand einen Pistolenschuss direkt neben mir abgegeben. Ich zog die Arme zurück und hielt mir den Kopf.

Im nächsten Moment war Vincent bei uns, nahm sie schützend in die Arme. Nach einem fragenden Blick auf mich, trug er sie aus dem Zimmer. Ich fühlte mich benommen, weil sich ein ungewöhnliches Summen in meinem Körper ausgebreitet hatte.

Franca, die fürsorgliche Schwester, half mir auf. »Morgen!«, antwortete sie bestimmt auf die Fragen, die aus mir herausbrachen. Sie ließ sich nicht erweichen und führte mich zu einem anderen Raum, wo ich plötzlich unerklärlich erschöpft aufs Bett fiel und sofort einschlief.

Als ich erwachte, dämmerte es bereits. Ich stand auf, fühlte mich wie ausgetrocknet und trank ein paar Schlucke direkt aus dem Hahn, spritzte mir das Wasser ins Gesicht. Das Summen in meinem Körper hatte sich abgeschwächt, aber an weiteren Schlaf war nicht zu denken.

Ich verließ das Zimmer, fand mich auf dem Stationsflur wieder und suchte Max. Alle Jalousien an den Glasfenstern der Türen waren geschlossen und ich fand niemanden, den ich nach ihm fragen konnte. Vorsichtig öffnete ich die Zimmertür, hinter der ich Max vermutete und so sah ich ein Bild, das ich nie erwartet hätte: Mein Schwager schlief auf dem Bett und hielt in seinen Armen eng umschlungen die Frau. Beide wirkten sehr vertraut und entspannt.

Erschrocken zog ich mich zurück. Fast glaubte ich mich getäuscht zu haben: Vince und die Fremde, das konnte doch nicht sein? Leise schloss ich die Tür, aber ich wollte Antworten! Das nächste Zimmer war das richtige: Meine Schwester saß an Max' Bett und beobachtete ihn müde, aber glücklich.

»Hey, was hat sich getan?«

»Hallo Rick! Geht es dir wieder besser?«, fragte sie lächelnd.

Ich nickte. »Aber ich hätte nie gedacht, dass eine zierliche Frau so schreien könnte.«

»Kannst du mir sagen, was du damit meinst?« Verständnislos sah sie mich an.

»Na, Elisabeth, heute Nacht, als ich sie aufgefangen habe«, erinnerte ich sie.

Sie schüttelte den Kopf. »Das hast du nur geträumt! Ich habe Elisabeth noch nie laut sprechen hören.«

Wie konnte das sein? Ihr Schrei war doch markerschütternd gewesen und meine Schwester hatte ihn noch nicht einmal bemerkt? Ich schrieb es ihrer Aufregung zu, dass Max vielleicht doch noch zu retten war und sie sich ganz auf ihn konzentriert hatte.

»Max ist über die Nacht stabil geblieben«, sagte sie nun. »Die Ärzte wollen später versuchen, ihn aufzuwecken. Das EEG zeigt, wie sie sagen, einen normalen Tiefschlafrhythmus. Sie können es auch nicht glauben! Mama und Papa sind mit Mariah drüben im Gästehaus. Wir treffen uns hier wieder um zehn Uhr zum Frühstück.«

Wir schwiegen einen Moment. Im fahlen Morgenlicht betrachtete ich meinen kleinen Bruder und erkannte, dass er mehr Farbe hatte.

»Franca, ich bin froh, dass es ihm besser geht, aber was ist in der letzten Nacht geschehen? Wer ist die Frau?«, konnte ich mich nicht mehr zurückhalten. »Ich fühle mich wie in einer ganz miserablen Seifenoper! Und warum liegt mein schwuler Schwager in eng vertrauter Haltung mit eben dieser Frau nebenan im Bett? Zum Glück bekommt Max das nicht mit! Er würde dieser Welt gleich wieder den Rücken kehren, wenn er es wüsste.«

Sie zuckte nachlässig die Schultern. »Oh, er weiß von Vincent und Elisabeth.«

»Also, das kann ich kaum glauben! Max ist doch schon rasend eifersüchtig, wenn Vince nur nach dem Mann in der Fußgängerampel schaut.«

Sie sah unseren Bruder nachdenklich an. »Es hat sich viel verändert im letzten Jahr. Wenn du ab und zu mal anrufen würdest, statt deinen Storys nachzujagen, wüsstest du das.«

Das konnte ich so nicht stehen lassen. »Lass mich meinen letzten Stand zusammenfassen: Max und Vince sind seit zwanzig Jahren ein Paar und auch wenn ich diese Lebensweise nicht ganz nachvollziehen kann, ist ihre Beziehung erstaunlich stabil. Dafür zolle ich ihnen auch meinen Respekt. Ich habe das nicht hinbekommen«, gab ich ehrlich zu. »Aber aus meiner Sicht ist es ihnen nur gelungen, weil Vincent die Dominanz von Max einfach erträgt und zu oft Kompromisse auf seine Kosten macht. Diese krankhafte Eifersucht, mit der Max ihn verfolgt, hätte ich nie ertragen!«, schnaubte ich. »Vince hatte ja noch nicht einmal die Möglichkeit, mit Frauen, die ihnen nun wirklich nicht gefährlich werden können, eine Freundschaft aufzubauen. In seinem Leben gibt es doch nur Max und seinen Beruf. Und du sagst nun, dieses Bild, wie sie nebenan miteinander schlafen, könnte mein Bruder je akzeptieren?«

»Habe ich da etwas verpasst?«, fragte sie in ironischem Ton.

»Nein, nein, sie schienen sehr friedlich. Also, was sagt denn der Nachrichtenticker der Familie?«

Sofort schüttelte sie abwehrend den Kopf. »Du redest immer so abfällig über uns, warum sollte ich mit dir darüber sprechen wollen? Ich habe Elisabeth nur dreimal im letzten Jahr getroffen. Und soweit ich es beurteilen kann, hat sie beiden sehr geholfen.«

Ich ließ nicht locker. »Wo kommt sie her? Wie fand sie in die Welt der oberflächlichen Eitelkeit, in der Max lebt? Hat die Frau auch einen Nachnamen? Und seit wann spricht mein Schwager eine andere Sprache? Nach fast fünfzehn Jahren in Schottland hört man doch immer noch seinen walisischen Akzent.«

Sie schnaubte genervt. »So viele Fragen! Was geht dich das an? Morgen bist du wieder fort und wir hören wahrscheinlich in den nächsten Jahren nichts von dir. Der einzige Grund für meinen Anruf war mein altmodisches Bedürfnis, die Familie zusammenzuhalten, aus der du dich schon vor Jahren freiwillig verabschiedet hast«, seufzte sie. »Verschon´ mich also mit diesem vorgespielten Interesse! Solltest du tatsächlich Fragen haben, wende dich an die Beteiligten selbst. Ich gehe jetzt und lege mich noch eine Stunde aufs Ohr. Gibst du auf Max acht?«

Müde stand sie auf und reckte sich. Beim Hinausgehen drehte sie sich noch einmal um und fragte leise: »Bleibst du zum Frühstück?«

Ohne eine Antwort abzuwarten, schloss sie die Tür.

Ich betrachtete meinen Bruder; er schlief fest.

Noch nie konnte ich lange und ohne Beschäftigung ruhig auf einem Stuhl sitzen, und so sah ich mich um. Ein im Zimmer vergessenes Notebook schien mir der Weg, ein wenig Licht in die Angelegenheit zu bringen. Die Suchanfrage mit dem einen Stichwort »Elisabeth« war wohl nicht Erfolg versprechend und ich kannte ja nicht einmal ihren vollständigen Namen. Das war die erste Frage, der ich nachgehen würde.

Doch zunächst recherchierte ich über meinen Bruder, was so viele Treffer einbrachte, dass sich die übliche Reaktion einstellte und ich die Suche sofort abbrechen wollte. Heute jedoch war mein Interesse geweckt und ich versuchte, die Angelegenheit als einen professionellen Auftrag zu sehen. Ich klickte durch die ersten Seiten, las nichts Neues: In letzter Zeit gab es keine größeren Erfolge, aus dem Filmgeschäft war er weitgehend ausgeschieden. Lediglich eine Konzertankündigung und der Link zu einer Aktivistenveranstaltung waren noch aktuell. Selbst die Nachrichten aus seinem Privatleben, das er früher gern in aller Öffentlichkeit inszenierte, waren im letzten Jahr spärlich geworden: Vincents Unfall wurde erwähnt, seine Entlassung aus dem Krankenhaus war der letzte Nachrichtenclip, den ich fand. Ansonsten sah ich Aufzeichnungen älterer Interviews, die nur unterstrichen, dass Max inzwischen deutlich gealtert war und den strahlend jugendlichen Helden hinter sich gelassen hatte.

Vincent stand plötzlich neben mir, ich hatte ihn nicht kommen hören. Er wirkte ausgeruht, der Schlaf hatte ihm gut getan.

Erstaunt hob er die Augenbrauen, als er mich neben Max´ Bett bemerkte. »Ich habe mich noch gar nicht bedankt, dass du gekommen bist, und auch Danke für die Wache. Hat sich etwas verändert?«

Schnell klappte ich das Notebook zu, wollte nicht bei meiner Recherche entdeckt werden. »Nein, er hat geschlafen. Franca war müde und hat sich noch etwas hingelegt, also habe ich die nächste Schicht übernommen.«

Die Sprachlosigkeit, die uns schon lange verband, stellte sich umgehend ein. Nun hatte ich jedoch auch an ihn ein paar Fragen: »Vince, wer ist diese Frau? Wie lautet ihr vollständiger Namen und wo habt ihr euch kennengelernt?«, sprudelte es aus mir heraus.

Vincent winkte ab: »Rick, ich will nicht unhöflich sein, aber ich kann dir jetzt nicht antworten. Die Ärzte wollen einen Aufwachversuch starten und ich möchte allein bei Max bleiben. Die anderen treffen sich unten im Restaurant zum Frühstück.« Auffordernd nickte er mir zu. »Vielleicht tust du ihnen den Gefallen und gehst zu ihnen? Sie haben dich schon so lange nicht mehr gesehen! Ich werde später nachkommen.«

Ich verließ das Zimmer nur widerwillig. Ein Familientreffen zu diesem Zeitpunkt konnte ich mir gut vorstellen: Es gab sicher nur ein Thema. In der Eingangshalle der Klinik konnte ich sie durch die Glastür der Cafeteria beobachten, alle waren an einem großen Tisch im hinteren Bereich versammelt. Auch Joseph hatte sich zu ihnen gesellt. Sie waren in eine lebhafte Diskussion vertieft und nicht zu überhören. Leise Zurückhaltung war noch nie ihre Art. Wo sich die Llewellyns auch aufhielten, man konnte sie kaum übersehen.

Ich straffte mich und wollte gerade eintreten, als ich hinter einer Säule versteckt Elisabeth mit dem Rücken zur Wand auf einer Bank sitzend entdeckte. Ein junger Mann mit einer starken Brille hatte ihr Gesellschaft geleistet und verabschiedete sich gerade. Sie wandte sich dem Laptop zu, der vor ihr stand. Im Tageslicht bemerkte ich, dass ihr Haar nicht blond, sondern weiß war und ich fragte mich, wie alt sie war. Doch sicher jünger als ich! Um ihre Augen lagen kaum Fältchen und auch die glatte Haut der Hände passte nicht zur Haarfarbe. Sie war höchstens Mitte Vierzig, schätzte ich. Einen Kaffeebecher und die Brille neben sich, tippte sie nun schnell auf die Tastatur ein und nahm ihre Umgebung kaum wahr. Die Entscheidung, was ich als nächstes tun wollte, fiel augenblicklich.

Sie richtete sich fragend auf, als mein Schatten auf den Tisch fiel. Anscheinend fiel ihr das Sehen ohne ihre Brille schwer, sie nahm sie vom Tisch und setzte sie auf: »Ja, bitte?«

»Elisabeth, ich kann Sie nur mit Ihrem Vornamen ansprechen, weil mir niemand Ihren Nachnamen verraten hat. Wir wurden einander noch nicht vorgestellt: Ich bin Richard Llewellyn. Darf ich mich zu Ihnen setzen?«

Sie lehnte sich zurück, nickte freundlich und deutete auf den Stuhl gegenüber: »Bitte. Sie sind der verlorene Bruder von Max? Ich habe Sie gestern Nacht durchaus wahrgenommen und hoffe, ich habe Sie nicht verletzt.« Sie lächelte entschuldigend. »Die Unhöflichkeit liegt bei mir, ich hätte mich Ihnen allen vorstellen müssen. Ich werde es gleich nachholen und warte noch auf Vincent. Auftritte vor Gruppen fallen mir immer etwas schwer.« Sie warf einen kurzen Blick zu meiner Familie.

»Ich bin im Moment der einzige Llewellyn hier! Ist das leichter für Sie?«, fragte ich, als ich Platz nahm.

Sie lächelte. »Selbstverständlich. Mister Llewellyn, mein Name ist Elisabeth Brücken-Lindscheid und ich bin eine Freundin von Vince und Maximilian. Den meisten Briten fällt es schwer, meinen Nachnamen auszusprechen, daher nennen mich alle nur Elisabeth.«

Da hatte sie recht! Dieser Name war tatsächlich unaussprechlich. Vielleicht konnte ich ihn leichter behalten, wenn ich ihn geschrieben sah. »Ich gestehe, ich war überrascht, dass man Sie zu unserem Treffen gestern eingeladen hatte. Joseph betonte, nur die Familie sei erwünscht und deshalb bin ich hergekommen. Sie sind also eine Freundin, aber sicher noch nicht sehr lange?«, mutmaßte ich ins Blaue.

»Ich kenne Vincent und Max seit etwa einem Jahr.«

»Wo haben Sie die beiden denn kennengelernt?«

»In London. Ich traf Vincent nach seinem Unfall und blieb bei ihm, bis wir im Krankenhaus waren.«

»Sind Sie Ärztin?«, zweifelte ich.

»Nein, es war eine reine Ersthilfe«, stellte sie klar.

»Sie trafen also Vincent nach seinem Unfall und daraus entwickelte sich eine Freundschaft?« Meine Stimme klang so skeptisch, wie ich es war. »Ein etwas ungewöhnlicher Beginn, nicht wahr?«

»Zunächst war es eine Brieffreundschaft.« Sie lächelte bei dem Gedanken.

»Sie haben sich tatsächlich Briefe geschrieben?«

Sie lachte. »Eher Mails und Kurznachrichten. Wir hatten die Telefonnummern ausgetauscht und versprachen, uns beim anderen zu melden. So, wie man das heute macht, freundlich und unverbindlich.«

»Und das haben Sie dann auch getan? Sich gemeldet?«

»Vincent machte den Anfang«, erinnerte sie sich.

Der zurückhaltende Vince hatte den Kontakt gesucht? Das passte gar nicht zu ihm. »Wie wird man von einer Brieffreundin zu einer besonderen Freundin eines schwulen Paares?«, hakte ich nach.

»`Besondere Freundin´, was sonst kann man werden bei dem erwähnten `schwulen Paar´?« Ihre Betonungen ließen auf eine gewisse Belustigung schließen, aber sie blickte mich weiter offen und freundlich an. »Zum Wie: Ich war auf Rundreise durch Ihr wunderschönes Heimatland und wurde eingeladen, die beiden zuhause zu besuchen.«

Seltsam! »Darf ich fragen, aus welchem Land Sie kommen? Ihr Akzent klingt leicht walisisch, aber Sie sprachen gestern mit Vince in einer anderen Sprache?«

»Ich bin Deutsche.«

Also hatte ich fast richtig gelegen. Und obwohl sie meine Fragen beantwortete, löste sie in mir ein Befremden aus, das ich kaum fassen konnte. »Sie sprechen unsere Sprache sehr gut. Haben Sie längere Zeit in England gelebt?«, fuhr ich fort.

Nun zuckte sie ein wenig zusammen. »Danke für das Kompliment, aber nein, ich war nur letztes Jahr dort. Ich habe bei meinem Besuch einige Wochen mit Vincent verbracht. Vielleicht stammt daher der walisische Akzent.«

Das reichte mir nicht. »Ich staune, dass Vince auch Deutsch gelernt hat!«

Doch sie reagierte nicht auf meine Zweifel und wirkte plötzlich abgelenkt. »Wir haben uns sehr oft unterhalten und man lernt dann schnell vom anderen«, antwortete sie nun abgelenkt. Meinen ungläubigen Blick ignorierte sie. Man lernt doch nicht mal so eben eine Fremdsprache! Doch sie schien sich kurz auf anderes zu konzentrieren und ich fürchtete, dass sie unser Gespräch abbrechen würde.

Eilig kam ich auf den wichtigsten Punkt zu sprechen. »Können Sie mir erklären, was gestern Nacht geschehen ist? Was haben Sie mit Max getan?«

Aufmerksam wandte sie sich wieder mir zu. »Ich habe ihn gebeten, wieder aufzuwachen.«

»Einfach so? Nachdem die Ärzte ihm kaum eine Chance mehr eingeräumt hatten?« Offener Zweifel lag in meinen Worten.

Doch sie ging nicht darauf ein. »Es war schon anstrengend«, gab sie zu. Ein erleichtertes Lächeln breitete sich auf ihrer Miene aus. »Mister Llewellyn, ich fürchte, wir müssen das Verhör nun unterbrechen. Vincent ist da und wie es aussieht, ist Max aufgewacht.«

Ich drehte mich um und sah meinen Schwager um die Ecke kommen; er wirkte locker und aufgeregt. Ausgelassen nahm er Elisabeths Hand, zog sie von der Bank und drehte sie im Kreis. »Er ist wach und hat mich erkannt, my Lady. Die Ärzte untersuchen ihn noch, wir dürfen aber bald zu ihm. Ich bin so glücklich, meine Liebe!« Dann bot er ihr übertrieben galant seinen Arm und wies zur Familie: »Wollen wir? Du schaffst das schon, ich bleibe bei dir!«

Mit einem leichten Seufzen drückte sie seinen Arm und wandte sich nach einem kurzen Nicken in meine Richtung den anderen zu.

War es wirklich ein Verhör gewesen? Vielleicht schon. Ich traue mir nach den langen Berufsjahren durchaus zu, die Reaktionen meiner Gesprächspartner richtig einzuschätzen, und rekapitulierte unser Gespräch.

Sie hatte freundlich und offen gewirkt. Einige Male suchte sie nach einer passenden Formulierung, was bei einer Ausländerin nicht ungewöhnlich war. Einmal glaubte ich mich an ein schalkhaftes Blitzen in ihren Augen zu erinnern, aber sie schien authentisch und hatte alle Fragen ohne langes Zögern beantwortet. Nur einmal wirkte sie kurz abgelenkt. Insgesamt blieb bei mir der vage Eindruck zurück, dass sie mehr verschwiegen als beantwortet hatte. Dann fiel es mir auf: Sie hatte unser Gespräch unterbrochen und gesagt, Vincent sei da, aber er war erst einen Moment später zu sehen gewesen. Und woher wusste sie, dass Max aufgewacht war?

Die Vorstellungsrunde nebenan war beendet, man hatte wieder Platz genommen. Mein Vater war im Begriff, eine seiner gefürchteten salbungsvollen Ansprachen zu halten; die Anzeichen kannte ich nur zu genau. Das wollte ich niemandem zumuten und unterbrach ihn mit meinem Erscheinen.

Vincent versuchte, alle Fragen zu Max´ Zustand zu beantworten. Elisabeth saß aufmerksam, aber schweigend neben ihm. Letztendlich war es meine Nichte Mariah, die Elisabeth direkt ansprach: »Verraten Sie mir, Elisabeth, wo Sie so tanzen gelernt haben?«

Elisabeth war irritiert: »Tanzen? Das ist nicht gerade meine Stärke.«

»Aber ich habe doch das Video gesehen. Das waren eindeutig Sie und mein Onkel!«

Alarmiert suchte Elisabeth Vincents Blick. »Was meint sie? Das Video, Vince?«, fragte sie besorgt.

Vince berührte sie nur leicht am Arm: »Alles in Ordnung, ich erkläre es dir später.«

Ich konnte den Blick zwischen den beiden kaum deuten, aber fast schien es, als wolle er sie ohne Worte beruhigen.

Die pragmatische Franca überspielte die Situation gekonnt, indem sie ein neues Thema ansprach: Man wolle Max in den nächsten Stunden auf keinen Fall allein lassen, aber es könne nicht wieder die ganze Familie im Zimmer sitzen. Sie erstellte einen Schichtplan und teilte uns alle für jeweils vier Stunden ein. Mit Rücksicht auf meine Eltern übernahm ich die Nachtstunden von zehn bis zwei Uhr, Vincent sollte mich danach ablösen. Elisabeth schloss man bei der Planung unbewusst aus. In dieser außergewöhnlichen Situation verließ man sich nur auf die engsten Verwandten, das war ein ungeschriebenes Familiengesetz.

Ein junger Arzt trat an unseren Tisch und teilte uns mit, dass Max wach und ansprechbar sei, wir dürften ihn kurz besuchen. Er bat darum, ihn nicht zu überanstrengen.

Trotz des Jubels der anderen musste ich fast lachen: Wie oft hatte ich diese Sätze schon in schlechten Filmen gehört? Er fragte nach Elisabeth, weil der Oberarzt mit ihr noch über die Oyatocintherapie sprechen wolle, die sie vorgeschlagen hatte.

Meine Familie stand ebenfalls auf. Ich sann jedoch über den Sachverhalt nach: Oyatocin, das gab man doch Schwangeren, um eine Geburt einzuleiten. Warum brauchte Max das Medikament?

Als die anderen das Restaurant verließen, blieb ich noch zurück. Diese Begegnung, womöglich mit Tränen der Rührung und Freude, wollte ich mir ersparen. Mich interessierten die offenen Fragen und zumindest ein paar Hinweise hatte ich bereits erhalten. Doch zuerst wollte ich mehr über Elisabeth erfahren und war sicher, dass Joseph mir weiterhelfen konnte. Ich fand ihn auf dem Stationsflur vor Max´ Zimmer.

»Hey, Rick, ich warte lieber noch ab«, grüßte er verlegen. »Die anderen fragen erst, ob er mich sehen will.«

»Warum sollte er dich nicht sehen wollen?« Joseph war doch sein bester Freund!

»Es hat sich viel verändert im letzten Jahr.«

Diesen Satz hatte ich heute doch schon einmal gehört, stellte ich genervt fest. Warum waren denn alle so verschlossen? Die Andeutungen begannen, mich zu ärgern. »Was hat sich verändert?«

Aber auch er blockte ab: »Ich will nicht darüber sprechen.«

Ich versuchte es auf einem anderen Weg. »Kannst du mir vielleicht helfen? Ich habe den unaussprechlichen Namen von Elisabeth nicht behalten. Könntest du ihn mir aufschreiben?«

Alarmiert wich er zurück. »Jetzt fängst du auch noch an! Hat sie dich schon infiziert?«

»Was meinst du denn damit?«, fragte ich überrascht.

»Diese Frau, wie du sie nennst, ist eher ein manipulatives Miststück!«, fauchte er feindselig. »Eine weißhaarige Hexe, die mir meinen besten Freund genommen und damit fast meine Lebensgrundlage zerstört hat. Schau dir doch nur an, wie sie herumläuft: Klein, unscheinbar und immer in dieser schwarzen Gothic-Kleidung, für die sie doch mindestens zwanzig Jahre zu alt ist. Glaub mir, ihr unschuldiger Schein trügt! Diese Frau ist höchst gefährlich. Sie schleicht sich in dein Leben, baut dich Schritt für Schritt um, verändert dich, ohne dass du es bemerkst. Halt dich von ihr fern, sonst endest du noch wie Max!«

Ich war überrascht von seinem unerwarteten Ausbruch. Jo neigte zur Hektik und war vielleicht gerade deshalb in seiner Arbeit so erfolgreich. Ganz sicher war er kein ruhender Pol, aber so wütend hatte ich ihn noch nie erlebt. Die Freundschaft zwischen ihm und meinem

Bruder hatte ich für unverbrüchlich gehalten. Seit Jahren waren er und sein Partner doch wie eine Familie für Max und Vince.

So langsam ertrug ich all die Andeutungen nicht mehr! »Wie kommst du denn darauf? Sie hat ihm doch geholfen.«

Er schnaubte wütend. »Ja, nachdem Madame sich erst hundert Mal bitten ließ und sicher sein konnte, dass sie ihren großen Auftritt bekommen würde. Meinst du, wir hätten nicht alles versucht, um ihn wieder aufzuwecken?« Er hatte seine Stimme erhoben. »Franca wollte sie gleich zu Hilfe rufen, aber Vince weigerte sich: Zu gefährlich! Die gute hilfsbereite Elisabeth! Ich könnte kotzen, wenn ich die anderen höre. Was hat sie aus den beiden gemacht! Sie hat sofort erkannt, dass Vincent der sensiblere ist und es gnadenlos ausgenutzt. Max bekam sie nicht so schnell in die Finger, bis sie ihren letzten Trumpf ausgespielt hat. Ich bin nicht gewalttätig, aber bei ihr könnte ich mich glatt vergessen.«

Seine Wut war fast mit Händen zu greifen. Er bemerkte, dass auch ich einen Schritt zurückgewichen war und versuchte, sich wieder zu beruhigen. »Ich will dich nur warnen! Aber ich kenne ihr Spiel ja schon«, deutete er an. »Aber vielleicht kannst du ja als Außenstehender diese Geschichte erklären. Und ihr Name verfolgt mich bis in meine Albträume! Ich schreibe ihn dir auf.« Er kritzelte hektisch auf ein herumliegendes Blatt und reichte es mir. »Ich gehe noch spazieren, vielleicht darf ich ja später zu ihm.« Unvermittelt wandte er sich ab und ich konnte an seinem Gang erkennen, wie erregt er war.

Nun stand ich schon fast vor Max´ Zimmer und beschloss, die erste Begegnung hinter mich zu bringen. Die Jalousien dämpften das Licht. Max war bleich und ausgezehrt, sein Blick schien jedoch klar.

Ein leichtes Lächeln breitete sich in seiner Miene aus, als er mich bemerkte. »Ich wusste nicht, dass du auch gekommen bist, Rick! Danke!«

»Natürlich, Max!« Ich trat ans Bett und drückte beiläufig seine Hand. »Wie fühlst du dich?«

»Müde, verwirrt. Resigniert und doch auch zugleich glücklich.« Nachdenklich betrachtete er die Zimmerdecke.

»Willst du darüber sprechen?«

»Vielleicht später, wenn wir beide allein sind«, lehnte er mit Blick auf unsere Eltern ab.

»Ich bin heute Abend hier bei dir«, versprach ich und gab meiner Nichte ein Zeichen. Sie verstand und folgte mir aus dem Zimmer.

»Das ist nichts für dich, oder?«

Mariah schnaubte. »Mama wollte gerne, dass ich mitkomme. Aber ich wäre lieber zuhause geblieben. Es ist ätzend langweilig hier! Na ja, zumindest gibt es einen freien Internetzugang.«

Damit lieferte sie mir das Stichwort. »Was meintest du eben mit dem Tanzen?«

Ungläubig riss sie die Augen auf. »Na, das Video! Sag bloß, du bist der Einzige hier, der es nicht kennt?«

»Nein, ich weiß wirklich nicht, wovon du sprichst.« Konnte oder wollte mir niemand klare Antworten liefern?

Ihr Blick war fast mitleidig. »Da hast du was verpasst! Vince hat es sofort sperren lassen. Ich habe es mir vorher heruntergeladen. Soll ich es dir zeigen?« Sie zog schon ihr Handy aus der Tasche, aber ich unterbrach sie. »Kannst du es mir schicken?«

»Ja, klar!«

Das klang besser. Anscheinend war sie gut informiert; vielleicht erhielt ich von ihr einen Hinweis. »Weißt du, was hier läuft mit Elisabeth, Max und Vince?«

»Ich habe nur meine Eltern darüber sprechen hören. Mir wollten sie nicht viel erzählen, die halten mich immer noch für ein Kind.« Sie pustete sich genervt die Haare aus der Stirn. »Da ging etwas zwischen den dreien vor. Mama hat Onkel Vincent nach seinem Unfall besucht, weil er noch Hilfe brauchte und Max zu Dreharbeiten musste. Dann ging es Onkel Vince wieder schlechter und sie wollten ihn in eine Klinik bringen, aber das wollte er nicht. Irgendwann ist Onkel Max mit Elisabeth aufgetaucht und danach ist sie bei Onkel Vince geblieben.«

»Max hat Elisabeth geholt, bist du sicher?«, fragte ich erstaunt.

Sie nickte. »Hat Mama so gesagt und sie war auch ziemlich verwundert darüber, weil Max doch so eifersüchtig ist. Als sie die beiden das nächste Mal besucht hat, ist die Sache mit dem Video passiert.

Ich weiß nicht viel darüber, nur dass Onkel Vince stinkwütend war und alles getan hat, damit es wieder gelöscht wurde. Eigentlich schade, ich fand es sehr schön«, setzte sie verträumt hinzu.

Nun, das erstaunte mich nicht! »Dein Onkel konnte schon immer sehr gut tanzen! Er führt sicher auch eine nicht so perfekte Tänzerin hervorragend.«

Sie lachte schallend und meinte: »Schau es dir erst einmal an!«

»Mach ich später. Hast du denn meine Mailadresse?«

Immer noch kichernd, reagierte sie fast empört. »Onkel Rick, auch wenn du nicht viel mit uns zu tun hast: Mama hält immer alle Adressen im Familienbuch auf aktuellem Stand. Sieh es dir aber lieber alleine an, es ist wohl auf dem familieninternen Index gelandet.« Sie schnitt eine kleine Grimasse. »Ich glaube, ich bleibe jetzt hier draußen. Vielleicht finde ich Joseph irgendwo, er hat früher oft etwas mit mir unternommen.« Suchend sah sie sich um.

Das Zusammentreffen mit meiner Familie hatte mich bereits nach einem Morgen erschöpft. Nun würde ich aber über das Wochenende hier festsitzen, konnte mich in dieser Situation nicht gleich wieder verdrücken. Deshalb erkundigte ich mich an der Rezeption, ob noch ein Zimmer im Gästehaus der Klinik frei sei. Ich erhielt die Auskunft, dass Joseph bereits alles erledigt habe: Für jeden von uns war ein Zimmer reserviert, das Gepäck sei bereits dort.

Das Zimmer war recht großzügig und für ein Gästehaus erstaunlich gemütlich eingerichtet. Die Aussicht auf einen schneebedeckten Hügel war grandios und wirkte sicher beruhigend auf die Angehörigen der Patienten in dieser Spezialklinik. Vor dem Panoramafenster befand sich zudem ein kleiner Balkon. Für ein paar Minuten trat ich hinaus, sog die eiskalte Luft ein und hoffte, dass es gegen das Summen in meinem Kopf half.

Mein Laptop stand auf dem Schreibtisch und ich rief zunächst im Verlag an und entschuldigte mich für die nächsten Tage wegen einer Familienangelegenheit, was für Spott sorgte: »Die Familie, ach ja?«

Danach gab ich Elisabeths Namen Buchstaben für Buchstaben in die Suchmaschine ein. Es gab einige Treffer. Alle waren in deutscher

Sprache und ich verstand nur wenig, konnte mir lediglich ein grobes Bild machen: Ihr Foto fand ich auf der Webseite der Universitätsklinik, an der sie arbeitete. Sogar ein Geburtsdatum fand ich und lobte mich selbst für meine Beobachtungsgabe: Sie war nur ein Jahr älter als Max! Wiederum fragte ich mich, warum ihr Haar schon weiß war. Die anderen Links verwiesen auf Veröffentlichungen und wohl auch Vorträge, die sie gehalten hatte.

Ich überlegte. Vielleicht konnte mir mein Kollege Carl helfen, dessen Familie aus Deutschland stammte? Schon beim ersten Versuch erreichte ich ihn und er versprach mir, sich das Material anzuschauen. Die oberflächliche Kontrolle meines Postfachs ergab Dutzende Mails, die mich im Moment kaum interessierten. Die letzte stammte von Mariah und sie enthielt die gewünschte Datei.

Tanzen ist nicht gerade mein Thema und so beschloss ich, mir trotz der frühen Tageszeit einen Drink aus der Minibar zu genehmigen.

Max hatte bei seinen Theaterengagements auch ab und zu Musicalrollen übernommen, erinnerte ich mich. Daher traute ich ihm einige Professionalität beim Tanzen zu. Vince war in dieser Beziehung das absolute Gegenteil, steif wie ein Stock. Die beiden hätten jedoch nie vor Publikum miteinander getanzt und niemand wüsste von ihrer Orientierung, hätten sie sich nicht dem Kampf für Gleichberechtigung homosexueller Paare verschrieben. Der Schauspieler und der Historiker: Sie waren ein attraktives Paar. Das hatte ich schon oft gedacht, wenn ich sie zufällig auf den Titelseiten der Klatschblätter am Kiosk entdeckte.

Noch mit dem Glas in der Hand startete ich das Video. Die Bildqualität war verpixelt und verschwommen, wohl mit einem minderwertigen Handy oder spontan aufgenommen: Man konnte es nur in kleiner Ansicht anschauen.

Man spielte eine klassische Musik, einen Walzer. Die Kamera wanderte über einen gefüllten Ballsaal und fing zufällig ein Paar ein. Ein Herr führte eine Dame in langem Kleid auf das Parkett. Anfangs unterhielten sie sich und wiegten sich nur ein wenig, bis man ein leichtes

Nicken des Herrn beobachtete. Ganz nett anzuschauen, aber auch langweilig. Gerade als ich mich fragte, was an diesem Video denn so außergewöhnlich war, ließen die beiden einander los. Und tanzten nun ohne jeglichen Körperkontakt perfekt synchron! Zuerst langsam und zögernd, dann wurden die Figuren freier und gewagter.

Ich bin kein Spezialist, aber das war eine Höchstleistung und es riss mich einfach mit: Ich konnte den Blick nicht abwenden. Man hörte gemurmelte Kommentare von den Umstehenden des Aufnehmenden, aber ich nahm sie nicht wahr. Mittlerweile hatten auch die anderen Paare auf der Tanzfläche bemerkt, dass hier etwas Ungewöhnliches geschah und man räumte den Tänzern mehr Platz ein.

Plötzlich zoomte die Kamera die Gesichter heran und selbst bei dieser schlechten Qualität konnte ich es erkennen: Das waren nicht Max und Elisabeth. Es war Vince, der mit Elisabeth tanzte! Beide hatten die Augen geschlossen und es schien, als seien sie durch ein unsichtbares Kraftfeld verbunden.

Die Musik änderte sich, ging nahtlos vom frühen 20. in das 21. Jahrhundert über. Fließend passten sich die Tänzer dem Rhythmus und Stil dieser Klänge an: Manchmal meterweit voneinander getrennt, manchmal nur den Rücken zugewandt, bewegten sie sich immer noch vollkommen aufeinander abgestimmt, als würden sie sich gegenseitig anziehen. Ein abwesendes Lächeln lag auf ihren Mienen und es schien, als tanzten sie nicht mehr in dieser Welt.

Zwei Kommentare aus dem Hintergrund waren klar zu hören. Eine Männerstimme sagte neidisch: »Das sieht aus, als sei es besser als jeder Sex!«

Und deine Frauenstimme antwortete atemlos: »Die sind weit darüber hinaus!«

Als die Musik endete, brandete spontaner Applaus auf und brachte die Tänzer in die Realität zurück. Die Aufmerksamkeit schien ihnen sichtlich unangenehm, aber sie verbeugten sich kurz und verließen rasch die Tanzfläche.

Als die Aufnahme endete, war ich regelrecht benommen und hatte mit meinen Emotionen zu kämpfen. Das Anschauen dieses Videos erzeugte ein Glücksgefühl, als hätte ich einen Hauch der Verbindung des Tanzpaars in mir selbst wahrgenommen. Zugleich fühlte ich einen bohrenden Neid, dass Menschen in der Lage waren, so intensiv zu empfinden. Und eine unbändige Neugier packte mich!

Erst nach einigen Minuten fühlte ich mich in der Lage, wieder sicher aufzustehen. Das Summen in meinem Kopf begann sich zu einem Kopfschmerz auszuweiten. Abwesend trat ich auf den Balkon und die Kälte ließ mich wieder klar denken.

Wie konnte ich verpassen, was sich in meiner Familie abspielte? Und mein Spürsinn war geweckt: Ich würde die nächsten Tage nutzen und in Erfahrung bringen, was im vergangenen Jahr mit Elisabeth, Max und Vincent geschehen war.

Teil 1:

England

1

Vincent

Du hast Fragen, Rick? Willst erfahren, was geschehen ist?
Noch vor ein paar Wochen hätte ich gefragt, was geht es dich an? Unsere Geschichte ist zu persönlich, um sie zu teilen und wir hatten alle drei unausgesprochen, unbewusst beschlossen, dass es so bleiben sollte. Durch unser Schweigen sind wir nun hier gelandet, ohne zu wissen, wie uns geschah. Wir sind in eine Situation geraten, die wir nie erwartet hätten. Und wir hätten uns niemals träumen lassen, dass es so kommen könnte.

Du weißt, die große Romantik ist nicht mein Ding und Max spielt die romantischen Rollen hervorragend, aber er spielt. Ich liebe die ernsthafte Seite in ihm, kennst du sie überhaupt? Ihr seht euch zu selten, als dass du sie oft hättest erleben können und diese Trennung seiner Rollen bot uns den Part unserer Privatsphäre, den auch Max nie zur Schau stellte. Weil es nicht zu seinem Image passte, das er sich selbst gegeben hatte: Der gut aussehende Star, der durch seinen jungenhaften Charme alle bezaubert, Frauen wie Männer.

Als ich Elisabeth zum ersten Mal sah, lag ich auf dem Asphalt, starrte nach oben. Sie schien sie mir riesig - und dunkel. Ihre Vorliebe für schwarze Kleidung hast du sicher schon bemerkt. Sie stand neben meinem Kopf und ich konnte wahrnehmen, wie sich ihre Pupillen erweiterten. Sie war erschrocken, dass ich die Verletzung bei vollem Bewusstsein erlebte, dabei hatte ich noch gar nicht verstanden, was geschehen war.

Sie kniete sich neben mich, fragte nach meinem Namen und reagierte sofort: »Mister Jeremiah, ich heiße Elisabeth Brücken-Lindscheid. Sie hatten einen Unfall und sind sehr schwer verletzt. Wahrscheinlich sind Sie noch im ersten Schockzustand, aber die Schmerzen werden gleich einsetzen. Ich kann Ihnen helfen, sie unter Kontrolle zu halten, bis die Ärzte da sind. Erlauben Sie mir, das zu tun?«

Ich nickte wohl und sie streckte die Hand aus, als wollte sie die Abmachung noch per Handschlag besiegeln. Als ich sie ergreifen wollte, drehte sie mir meine Hand vors Gesicht und zeigte auf eine Linie in meiner Handfläche: »Schauen Sie auf diesen Punkt, nehmen Sie ihn genau wahr. Konzentrieren Sie sich auf diesen Punkt und nehmen Sie wahr, wie sich der Focus Ihrer Augen verändert, wenn sich Ihre Hand Ihrem Gesicht nähert. Schließen Sie jetzt die Augen und hören Sie weiter auf meine Stimme.«

Es war schön, ihr zuzuhören.
Sie sprach in sehr einfachen und kurzen Sätzen. Der deutsche Akzent war nicht zu überhören und manchmal verwendete sie auch ungewöhnliche Wörter, als kämen sie direkt aus einem Buch unserer klassischen Literatur. Das war kein Alltagsenglisch, doch statt mich an diesen Worten zu stören, amüsierte ich mich fast über die ungewöhnliche Wortwahl und sogar falsche Betonung.
Sie sprach von einem Spaziergang durchs schottische Hochland. Weißt du, dass sie damals diese Landschaft nur aus Büchern kannte? Dennoch war es so, als würde sie mich mitnehmen auf eine lange Wanderung durch die Berge: Ich sah den kleinen Bach, roch die regenfeuchte Luft, hörte das Rufen unbekannter Vögel. Sie unterbrach ihre Erzählung nur einmal, weil man mir Fragen stellte, die ich beantworten musste. Trotzdem erlebte ich weiter die Bilder in mir, die sie wachgerufen hatte. Dort hätte ich ewig bleiben können, ich fühlte mich leicht und unbeschwert, fast wie ein Vogel, der über die Berge flog und eine tiefe Ruhe erfüllte mich dort hoch oben. Ich kann mich heute noch dorthin versetzen, wenn ich nur daran denke.

Er lächelte, als hätte er die Bilder vor Augen. Dann veränderte er sich, seine Pupillen zogen sich zusammen und er fuhr sich mit einem Seufzen durchs Haar.

Ich ahnte nicht, was auf mich zukam. Den Transport ins Krankenhaus hatte ich auf diese Weise kaum wahrgenommen. Ich wollte nicht fort von dem Ort, an dem ich mich befand. Elisabeth sprach

langsam und leise weiter zu mir, aber ich hörte eine Veränderung in ihrer Stimme. Sie klang nun verunsichert, als wolle sie mir Mut machen. »Ich muss Sie jetzt verlassen, Vincent. Die Ärzte sind da und werden Ihnen helfen. Träumen Sie einfach weiter, dann werden Sie sicher schnell wieder gesund werden. Ich wünsche Ihnen alles Gute.«
Ich wollte sie aufhalten, wollte nicht, dass sie geht.
Dann hörte ich fremde Stimmen und laute Geräusche, die nicht zu meiner Reise passten. Die Stimmen unterhielten sich angespannt; ich habe nur Bruchstücke aufgefangen. Sie sprachen darüber, dass es nicht sein könne, dass ein Patient mit diesen Verletzungen so ruhig sei und schimpften, dass nirgendwo im Protokoll der Sanitäter vermerkt war, welches Schmerzmittel man mir verabreicht hatte. Sie wollten mich ´zurücksetzen´, um meine normalen Vitalwerte genau bestimmen zu können. Ich hörte auch eine warnende Stimme, dass man das nicht tun könne, die Folgen seien doch bekannt. Und dass man erst operieren könne, wenn der Blutverlust etwas ausgeglichen sei. Ich spürte, dass ich langsam wacher wurde und dann geschah etwas, das ich bis heute nicht verarbeitet habe: Der Schmerz war da; ich dachte, ich explodiere, verbrenne, zerreiße. Ich weiß nicht, ob man solch eine Erfahrung überhaupt einmal verarbeiten kann; zum Glück wird die Erinnerung daran mit der Zeit schwächer. Glaub mir, so etwas wünscht man niemandem.

Sein Atem ging schnell, er verkrampfte sich bei der Erinnerung. Automatisch versuchte er, seine Atmung zu kontrollieren, als würde er leise innerlich bis zehn zählen. Distanziert sprach er weiter.

Die Schmerzen und meine körperlichen Reaktionen machten den Ärzten schnell klar, dass ich vollkommen normal reagierte. Sie taten alles, was in ihrer Macht stand, aber die Schmerzmedikamente wirkten nicht. Ich lag da und war der Situation hilflos ausgeliefert; konnte mich nicht wehren und konnte auch nicht weglaufen.
Niemand konnte mir an diesem Tag helfen. Der Schmerz benebelte mich und ich brauchte all meine Kraft, um nicht laut zu schreien.

Die Auswirkungen des Schocks bekamen die Ärzte in den Griff, aber sie konnten mich nicht ʼabschaltenʼ. Das hieß, dass die Blutungen gestillt waren, der Blutdruck stabilisiert war, die Verbände angelegt wurden und die Bluttransfusionen mich soweit vorbereiteten, dass ich am nächsten Tag operiert werden konnte. Ich war eindeutig außer Lebensgefahr, und nur das war es, was für sie zählte.

Ich bemerkte, dass Max gekommen war. Hilflos saß er neben dem Bett und hielt meine Hand. Ich war kaum in der Lage, mit ihm zu sprechen; ich befürchtete, dass der Schrei, der in mir brannte, endlos nach außen dringen würde.

Er bedrängte die Ärzte, dass man etwas tun müsse, dass es doch heutzutage Möglichkeiten gebe, Schmerzen gut zu behandeln und er drohte sogar, sie wegen unterlassener Hilfeleistung zu verklagen.

Nichts, was er sagte, half: Man bat ihn, das Zimmer zu verlassen, weil er mich mit seiner Unruhe zusätzlich belaste; ich bräuchte Ruhe.

Als die Situation nach Stunden noch unverändert war, erzählte er mir, was alles unternommen wurde, um mir zu helfen. Morgen nähme sich ein anerkannter Spezialist meiner Verletzungen an und er selbst bliebe bei mir, egal, was da komme.

Auf rührende Weise versuchte er, mir Hoffnung zu machen, mich zu trösten und mich abzulenken.

Ablenkung, das war das Schlüsselwort. Trotz des wahnsinnigen Schmerzes in mir gab es einen Bereich in meinem Bewusstsein, der noch klar dachte. Ich erinnerte mich an die Geschichte, die mir Elisabeth erzählt hatte, doch ich konnte mich nicht konzentrieren, konnte die Bilder nicht wieder heraufbeschwören. Aber vielleicht war sie in der Lage, mir zu helfen. Dieser Gedanke mobilisierte meine letzten Kräfte und ich versuchte Max zu erklären, was sie bewirkt hatte. Er müsse sie suchen und wieder herbringen, irgendwie, auf jeden Fall und um jeden Preis. »Finde Elisabeth, heute!«, stöhnte ich

Er wusste natürlich nicht, wen ich meinte, aber er war so erschöpft von seiner Hilflosigkeit, dass er sich tatsächlich aufmachte, herauszufinden, von wem ich sprach. Er suchte eine Möglichkeit, um sich zu bewegen, um die Anspannung körperlich abzureagieren, ein Ventil zu finden.

Max fragte bei den Ärzten nach, doch die Tagesschicht war abgelöst und in den Berichten war keine Begleiterin erwähnt. Die Krankenschwestern, die mich aus der Notaufnahme abgeholt hatten, gehörten zu einer anderen Abteilung und konnten ihm nicht weiterhelfen. Es war Joseph, der Max wie immer begleitet hatte und auf die Idee kam, an der Anmeldung des Krankenhauses nachzufragen. In Verwaltungsangelegenheiten kannte er sich aus und er wusste, dass dort auch die Begleitpersonen von Krankentransporten registriert wurden.

»Geh und bring sie zu mir!« Mehr konnte ich nicht sprechen.

2

Max

Der Anruf erreichte uns während eines Vorsprechtermins: Vince hatte einen Unfall und sei nun in der Notaufnahme des Guys Hospitals. Ich spürte eindeutig, wie mein Herz aussetzte. Glaub mir, ich weiß jetzt, woher die Redensart kommt.
Schon auf dem Weg ins Krankenhaus versuchte Joseph herauszufinden, was geschehen war. Ich stand vollkommen neben mir, die Angst um Vince machte mich fast wahnsinnig. Die Notaufnahme war überfüllt und ich hatte es Joes Durchsetzungsfähigkeit zu verdanken, dass wir so schnell Auskunft erhielten: Vince war stabilisiert worden, er habe einige Knochenbrüche, sei aber außer Lebensgefahr. Am nächsten Morgen wolle man ihn operieren. Er hatte zu viel Blut verloren, um eine Not-OP vorzunehmen.
Man begleitete uns zur Intensivstation und dort fanden wir ihn in einem etwas abseits gelegenen Einzelzimmer; vielleicht hatte mein Name dafür gesorgt, dass er bevorzugt behandelt wurde. Da lag er und schaute mich an. Ich war glücklich, dass er bei Bewusstsein war.
Aber die Schrammen im Gesicht, die Verbände, die schon wieder blutverschmiert waren, die Schiene im Bett, die Schläuche nahm ich kaum wahr wegen der abgrundtiefen Verzweiflung in seiner Miene. Er schien unglaubliche Schmerzen zu haben.
Ich klingelte sofort nach dem Personal und man sagte mir, er habe alles an Schmerzmitteln erhalten, was vertretbar sei. Mehr könne man nicht tun, ohne seine fragile Gesamtsituation zu gefährden.

Rick, was ich in seiner Miene lesen konnte, zerriss mir fast das Herz. Diese Qual in seinen Augen, seine körperliche Unruhe, die den Schmerz nur noch verstärkte. Die Situation, als er zur Toilette musste und die Erniedrigung, in eine Flasche pinkeln zu müssen. Danach haben sie ihm einen Katheter gelegt, aber das erleichterte seine Situation nur geringfügig.

Er konnte kaum sprechen, nickte höchstens oder schüttelte den Kopf. Ich habe versucht, ihm zu helfen, aber was konnte ich schon tun? Die Stunden zogen sich endlos und ich weiß nicht mehr, was ich ihm alles erzählt habe. Joseph hatte inzwischen einen Spezialisten ausfindig gemacht, der ihn morgen operieren würde, aber was zählte das jetzt, in diesem Moment? Irgendwann versuchte Vince zu sprechen und ich hatte Mühe, sein raues Krächzen zu verstehen: »Finde Elisabeth. Geh´ und bring sie zu mir!«

Der Name sagte mir nichts. Ich versuchte, mich zu erinnern, aber mir fiel nur eine Tante von ihm ein, die wir einmal besucht hatten. Das war schon Jahre her und ich wusste nicht einmal, ob sie noch lebte. Alle anderen Frauen dieses Namens nannten sich eher Liz, Eliza oder auch Lizzie und keine von ihnen stand uns nahe.

Als ich ihn nochmals fragte, konnte er nur sagen: »Elisabeth, heute.«

Heute? Ich setzte alles daran, herauszufinden, ob etwas über eine Elisabeth bekannt sei, aber weder die Schwestern noch die Ärzte konnten sich an eine Frau dieses Namens erinnern.

Zuletzt rief Joseph bei der Notfallzentrale an, um zu erfahren, welche Ambulanz Vince hergebracht hatte. Er ließ nicht locker und erreichte einen der Sanitäter zuhause. Als ich mit ihm sprach, berichtete er bereitwillig und noch immer irritiert, was er beobachtet hatte: Eine Frau sei beim Unfallopfer gewesen und sie habe ihm ins Ohr gemurmelt. Der Patient habe trotz seiner schwersten Verletzung keine Schmerzzeichen gezeigt, was äußerst seltsam war. Deshalb hatten sie die Fremde einfach mitgenommen, obwohl es gegen die Vorschriften verstieß. Vince habe ihnen ruhig alle Angaben machen können, die sie benötigt hatten. Alles wurde genau aufgeschrieben, sogar an die Telefonnummer seiner Angehörigen konnte er sich erinnern. Die Sanitäter hatten beraten, welche Schmerzmittel sie dem Patienten geben sollten. Da dieser Verletzte jedoch ungewöhnlicherweise keine Schmerzen zeigte, hätten sie darauf verzichtet.

Der Mann schien noch jetzt über diese Situation nachzudenken und sagte abschließend: »Ich weiß nicht, was da geschehen ist. So etwas habe ich in meiner zwanzigjährigen Berufstätigkeit noch nicht erlebt! Können Sie mir vielleicht die Telefonnummer der Frau geben? Solch eine Technik wäre doch hilfreich bei unserer Arbeit.«

Ich konnte ihm auch nicht helfen, doch nun hatten wir einen Hinweis.

Jo ging zur Anmeldung des Krankenhauses und kehrte eine Viertelstunde später mit einer Visitenkarte zurück, die dort hinterlegt worden war: Elisabeth Brücken-Lindscheid mit einer Adresse in Deutschland.

Auf die Rückseite war hastig eine Adresse gekritzelt, die wir nur schwer entziffern konnten: Ein Hotel hier in der Stadt. Joseph rief dort an und erhielt die reservierte Auskunft, dass der Gast bereits seinen Zimmerschlüssel abgeholt habe und er nicht gestört werden wolle. Kannst du dir vorstellen, was ich in diesem Moment gefühlt habe? Mein Partner lag hier in Agonie, wir hatten ‚den Gast' gefunden und der Nachtportier sah sich außerstande, die Frau noch zu stören? Ich war fassungslos.

Joseph sagte, wir sollten vorsichtig vorgehen, denn wir wüssten nicht, mit wem wir es zu tun hatten. Die einzige Chance läge darin, meine Bekanntheit in die Waagschale zu werfen. Er riet mir ab, noch einmal anzurufen: »Fahren wir doch dort hin, vor Ort erreichen wir vielleicht mehr.«

Wir fuhren durch die verregneten Londoner Straßen.

Joseph versuchte, die Frau im Internet aufzuspüren, damit wir zumindest einen Hinweis erhielten, wen wir suchten. Alle Links zu ihrem Namen waren in Deutsch und er fand nicht mehr heraus, als dass sie wohl Psychologin war. Mit einer Psychologin sprechen, sie um Hilfe bitten? Auch Joseph fiel keine gute Strategie ein, um sie geschickt zu überzeugen oder gar zu überrumpeln. Würde eine Ausländerin sich überreden lassen, mitten in der Nacht in einer fremden Stadt mit zwei Unbekannten zu einem Notfall zu fahren? Das allein widersprach schon jeglichem gesunden Menschenverstand und ehrlich, Rick, ich hätte es auch abgelehnt. Vielleicht konnte man ihr eine großzügige Bezahlung in Aussicht stellen? Wir einigten uns darauf, dass es wohl das Beste war, es mit Ehrlichkeit zu versuchen.

Das Hotel war ein einem alten Innenstadtgebäude untergebracht. Es verfügte über eine kleine Hotelhalle, in deren hinteren Teil eine schmale, offene Bar zu sehen war. Soweit ich es überblicken konnte, gab es noch nicht einmal ein Restaurant, aber ich hatte auch keine Zeit, bei Tisch den üblichen Smalltalk zu halten. Ich musste eine fremde Person in kürzester Zeit überzeugen, mit uns zu kommen und mein einziges Hilfsmittel war mein Charme und die vage Hoffnung, dass sie mich vielleicht kannte. Waren englische Fernsehserien auch in Deutschland zu sehen? Ich hatte keine Ahnung und meine Anspannung wuchs weiter.

Joseph ging auf den Portier zu und verhandelte mit ihm, ab und zu auf mich verweisend. Ich hielt mich lieber abseits, denn die wenigen Barbesucher hatten sich schon umgedreht. Anscheinend hatte die Frau beim Empfang die Bitte hinterlassen, dass sie nicht gestört werden wolle und keine Anrufe annahm. Auch das noch; konnte sie sich nicht wie eine normale Touristin verhalten und das Londoner Nachtleben erkunden? Wer geht denn schon um zehn Uhr abends zu Bett? Joseph war nicht weitergekommen, ich bemerkte das verneinende Kopfschütteln des Portiers.

Ich trat an den Empfangstisch. »Herr Longreen«, begann ich nach einem kurzen Blick auf sein Namensschild, »ich weiß, dass wir viel verlangen. Wenn Sie den ausdrücklichen Wunsch eines Gastes missachten, verlieren Sie vielleicht ihre Anstellung. Ich bitte Sie trotzdem inständig, rufen Sie dort oben an. Wir haben keine Zeit und selbst wenn ich meine Beziehungen nutze, dauert es zu lange. Mr. Gordon hier wird sich Ihren Namen notieren und sollten Sie tatsächlich in Schwierigkeiten geraten, rufen Sie mich unter dieser Nummer an; ich werde mich dann darum kümmern.« Ich gab ihm meine private Visitenkarte.

Er betrachtete sie nur oberflächlich und erwiderte: »Sir, ich habe Sie durchaus erkannt; meine Frau ist ein Fan von Ihnen. Ich hoffe, Sie sind auch in der Realität der verlässliche Partner, den Sie immer spielen.« Er nahm den Telefonhörer ab, suchte im PC die Zimmernummer.

Ich überlegte, ob ich selbst mit der Frau sprechen sollte, aber Jo schüttelte warnend den Kopf. Ein direkter Kontakt, er blieb dabei. Wahrscheinlich hatte er recht, und in der nun folgenden improvisierten Vorstellung musste ich überzeugend sein.

Longreen legte der Hörer auf: »Sie kommt herunter.«

Wir setzten uns an einen der Tische in der Lobby, aber ich musste gleich wieder aufstehen. Ich konnte einfach nicht still sitzen. Noch nicht einmal das Foto von Elisabeth hatte ich angesehen, das Jo im Netz gefunden hatte und hoffte, sie besser einschätzen zu können, wenn ich sie zumindest einmal vorher gesehen hatte.

Joseph begab sich daran, die Seite noch einmal aufzurufen und ich versuchte, mich zu beruhigen und die einleitenden Sätze, die ich ihr sagen wollte, zu üben. Ich hörte noch Josephs leise gemurmelte Warnung: »Zu spät, da ist sie.«

Rick, ich weiß nicht, wen ich erwartet hatte, aber glaube mir, mit Elisabeth hatte ich nicht gerechnet. Ihr Haar war damals noch grau und stand zerzaust ab. Zu der schwarzen nietenbesetzten Lederhose trug sie ein verwaschenes schwarzes T-Shirt mit langen Ärmeln. Und an den Füssen hatte sie doch tatsächlich rote Hausschuhe.

Sie wandte sich an den Portier, der zu uns wies. Fragend drehte sie sich um, kam auf uns zu und wir standen zur Begrüßung auf. Ich beobachtete, wie sich ihre Augen kurz überrascht weiteten und sie mitten im Schritt zögerte. Hatte sie mich erkannt? Ich hoffte es.

»Mrs. Brücken-Lin…«. Oh nein, ich bekam ihren komplizierten Namen einfach nicht über die Zunge und sah verlegen zur Wand hinter ihr. Meine Vorstellung, von der so viel abhing, begann nicht sehr Erfolg versprechend.

Sie lachte leise: »Schon gut, ich kenne das Problem hierzulande schon. Nennen Sie mich Elisabeth. Was kann ich für Sie tun?«

Erleichtert sanken meine angespannten Schultern herab. Sie redete mit uns! »Elisabeth, mein Name ist Maximilian Llewellyn und dies ist mein Freund und Manager Joseph Gordon. Ich bin der Partner von Vincent Jeremiah; Sie haben ihn heute Morgen getroffen.«

Sie nickte. »Ja, ich erinnere mich an Mr. Jeremiah. Geht es ihm soweit gut?«

»Nein, das ist der Grund, warum wir Sie suchen. Er hat schreckliche Schmerzen und anscheinend wirken die Schmerzmittel nicht. Er hat mich gebeten, Sie zu fragen, ob Sie nochmals kommen und ihm helfen könnten. Bitte!« Das war keine ausgereifte Ansprache, aber auch ich war erschöpft, konnte nicht mehr.

Sie zog die Augenbrauen zusammen und zeigte auf die Sessel: »Können wir uns setzen?«

Sie schien zu überlegen, verschiedene Möglichkeiten abzuwägen. Nach einer gefühlten Ewigkeit bemerkte ich, wie sich ihre Miene verfinsterte. Ich musste nun unbedingt eingreifen, sie doch noch überzeugen.

Anscheinend hatte sie meine Unruhe gespürt. »Mr. Llewellyn, ich bin wütend, aber nicht auf Sie«, erklärte sie. »Ich frage mich, was man ihm gegeben hat!«

Keine Ahnung, was sie damit meinte.

Seufzend atmete sie tief durch. »Es ist nicht so, dass ich Ihnen nicht helfen wollte; die Frage ist eher, ob ich es kann. Heute Morgen war Ihr Partner in einem Schockzustand und wahrscheinlich deshalb auch hoch suggestibel. Ich weiß nicht, ob ich noch einmal eingreifen kann. Sie hören es ja, ich spreche Ihre Sprache nur schlecht. Und der nächste Punkt: Ich bin hier in Ferien. Einmal ganz abgesehen von meinen Plänen, darf ich in England nicht arbeiten, ich habe keinerlei Zulassung. Ich kenne die hiesigen Gesetze nicht, aber bestimmt brauchen auch in Großbritannien die Therapeuten eine staatliche Erlaubnis. Meine bevorzugte Arbeitstechnik hat zudem auch Nebenwirkungen und ich weiß nicht einmal, ob Ihr Partner ansonsten gesund ist. Heute Morgen habe ich spontan bei einem Notfall reagiert, aber diese Situation hier ist anders. Was geschieht, wenn ich einen Fehler mache?«

Natürlich hatte sie in allen Punkten recht. Ihre Sprachkenntnisse waren eher dürftig. Sie konnte sich ausdrücken, suchte aber ständig nach passenden Vokabeln. Selbstverständlich durfte sie hier nicht arbeiten.

Ich hatte mir alle möglichen Überzeugungsszenarien überlegt, um sie wieder ins Krankenhaus zu locken und gar nicht bedacht, dass es in ganz anderer Hinsicht Probleme geben könnte.

Freundlich und mitfühlend sprach sie weiter. »Mr. Llewellyn, ich habe heute Morgen nur eine simple Hypnose durchgeführt. Ich bin sicher, hier gibt es ebenfalls Spezialisten für diese Art der Schmerzbehandlung, die tausendmal besser für eine solche Aufgabe qualifiziert sind als ich. Und nicht nach jedem zweiten Wort erst suchen müssen! Es tut mir wirklich leid.«

Ich stand auf, ich konnte es nicht mehr ertragen. Ratlos fuhr ich mir durch die Haare und suchte verzweifelt nach einer Lösung. »Bitte, Elisabeth, begleiten Sie uns ins Krankenhaus, einfach als Freundin. Ich finde doch jetzt mitten in der Nacht keinen Hypnosespezialisten! Und vielleicht hilft es Vince ja, wenn Sie nur bei ihm sind. Ich erwarte zu viel von Ihnen, aber ich weiß wirklich nicht mehr weiter.«

Sie schien mit sich zu kämpfen. »Können Sie den behandelnden Arzt erreichen?«

Joseph zog sein Handy schon aus der Tasche.

»Gut, fragen Sie ihn, ob er erlaubt, dass ich komme. Es wird aussehen, als würde ich mit Vincent nur sprechen, aber ich muss zuvor Einsicht in die Krankenakte erhalten. Ich kann Ihnen wirklich nichts versprechen«, schränkte sie ein. »Und an Seriosität wollen wir jetzt gar nicht denken!«

Joseph wählte bereits die Nummer und sprach leise. Als er das Telefonat beendete, bestätigte er: »Die Situation ist unverändert und der zuständige Dienstarzt hat zugestimmt, dass wir Sie mitbringen dürfen.«

Sie stand auf. »Mr. Llewellyn, ich hoffe, ich begehe keinen Riesenfehler. Ich ziehe mich um und bin in fünf Minuten wieder da.«

Sie brauchte tatsächlich nur fünf Minuten. Das T-Shirt war einer schwarzen Bluse gewichen, ihre roten Hausschuhe hatte sie gegen schwere Schnürboots getauscht. Eine Jacke im Militarystil zog sie sich im Laufen über, ein schwarzer Lederrucksack mit silbernen Reißverschlüssen baumelte an ihrer Schulter. Sie war ungeschminkt und trug bis auf eine schmale Armbanduhr auch keinerlei Schmuck.

Wir fuhren sofort los und mir fiel auf, dass sie recht gelassen auf unseren Überfall reagiert hatte. »Ich habe mich noch gar nicht bei Ihnen entschuldigt, dass wir Sie so spät noch geweckt haben. Ich danke Ihnen für Ihr Vertrauen. Ich denke, nicht viele Frauen hätten sich so schnell dazu entschieden, zwei fremde Männer zu begleiten.«

Ich hörte das Lächeln in ihrer Stimme. »Sie haben mich nicht geweckt. Ich hatte noch gearbeitet und die Telefonsperre galt nicht Ihnen. Und ich bin auch nicht so naiv, wie Sie denken: Ich habe Sie durchaus erkannt«, deutete sie an und maß mich mit einem kurzen Blick. »Es besteht ja bei Ihnen beiden wohl kaum die Gefahr, dass Sie über eine Frau herfallen. Aber ich gebe zu, dass ich dem Portier gesagt habe, wo wir hinfahren. Kann ich die Frage zurückgeben: Warum sind Sie zu mir gekommen?«

Ich berichtete ihr kurz, wie der Nachmittag verlaufen war und sie entschuldigte sich geradezu. »Wenn ich gewusst hätte, dass es noch offene Fragen gibt, wäre ich dort geblieben. Aber alles schien mir Routine zu sein und ich hatte gehört, dass Sie bereits benachrichtigt waren. Es gab nichts mehr für mich zu tun.«

»Sie hatten eben irgendein Medikament erwähnt, was meinten Sie damit?«

Sie schüttelte den Kopf. »Das war nur eine Hypothese. Vielleicht kann ich sie anhand der Patientendatei untermauern, aber jetzt kann ich nicht mehr dazu sagen.«

Das Gespräch erstarb, wir hingen unseren Gedanken nach. Ich hoffte, dass Vince doch noch Entlastung gefunden hätte. Diese Quälerei war doch unmenschlich! Joseph setzte uns vor dem Eingang ab. Er wollte nochmals meinen Kalender für morgen durchsehen und die Termine absagen.

Im Krankenhaus war Ruhe eingekehrt, die Lichter auf der Station waren gedämpft.

Eine Pflegekraft befand sich bei Vince, der weiterhin unterdrückt stöhnte. Elisabeth interessierte die Patientenakte auf dem Nachttisch, doch dafür war jetzt keine Zeit. Ich nahm seine Hand und sprach ihn an. Er zitterte vor Anspannung, öffnete nicht die Augen.

Sie trat neben mir ans Bett. »Mr. Jeremiah? Vincent? Sie hatten nach mir gefragt. Ich bin Elisabeth und werde noch einmal mit Ihnen sprechen und Sie an einen Ort führen, an dem Sie die Schmerzen vergessen können. Sind Sie einverstanden?«

Er nickte unter Anstrengung.

Ich kann es nur versuchen, schien Elisabeths Blick zu bedeuten. »Würden Sie mir bitte einen Stuhl holen und mit mir hier bei ihm bleiben?«, bat sie mich. »Sicher tröstet es ihn, wenn er Ihre Nähe spürt.«

Ich stellte zwei Stühle links und rechts neben das Bett und nahm seine Hand. Sie beugte sich vor und sprach leise murmelnd in sein Ohr. »Vincent, ich bringe Sie nun zu einem Ort, an dem Sie sicher sind, wo Sie glücklich sein können. Dieser Ort befindet sich in Ihrer Erinnerung, Sie müssen nur dorthin zurückkehren. Hören Sie auf meine Stimme und befolgen Sie die Suggestionen.«

Sie begann langsam zu sprechen und wieder konnte ich hören, wie konzentriert sie die Worte wählte. Anscheinend führte sie ihn in die Vergangenheit und beschwor eine Erinnerung an einen glücklichen Moment herauf. Vince atmete zunehmend ruhiger, das Zittern ließ nach, die Anspannung wich aus seinem Körper und dann lag er ganz ruhig mit geschlossenen Augen da.

»Vince, geht es dir besser?«, sprach ich ihn an, konnte die Veränderung kaum glauben!

Zunächst konnte ich kaum verstehen, was er flüsterte. Er schien wie im Traum zu sprechen: »Ja, es ist so schön! Wir sind in den Bergen. Es ist Nacht, du bist bei mir und schläfst noch. Ich fühle deine Nähe, spüre deinen Duft, höre dich leise atmen. Deine Haut ist warm, ein wenig feucht. Und dein Haar ist zerzaust, wie ich es an dir liebe. Wir haben gestern einen wunderbaren Tag verbracht. Seit langem einmal wieder nur wir zwei! Da waren die besonders lange Abfahrt, der Pulverschnee und dein ausgelassenes Lachen, als du mich mit einem Schneeball mitten ins Gesicht getroffen hast. Abends hatten wir Zeit, die Pläne für das neue Haus am Meer anzuschauen, das mir schon lange vorschwebt. Es war eine wunderbare Nacht. Nun wird es bald hell. Ich stehe auf, will dich nicht wecken. In der Küche koche ich mir einen Tee. Die Pläne für das neue Haus liegen noch auf dem Tisch. Ich setze mich und mir fallen einige Details auf, die wir noch ändern können.«

Während ich erstaunt den Kopf schüttelte, akzeptierte Elisabeth die Bilder, ohne sie zu hinterfragen. »Gut, Vincent, gehen Sie tiefer und tiefer. Sie entspannen sich mit jedem weiteren Atemzug noch mehr. Bleiben Sie dort in den Bergen, schauen Sie die Pläne genau an, es gibt sicher noch viel zu tun. Sie haben viel Zeit und niemand wird Sie stören. Schlafen Sie noch ein wenig, wenn Sie müde werden. Max wird bei Ihnen sein, wenn Sie aufwachen.« Sie murmelte noch einige Zeit weiter, aber ich hörte nicht mehr zu.

Ich erinnerte mich an die Nacht, die er erwähnt hatte. Das Haus war ihm viel wichtiger als mir, ich wollte ihm damit eine Freude machen. Ich war so oft unterwegs gewesen, dass wir in den kostbaren Stunden, die wir gemeinsam verbrachten, noch nicht über die Pläne gesprochen hatten. Er hatte all die Gespräche mit den Architekten geführt.

Du hast uns noch nicht besucht, Rick, aber es ist wirklich ein Traum geworden. Das Grundstück ist leicht zum Meer hin geneigt, von der Straße aus kann man hinter der einfachen Fassade nicht ahnen, was sich dahinter verbirgt. Es öffnet sich nach hinten, die unteren Stockwerke sind von vorne nicht ersichtlich. Besonders die rückwärtige Glasfront, die von jedem Raum aus den ungehinderten Blick auf die See ermöglicht, war ihm wichtig. Von der Rückseite ist das Haus uneinsehbar; das Grundstück geht bis zur Klippe und es wirkt, als lebe man auf dem Meer.

Er hatte sich so sehr damit beschäftigt und an diesem Abend konnte er mir endlich zeigen, was er entworfen hatte. Er war glücklich und ich spürte seine Begeisterung. Es ist sein Haus, er verbringt dort sein Leben, während ich ja ständig in Bewegung sein muss. Wir hatten damals eine wunderbare Nacht verbracht, seit langem hatte ich mich ihm nicht so nahe gefühlt. Als ich am Morgen aufgestanden war, saß er mit den Plänen am Tisch.

Noch heute sehe ich sein glückliches Lächeln vor mir.

3

Vincent

Als ich die Augen öffnete, sah ich die unbekannte Deckenlampe.
Ich musste mich erst orientieren, und mein Blick fiel auf Max. Er lag in einem Besuchersessel, die Lehne war nach hinten geklappt worden. Jemand hatte ihn zugedeckt und er schlief fest.
Ich wollte mich zu ihm drehen, doch ich hing fest, mein Bein war fixiert. Der Unfall, klar! Doch meine Schmerzen waren verschwunden. Du denkst sicher, warum hat er das nicht gleich bemerkt? Aber Schmerz vermisst man nicht und ich fühlte mich so gut.
Es war immer noch dunkel, doch die Geräusche auf der Station nahmen zu. Ich hörte ein leises Scheppern, der Flur war hell beleuchtet.
Im Zimmer war noch jemand, ich konnte die Anwesenheit eines Fremden spüren. Ich drehte mich um und die Bewegung hatte sie auf mich aufmerksam gemacht. Elisabeth! Warum war sie hier?
Sie nahm den Kopfhörer von ihren Ohren und schaltete den altmodischen Discman aus, der neben ihr lag. Lächelnd sprach sie mich an: »Guten Morgen, Mr. Jeremiah, Sie sehen etwas erholter aus. Wie fühlen Sie sich?«
»Besser. Keine Schmerzen.«
»Gut, Sie haben das Schlimmste überstanden, die Schmerzmittel wirken jetzt wieder. Die Nachtschwester hat Ihnen eben noch eine Spritze gegeben.« Sie war erleichtert.
»Was ist mit Max, war er die ganze Nacht hier?«
Sie warf ihm einen kurzen Blick zu. »Ja, er ist nicht von Ihrer Seite gewichen. Vor gut vier Stunden ist er eingeschlafen und die Nachtschwester hat mir netterweise eine Decke und ein Kissen für ihn gegeben. Sie selbst haben jetzt etwa fünf Stunden geschlafen.«
Ich ließ mich zurückfallen.
Besorgt betrachtete sie mich. »Ist wirklich alles in Ordnung?«
Langsam nickte ich, schüttelte dann verwirrt den Kopf. »Ich kann mich kaum erinnern, wann Sie wiedergekommen sind!«

»Das ist ganz normal nach den vielen Schmerzmitteln«, beruhigte sie mich. »Mr. Llewellyn hat mich gefunden und sagte, Sie wollen mich sehen. Ich hoffe, das war korrekt?« Sie wirkte verunsichert.

»Ja sicher! Ich bin froh, dass Sie hier sind. Ich hatte mir gestern Abend gewünscht, dass Sie mir wieder etwas erzählen und mich von den Schmerzen ablenken«, fiel mir wieder ein. »Aber ich hatte keine große Hoffnung, dass er Sie finden würde.«

Sie lachte leise. »Ihr Partner kann sehr überzeugend sein, vor allem wenn man den Eindruck hat, er spielt keine Theaterrolle. Ich habe gespürt, dass er sich sehr um Sie sorgte, sonst wäre ich wohl nicht gekommen.«

Ich dachte über die vergangene Nacht nach, versuchte den Nebel in meinen Gedanken zu vertreiben. »Was haben Sie mit mir gemacht? Ich erinnere mich an Schottland. Und an eine Nacht vor einigen Jahren!«

Zögernd erklärte sie mir: »Ich habe eine einfache Hypnosetechnik angewendet, mit der ich bei meinen Patienten schon öfter Erfolg hatte. Aber ich muss mich fast entschuldigen! Diese Technik bei Ihnen anzuwenden, obwohl die Psychotherapie eine sprachgebundene Wissenschaft ist, war wirklich überheblich. Im Grunde genommen war es ein Kunstfehler und ich wusste zudem, dass Ihre Einwilligungsfähigkeit deutlich eingeschränkt war. Sie hätten gute Chancen, wenn Sie mich verklagen wollten.« Sie lächelte kurz, sprach dann wieder ernst weiter. »Ich durfte es nicht tun und hoffentlich nehmen Sie es mir nicht übel. Zum Glück hat es funktioniert.«

Sie entschuldigte sich für ihre Hilfe? »Das hat es allerdings und zeitweise fühlte ich mich regelrecht glücklich!«, wunderte ich mich. »Wie kann das sein?«

»Ich nehme an, Ihr Körper hat Endorphine ausgeschüttet. Sie wirken ähnlich wie Morphine und sind der natürliche Schutz, der uns Menschen mitgegeben wurde, den wir aber nur selten nutzen.«

»Endorphine, wie man sie auch beim Laufen fühlen kann?«

»Ja, auch bei Ausdauersport kann es zur Endorphinausschüttung kommen. Zum Glück hatten Sie wohl gestern eine ganze Ladung davon im Blut, als der Unfall geschah. Ich habe Ihre Sportkleidung gesehen. Das hat meine Schnellintervention erleichtert und erklärt zum

Teil, warum Sie trotz der technischen Mängel meinerseits so gut reagiert haben.«

»Technische Mängel?« Nun, ich ahnte die Antwort schon.

Fast verlegen wand sie sich. »Sie hören es doch sicher: Ich hätte es nicht tun dürfen! Meine Sprachkenntnisse sind zu schlecht für therapeutische Interventionen und bei einer falschen Wortwahl kann der Patient aus der Hypnose erwachen.« Sie streckte sich, ihre Glieder schienen steif. »Mister Jeremiah, ich glaube, ich werde Sie jetzt verlassen. Ich bin ziemlich müde. Das Krankenhaus wacht auf, ich kenne die Geräusche. Sicher werden die Ärzte gleich nach Ihnen sehen. Und da gehöre ich nicht hin!«

Sie wollte schon gehen? »Sagen Sie doch bitte weiter Vincent zu mir, das klingt viel vertrauter. Was haben Sie jetzt vor?«

»Na, was wohl?«, lächelte sie. »Eine Runde Schlaf wird mir guttun. Ich werde meinen geplanten Besuch im British Museum ausfallen lassen.«

»Und danach? Besuchen Sie mich noch einmal?«

Sie schüttelte bedauernd den Kopf. »Morgen werde ich die Stadt verlassen und eine Rundreise durch Ihr Land beginnen. Ich freue mich riesig darauf, ich habe es seit Jahren geplant. England, Wales, Schottland für zwei Monate, ein echter Traum! Ich käme Sie besuchen, wenn ich noch länger in der Stadt bleiben würde. Aber Sie werden sich bestimmt nicht langweilen, Vincent, Ihr Partner ist sehr bekannt. Es wimmelt hier sicher gleich vor Leuten, die erfahren wollen, wie es Ihnen geht und alle werden sich um Ihr Wohl kümmern. Ich mag große Menschenmengen nicht besonders.« Sie schüttelte sich abwehrend.

Ich ließ nicht locker. »Kann ich Sie denn irgendwo erreichen?«

»Wie gesagt, ich bin auf Reisen«, lehnte sie ab. »Ich will wandern und werde kaum erreichbar sein.« Sie rieb sich über die Arme, als wolle sie ihren Kreislauf in Schwung bringen und stand auf.

Sie wollte tatsächlich gehen! »Geben Sie mir Ihre Handynummer, für alle Fälle? Vielleicht möchten Sie uns ja in Edinburgh besuchen, wenn Sie dort sind?«, lud ich sie ein.

Und wieder überraschte sie mich. »Ich habe kein Handy, weil ich sie für Spyphones halte, einer meiner Macken«, gab sie zu, »und ich suche gerade die Ruhe. Der wirkliche Nutzen der Geräte hat sich mir noch nicht erschlossen. Aber ich gebe Ihnen meine Karte.« Sie griff nach einem kleinen Lederrucksack, öffnete ihn und nahm ein schmales Mäppchen hervor. »Hier auf der Visitenkarte finden Sie meine private Emailadresse. Vielleicht habe ich unterwegs doch einmal das Bedürfnis nach Kontakten. Spätestens in zwei Monaten rufe ich die Mails zuhause ab. Aber bis dahin ist alles wieder in Ordnung mit Ihnen.«

Ich musste sie aufhalten, wollte nicht, dass sie so plötzlich ging. »Ich habe mich noch gar nicht bei Ihnen bedankt! Und Max will das sicher auch noch nachholen. Wie können wir Ihnen überhaupt danken?«

Sie zuckte mit den Schultern. »Haben Sie doch gerade eben! Ich würde ja sagen, Sie könnten mir ein Taxi rufen. Das wäre nett, aber ich bin sicher, dass ich eines vor der Tür finde.« Sie lächelte mich aufmunternd an. »Seien Sie unbesorgt, Vincent! Ich denke, nun werden alle Schmerzmittel wirken und Sie sind, wie ich in der Akte lesen konnte, ansonsten vollkommen gesund. Ich sehe kein Hindernis für eine schnelle Heilung und in zwei, drei Monaten wird die Erinnerung an all das hier verschwinden. Ich wünsche Ihnen eine schnelle Genesung!« Sie warf noch einen kurzen Blick zu Max. »Grüßen Sie bitte Mr. Llewellyn von mir. Ich möchte ihn nicht wecken. Das Ganze hat ihm auch sehr zugesetzt.« Sie reichte mir die Hand: »Machen Sie es gut!«

Und dann war sie einfach weg. Das ging so schnell, war so unerwartet, dass ich nicht adäquat reagieren konnte. Ich hatte noch Fragen, die ich im Moment nicht formulieren konnte, die jedoch in meinem Unterbewusstsein lauerten.

4

Max

»Max?«

Ich wurde schlagartig wach. Das war Vince, der mich leise gerufen hatte.

Ich schob die Decke weg, fragte mich beiläufig, wo sie hergekommen war und setzte mich auf. Er war wieder wach und sah mich aufmerksam an. Glaub mir, ich war glücklich, als ich bemerkte, dass der Schmerz aus seinen Augen verschwunden war. Er wirkte eher nachdenklich.

Ich stand auf und umarmte ihn vorsichtig. »Zum Glück geht es dir wieder besser. Ich bin so froh!« Ich setzte mich zu ihm und nahm seine Hand.

»Max, kannst du mir erklären, wo du sie gefunden hast?«

Erst in diesem Moment fiel mir auf, dass wir allein waren. »Holt sie sich einen Kaffee?«

»Nein, sie ist fort.«

»Ist sie gegangen?«, fragte ich überrascht.

»Sie hat sich noch von mir verabschiedet, sagte, sie sei müde und alles würde nun gut. Bevor ich alles richtig verstanden hatte, war sie auch schon weg.«

Seltsam, da verbringt eine Fremde eine ganze Nacht bei einem verletzten Mann, um ihm zu helfen und verschwindet dann sang- und klanglos. »Aber sie kommt sicher wieder. Bestimmt will sie wissen, wie es dir geht«, beruhigte ich ihn.

Er schüttelte sofort den Kopf. »Das hörte sich nicht so an. Sie scheint ein wenig schüchtern zu sein, stimmt das?«

Ich überlegte. »Nein, den Eindruck hatte ich nicht. Sie wirkte eher ruhig und gelassen, war vielleicht etwas zurückhaltend und distanziert. Aber sie war bereit, dir zu helfen und hat uns ohne große Einwände begleitet«, berichtete ich ihm erleichtert.

»Und wie hast du sie gefunden?«

Ich erzählte ihm von unserer Suche gestern.

»Dann weißt du also, wo sie wohnt?«

»Ja sicher, wir haben sie dort abgeholt.«

Er war elektrisiert. »Max, du musst heute nochmal zu ihr! Morgen verlässt sie die Stadt und es kann sein, dass sie erst in zwei Monaten in Deutschland wieder erreichbar ist. Ich will mich unbedingt richtig bei ihr bedanken.«

»Willst du ihr etwa Blumen schicken?«

»Blumen, wenn sie morgen wegfahren will?«, schnaubte er. »Soll sie sich die etwa auf den Koffer binden? Oder in ihre Haarpracht? Obwohl, ein wenig Farbe würde ihr wohl nicht schaden!«

Ich musste tatsächlich lachen! Die Vorstellung war komisch und ich war froh, dass er seinen Humor wiedergefunden hatte.

Doch er warnte: »Ich meine es ernst, Max!«

»Ich weiß, ich weiß. Ruf sie doch noch einmal an und berichte, wie es dir geht«, schlug ich vor.

»Ich kann sie aber nicht anrufen!«, wandte er ein. »Nach der Operation werde ich wohl noch schlafen und morgen ist es zu spät. Sie hat kein Handy und hat gesagt, das seien alles ‚Spyphones'.«

»Dann ruf sie doch jetzt an.«

»Nein, sie will schlafen. Sie schien hundemüde und bestimmt sitzt sie jetzt noch im Taxi fest.«

Richtig, wir hatten sie ja hergebracht. Ich war selbstverständlich davon ausgegangen, dass wir sie auch wieder ins Hotel zurückbegleiteten. Jetzt musste sie sich auch noch durch die Londoner Rushhour quälen und ich hatte fast ein schlechtes Gewissen.

Ich suchte nach einer Lösung. »Ich könnte nochmal im Hotel vorbeigehen und ihr eine Aufmerksamkeit mitbringen. Ich nehme an, dass die übliche Fankarte mit Autogramm nicht das Richtige für sie ist?« Ich musste schon wieder lachen und diesmal lächelte auch Vince.

Er erwiderte ironisch in schwärmerischem Ton: »Oh, da ist sie sicher überglücklich: `Seitdem er mich mitten in der Nacht aus dem Bett geworfen hat und mich quer durch London geschleift hat, kann ich nur noch an ihn denken!´« Er wirkte nachdenklich. »Aber unterschätze deinen Charme nicht, Max! Sie ist dir gefolgt, weil du ehrlich gewirkt hast. Ich glaube, sie hat ein gutes Gespür für Menschen. Bei deiner üblichen Masche hätte sie es sicher abgelehnt. Ich hatte wohl Glück, dass du auch bei anderen einmal ernsthaft sein konntest.«

Das hörte sich ein wenig traurig an. Ich versuchte, ihn aufzuheitern. »Also, was willst du deiner neuen Bekannten nun schicken?«

Das war tatsächlich schwierig. Was sollte man einer Frau schenken, die nicht in die üblichen Kategorien passte: Eine Handtasche, Schmuck? Zu persönlich, wir kannten sie ja nicht. Ich traute ihr zu, dass ein Geschenk, das sie als unpassend empfand, sofort im Müll landete. Der Vorschlag »neue Hausschuhe, in Schwarz?«, brachte mir einen Rippenstoß ein.

Vince fiel etwas ein. »Sie hatte heute Morgen einen uralten Discman dabei. Ich hätte nie geglaubt, dass die Dinger heute noch funktionieren. Vielleicht hört sie gern Musik und könnte ein zeitgemäßeres Gerät brauchen?«

»Da braucht sie einen Laptop, um die Musik zu überspielen. Hat sie einen?«

»Ich weiß nicht, ich glaube sie wollte ihre Mails unterwegs in irgendwelchen Internetcafés abrufen.«

Ich stöhnte. »Mein Gott, wie kompliziert. Die Frau braucht wirklich ein Smartphone. Es würde ihr doch auch die Reise erleichtern! Dann kann sie Musik im Netz hören, sie muss ja nicht telefonieren.«

Vince zögerte, aber dann nickte er: »Versuchen wir es. Kümmerst du dich darum?«

Eine Schwester trat ein und sagte, sie wolle Vince für die Operation vorbereiten. Er schickte mich mit einem Lachen fort: »Nun los, du brauchst Bewegung. Dein Zappeln gefährdet ernsthaft die Statik des Baus und ich bin schon demoliert. Kommst du heute nochmal her?«

Ich küsste ihn auf die Stirn: »Sicher!«

Vor der Tür rief ich Joseph an, um ihm den aktuellen Stand der Dinge mitzuteilen.

Er war erleichtert über die neue Entwicklung und fragte: »Bringst du Elisabeth jetzt ins Hotel zurück? Da kann sie noch unterschreiben.«

»Nein, sie ist schon weg; sie hat sich wohl ein Taxi genommen. Ich war eingeschlafen und sie wollte mich nicht stören. Sie hat sich nur von Vince verabschiedet.«

Ich hörte, wie er für einen Moment die Luft anhielt. »Max, sag´ mir, dass das nicht die Wahrheit ist. Sie war allein mit euch und ihr habt beide geschlafen? Sie hat keine Verschwiegenheitserklärung unterschrieben!«

Mir wurde schlagartig kalt. Ich wusste, was das bedeutete: Alles, was sie gesehen und gehört hatte, konnte sie an das nächste Klatschblatt direkt hier um die Ecke als Exklusivgeschichte verkaufen. Oder gar noch Schlimmeres: Fotos, ein Video im Internet. Es waren schon andere Karrieren durch solche Vorkommnisse zerstört worden. Ich erwiderte lahm: »Sie hat keine Fotos gemacht, sie hat gar kein Handy.«

Jos Stimme war angespannt. »Und einen Fotoapparat nimmt man nicht auf Reisen mit? Du bist doch sonst nicht so blauäugig!«

»Ich glaube nicht, dass sie so was tut«, verteidigte ich sie, wollte es einfach glauben.

Jo schnaubte. »Max, sei ehrlich, du kennst sie doch gar nicht. Es schien nicht so, als würde sie in Geld baden. Das kleine Hotel, die etwas schäbige Kleidung; man weiß doch nie, was in den Menschen vorgeht.«

Ich atmete tief durch. »Okay, was machen wir jetzt?«

Wie gewohnt, fiel ihm eine Lösung ein. »Ich werde sofort mit ihr sprechen. Wenn sie tatsächlich so seriös ist, wie du annimmst, wird sie sicher nichts dagegen haben, noch zu unterschreiben.«

»Nun lass sie erst mal schlafen! Jetzt geht sie bestimmt nicht ans Telefon«, lehnte ich ab.

»Wollte sie Vince nochmal besuchen?«, suchte er einen anderen Weg.

»Nein, sie reist morgen ab.« Nun hatte er mich wirklich schon mit seiner Paranoia angesteckt, denn selbst mir schien ihre Abreise und ihre Ablehnung, Vince noch einmal zu besuchen, plötzlich verdächtig. »Jo, Vince will sich bei ihr bedanken und ihr ein Smartphone schicken«, fiel mir ein. »Besorg' mir eins, neuestes Modell. Melde es ein Jahr auf uns an und schalte ihr schon einmal diesen Musikdienst frei. Ich habe Vince versprochen, sie noch einmal zu besuchen. Vielleicht erreiche ich noch etwas, wenn ich sie heute Abend treffe.«

»Hoffentlich ist dann noch nicht zu spät!«, wandte er besorgt ein. »Aber ich kümmere mich darum und lass dir später das Handy vorbeischicken.«

Auf der Rückfahrt in unsere Wohnung dachte ich über die vergangene Nacht nach. Vince hatte so realistisch und eindringlich erzählt: Was, wenn das in die falschen Hände geriet? Mir wurde immer flauer. Ich wollte versuchen, noch ein wenig zu schlafen und dann überlegen, wie man die Geschichte wieder hinbekam.

Rick, ich will gar nicht beschönigen, was dann folgte. Ich versuche es sachlich zu schildern, aber es war wirklich keine Glanzleistung.

Der Bote brachte das Handy, Joseph hatte noch eine Karte und die Schweigepflichterklärung beigelegt. Ich hatte im Krankenhaus angerufen und erfahren, dass die Operation gut verlaufen war und Vince noch schlief.

Nach einer Dusche zog ich etwas Unauffälliges an, verließ die Wohnung. Ich überlegte eine grobe Strategie, von reiner Wunschvorstellung geprägt: Ich würde mich freundlich für ihren Einsatz bedanken, ihr das Telefon geben. Sie würde sich freuen und die Erklärung gerne unterschreiben. Konnte das Leben nicht einmal entgegenkommend sein? Ich war einfach zu bedrückt für eine ausgeklügelte Strategie.

Im Hotel war Longreen schon wieder im Dienst.

Er berichtete, es habe keine Beschwerde gegeben, allerdings habe Elisabeth schon die Rechnung beglichen, weil sie morgen früh abreisen wolle und sei dann ausgegangen. Ob ich eine Nachricht hinterlassen wolle?

Er sah wohl, wie blass ich wurde. Ich bin immer so mit mir beschäftigt, dass ich nicht daran gedacht hatte, dass sie vielleicht nicht, meinen Besuch sehnlich erwartend, allein auf ihrem Zimmer saß. Hatte ich mich nicht erst gestern Abend darüber lustig gemacht, wie man so früh ins Bett gehen könne? Ausgegangen, die normalste Sache der Welt.

»Sir, geht es Ihnen gut? Falls Sie noch etwas abgeben wollen, sorge ich dafür, dass sie es bekommt.« Er wies auf das Geschenk in meiner Hand.

Das war die richtige Frage, von meinem noch wichtigeren Anliegen konnte er ja nichts wissen. »Nein, ich muss sie noch heute persönlich sprechen.« Suchend drehte ich mich um, als hätte sie sich vielleicht doch unter irgendeinem Tisch hier versteckt. Was sollte ich jetzt tun?

Longreen sprach mich an: »Wenn es so wichtig ist, kann ich vielleicht helfen. Sie fragte mich nach Empfehlungen für ein Restaurant hier in der Umgebung.«

Konnte es doch so einfach sein? Ich hätte den Mann glatt küssen können!

Vielleicht wirkte ich auch so, denn er wich einen Schritt zurück. »Ich notiere Ihnen die Adressen. Vielleicht haben Sie ja Glück.« Er fasste sich ein Herz. »Mr. Llewellyn, ich tue das sonst nie, aber darf ich Sie vielleicht um ein Autogramm bitten? Ich habe bei meiner Frau etwas gutzumachen.«

Er hätte auch 1000 Pfund verlangen können und ich hätte sie ihm gleich hier auf den Tisch gelegt. Wir schrieben also beide, er die Adressen und ich einen Satz für seine Laura.

Die Restaurants lagen alle in der Nähe und natürlich fand ich sie erst im letzten. Sie saß allein an einem Tisch am Fenster und hatte eine Zeitung vor sich. Sie bemerkte mich erst, als ich an ihrem Tisch stand.

»Mr. Llewellyn!«, begrüßte sie mich überrascht. »Falls Sie mich nochmals brauchen, muss ich Sie warnen: Eine zweite Nachtschicht schaffe ich heute nicht!« Da war eindeutig ein verschmitztes Lächeln, dann wurde sie gleich wieder ernst. »Wie geht es Vincent, hat er die Operation gut überstanden?«

Ich nickte erleichtert. »Elisabeth, ich bin froh, dass ich Sie gefunden habe! Bitte nennen Sie mich doch Max. Darf ich mich setzen?«

»Selbstverständlich, ich kann mich ja nicht mit einer wichtigen Unterhaltung unter Geschäftspartnern entschuldigen!« Sie zeigte auf die leeren Stühle. Anscheinend war sie gut gelaunt und eine witzige Seite hätte ich bei ihr gar nicht vermutet.

Ich orderte eine Flasche Wein und hoffte, dass es nicht zu schwer werden würde. Sie sah so unvoreingenommen aus. »Ich bin hier, um Ihnen Grüße von Vince auszurichten. Die Operation ist gut verlaufen und in zwei Wochen darf er nach Hause, nach Edinburgh.«

»Ja, ich erinnere mich, von Ihrem Haus gehört zu haben«, lächelte sie. »Schön, dass es Realität geworden ist.«

»Wir beide wollten uns bei Ihnen bedanken und hoffen, dass dies hier auf Ihrer Reise von Nutzen sein kann.« Ich stellte das Präsent auf den Tisch und schob es zu ihr hinüber.

Sie wirkte überrascht. »Das ist ebenso freundlich wie unnötig. In dieser Situation hätte wohl jeder geholfen.« Das klang fast, als wolle sie es ablehnen!

Deshalb bat ich sie, das Geschenk gleich anzuschauen.

Zuerst las sie die Karte und öffnete mit einem Stirnrunzeln den Karton. Irritiert fragte sie mich: »Das sieht wie ein Handy aus! Ist das ein Scherz?« Sie schien nicht erfreut.

Ich setzte zu einer Erklärung an. »Vince hat mir erzählt, dass Sie kein Telefon besitzen. Er dachte daran, dass Sie damit auf Ihrer Reise Musik hören könnten, ohne Ihren alten Discman mitschleppen zu müssen.«

Erstaunt hob sie die Augenbrauen. »So, der ist ihm aufgefallen! Er ist ein guter Beobachter«, lobte sie abwesend. Dann traf sie eine Entscheidung. Ich sah, wie sie ihre Schultern straffte. »Wissen Sie, Max, es gibt eine ganze Reihe von Gründen, warum ich kein Handy verwende. Und dass ich es mir nicht leisten könnte, ist sicher der letzte! Ich lege auf Äußerlichkeiten nicht viel Wert und das hat wohl zu einem falschen Eindruck bei Ihnen geführt.« Sie betrachtete mich forschend und seufzte dann leise. »Aber die Idee, Musik zu hören, ist nett gedacht. Zeigen Sie mir, wie man es benutzt?«

Ich zeigte ihr die wichtigsten Funktionen, die Kamera, das Abonnement der Musikwebseite, auf der sie ihre Wunschtitel hören konnte. Danach erklärte ich ihr den Internetzugang und das Telefon. Sie wollte schon abwinken, aber ich bat sie, es sich doch anzuschauen: »Vince wollte sich noch persönlich bei Ihnen bedanken, bitte verwehren Sie ihm das nicht. Das Gerät ist auf uns angemeldet. Es sind auch nur die Nummern von Vince und mir eingespeichert.« Das schien sie etwas zu beruhigen und sie willigte ein, es zu behalten, aber ohne Versprechen, es auch zu benutzen.

Dann traf mich ihr scharfer Blick. »Maximilian, ich habe den Eindruck, dass noch etwas anderes Sie zu mir geführt hat?«

Hatte sie mich schon durchschaut? Ich beschloss, es nochmals mit Ehrlichkeit zu versuchen und erklärte ihr die Situation ganz offen.

Vollkommen fassungslos schüttelte sie den Kopf und erwiderte kühl: »Ich weiß ja nicht, in welcher Welt Sie leben und ich glaube, ich will sie auch nie kennenlernen. Da kann ich ja regelrecht glücklich sein, was mir erspart bleibt! Sie haben bei Ihren paranoiden Vorstellungen aber einen wichtigen Punkt vergessen, wenn Sie mir schon nicht so einfach vertrauen können: Ich stehe unter Schweigepflicht, die ich sehr genau nehme! Und ich denke, dass die deutschen Gesetze sich diesbezüglich nicht allzu sehr von den englischen unterscheiden. Auch wenn Sie nicht mein Patient sind und Sie es wohl auch nicht nachvollziehen können: Ich bin mir durchaus bewusst, was die Begriffe Anstand und Diskretion zumindest in meiner Welt bedeuten.«

Ich zuckte zusammen. Jetzt schämte ich mich wirklich und man merkte es mir wohl deutlich an.

Sie atmete tief ein und sagte dann nach einigen Momenten begütigend: »Schon gut, Maximilian, Sie kennen mich ja nicht. Ich kann es Ihnen nicht wirklich übelnehmen. Aber als ich Sie eben fragte, ob Sie noch etwas belastet, hatte ich einen anderen Gedanken.«

Ich schreckte auf. War da noch ein Punkt, den ich vorher nicht bedacht hatte, aus lauter Angst um meine Karriere? Unter ihrem abwartenden Blick wurde es mir schlagartig klar: Ja, ich hatte tatsächlich noch ein Problem! Das mulmige Gefühl, das ich den ganzen Tag empfand, hatte ich falsch gedeutet. Wie hatte sie diese Momente, von denen Vince in der Hypnose gesprochen hatte, erlebt?

Sie beugte sich vor und sprach leise und eindringlich: »Machen Sie sich keine Gedanken darüber!«, beruhigte sie mich, als hätte ich meine Sorgen laut ausgesprochen. »Ich hatte Ihren Erschöpfungsgrad unterschätzt und nicht bemerkt, dass die Hypnose auch auf Sie wirken könnte. Es muss Ihnen ja vorgekommen sein, als sei ich dabei gewesen! Aber das war nicht so, bitte glauben Sie mir. Für mich war das, woran Vincent sich erinnerte, wirklich nur eine Erzählung. Ich war nicht da, ich habe es nicht miterlebt. Ich habe nichts weiter gehört als das, was man aus Büchern oder Hörspielen kennt. Ihre Erinnerung habe ich nicht geteilt, ich habe sie lediglich gehört. Verstehen Sie den Unterschied? Lassen Sie nicht zu, dass dieser Schatz, den Sie beide in sich tragen, getrübt wird.«

Diese wenigen Sätze wirkten wie eine Befreiung von einer Last, die ich bis dahin mit mir herumgetragen hatte. Unbewusst hatte ich es wohl so empfunden, als sei mit uns dort gewesen und hatte ich mich deshalb so schlecht gefühlt. Sie hatte es bemerkt, noch bevor ich mir selbst darüber klar war.

Sie lächelte mich an: »Ich sagte bereits, eine zweite Nachtschicht schaffe ich heute nicht. Ich werde nun gehen, ein Taxi brauche ich auch nicht. Seien Sie unbesorgt, das meine ich ganz wörtlich.«

Ordentlich faltete sie die Zeitung zusammen, steckte das Telefon in ihren Rucksack. »Eine Frage hätte ich noch«, sagte sie beiläufig. »Weiß Vincent, abgesehen von Ihrem Geschenk, auch von den anderen Aspekten unseres Gesprächs und der Schweigepflichterklärung?«

Ich schüttelte den Kopf.

»Gut, dann sollten wir es auch für uns behalten, sind Sie einverstanden?«, bot sie zu meiner Erleichterung an.

Wortlos nickte ich.

Sie reichte mir die Hand: »Bitte grüßen Sie ihn von mir und richten Sie ihm meinen Dank aus. Ich wünsche Ihnen beiden für die Zukunft alles Gute.« Das klang zum Glück wie ein Abschied für immer.

Rick, ich glaube, ich habe noch eine Viertelstunde dort unbeweglich gesessen. Die Erleichterung mischte sich mit der Scham, als ich das Papier in meiner Jackentasche knistern hörte. Als ich wieder aufstehen konnte, erfuhr ich, dass sie sogar meine Rechnung beglichen hatte.

Weißt du, dass sie bis heute nichts unterschrieben hat? In diesem Moment war ich sicher, dass wir sie nie wiedersehen würden. Und ich wusste noch nicht einmal, ob ich es bedauerte oder erleichtert war. Sie hatte keinerlei Interesse an unserem Leben gezeigt.

Ich war es, der sie wegen einer unsäglichen Dummheit wieder zurückbringen musste.

Teil 2:

Wales

5

Vincent

Die Deckenlampe kannte ich nun in allen Facetten und ich langweilte mich.

Seit drei Tagen war Max wieder unterwegs. Seine Ruhelosigkeit trieb ihn weiter und die schlechte Nachricht, dass ich noch eine Woche länger als geplant im Krankenhaus bleiben musste, eine gnadenlos lange Woche, hatte uns beide traurig gemacht. Die Heilung verzögerte sich durch eine komplizierte Infektion.

Jeden Tag der gleiche Trott: Infusionen, Physiotherapie, mieses Essen und endloser Leerlauf. Ich war daran gewöhnt, allein zu sein; oft genoss ich es sogar. Aber zuhause hatte ich meine Bücher, meinen PC, meine vertraute Umgebung und ich konnte vor allem eines: Laufen. Eine innere Unruhe machte mir zu schaffen; ich wurde sie einfach nicht los. Ob Max sich wohl immer so fühlte?

Das Regenwetter lag nun schon eine Woche über der Stadt. Ich fragte mich, ob es Elisabeth in Wales besser erging, aber die Chancen standen schlecht. Sie hatte sich nicht gemeldet; meinen Anruf und die drei SMS, die ich geschickt hatte, ignoriert. Max hatte mir nicht viel Hoffnung gemacht und sagte, sie habe sich über das Geschenk gefreut, aber auch deutliche Distanz gezeigt. Er war ausgewichen, als ich genauer nachfragte. Sie hatten sich wohl noch unterhalten, aber er war nicht bereit zu sagen, worüber. Er meinte, sie wolle ihre Ruhe haben, was man auch respektieren sollte.

Ich beschloss, noch einen letzten Versuch zu starten, eine SMS: »Hey, regnet es bei Ihnen auch so?« Sicher nicht sehr originell, aber doch sehr britisch und sie wollte ja unser Leben hier kennenlernen.

Nach zwei Minuten kam eine SMS, aber von Joseph: Welches Buch solle er heute mitbringen, fehlte sonst noch etwas?

Ich lächelte. Jo versorgte mich hier wirklich vorzüglich. Ein Klassiker wäre das Richtige, aber ich konnte mich nicht entscheiden: Sterne, Poe, Sinclair? Ich startete die langwierige Aktion, mich aus dem Bett zu hieven, um das Bad zu erreichen. Das Bein durfte ich noch nicht belasten, die verletzte Schulter machte das Gehen an den Krücken nicht angenehmer.

Als ich zurückkam, hatte ich mich für ein Buch von Hammett entschieden, das passte besser zu meiner Stimmung.

Ich wollte Jo meine Entscheidung mitteilen, als ich ihre SMS fand: «JA.«

Sofort kontrollierte ich die Nummer, das war sie wirklich!

Plötzlich war ich aufgeregt: »Traurig über den ruinierten Tag?«

»ICH LIEBE ES, WENN DIE TROPFEN AUF MEIN GESICHT FALLEN/ HILFE! KLEINSCHREIBUNG?«

Es dauerte zwei Tage, bis sie mit dem Gerät einigermaßen zurechtkam.

Ich denke, genau diese rein technische Konversation war unser Eisbrecher. Sie ist sehr gewissenhaft und allein über die Bedienung des Geräts gingen unzählige Nachrichten zwischen uns hin und her. Die Beschreibung hatte sie nicht lesen können, denn die Schrift war zu klein und es war ihr nicht wichtig. Ich hatte sie zufällig bei einem neuen Versuch erreicht, Musik zu hören. Die Batterien ihres Discman hatten aufgegeben und sie wollte dem Handy noch eine letzte Chance geben. Sie saß auf einer Bank, ließ sich volltröpfeln, genoss die Aussicht über die Landschaft und suchte die passende Musik dazu.

Andere Themen flossen in unsere Gespräche ein:

»Welche Musik wollten Sie denn hören, da draußen im Regen?«

»Schostakowitsch: Walzer Nr.2.«

Ich hörte ihn mir auf dem Laptop an. »Das ist sehr schön!«

»Eben! Welche Musik hören Sie am liebsten, Vincent?«

»Klassik? Ist schwer zu entscheiden: Klavierkonzert in A-Moll von Grieg? 1. Satz?«

Die Antwort kam sofort: »Mag ich auch.«

»Mögen Sie die Musik, die Max macht?« Zwei Stunden Pause.
»Er singt wunderschön, aber sorry, ich stehe mehr auf klassische Sachen.«
»Wirklich nur Klassik?« Ich konnte es kaum glauben!
»Manchmal auch Rock, aber nur die Oldies«, gab sie nun zu. »Für die Reise habe ich mir eine CD zusammengestellt.«
Also doch! »Ihr Lieblingssong?«
»Lady in Black, von Uriah Heep. Was sonst?«
Natürlich, was würde besser zu ihr passen? Das war der Moment, als ich ihren Namen im Telefonbuch in LiB änderte. Ein fataler Fehler.

Ich bat sie, mich an ihren Wanderungen teilhaben zu lassen. Schnell lernte ich ihr Tempo anhand der Fotos einzuschätzen, die sie mir schickte. Ich lag da im Bett und hatte das Gefühl, ich wandere durch meine alte Heimat. Oft schlug ich ihr Routen vor und nicht nur einmal kam ein Foto mit einem Weganzeiger und der Frage: »Rechts oder links?« Durch ihre Augen sah ich unser Land anders und oft wählte sie seltsame Perspektiven: Die Schönheit ebenso wie die Defizite.

Auch unser Essen bereitete ihr Schwierigkeiten: »Hier steht Faggot, kann man das essen?«

Ich grinste. Hatte sie die Doppeldeutigkeit verstanden? »Nicht, wenn Sie keine Innereien mögen!«, antwortete ich trotzdem auf ihre Frage.

»Hilfe, ich verhungere hier«, kam die Antwort mit einem angehängten Foto der Speisekarte.

Und natürlich Leo. Sie benutzte das Onlinewörterbuch, aber welche Bedeutung hatte nun ein Wort genau? Oft gab es eine ellenlange Liste an Bedeutungen und ich wählte die richtige nach dem Zusammenhang aus: »Hier: Nr. 8.«

Schwierig wurde es, wenn sie ein Wort nur gehört hatte: »Vincent, was bedeutet: They double oder dubbel?«

Wir begannen eine Partie Fernschach.

Jo hatte mir das Schachbrett gebracht, weil ich besser nachdenken konnte, wenn die Figuren vor mir standen. Manchmal zogen wir schnell hintereinander, einmal habe ich jedoch den ganzen Tag überlegt, welches der nächste Zug sein sollte. Weißt du, wie viel man über einen Menschen lernen kann in einem Spiel, bei dem man nicht spricht? Aber sie war schwer einzuschätzen, spielte mal defensiv, mal offensiv. Diese Nachrichten waren dann richtig kurz: »T:c6-c7« »S:c4-b6« »a7-a6«.

Wenn sie einen öffentlichen Computer in einem Hotel oder Internetcafé zur Verfügung hatte, waren auch längere Gespräche möglich, die wir über Mail führten: Themen, mit denen ich mich noch kaum befasst hatte. Bisher war ich mit meinem Leben zufrieden gewesen. Aber der Gedanke, was bei meinem Unfall hätte geschehen können, warf plötzlich andere Fragen auf: Was wäre, wenn…? Wo ist der Sinn des Lebens? Wie geht man mit Trauer um?

Ich war in der Philosophie doch etwas eingerostet, musste Kants Maxime und Hegels Dialektik erst wieder nachlesen, bevor wir darüber diskutieren konnten. Oft taten wir es ziemlich kontrovers. So eingeschränkt, wie ich auch körperlich war, befand ich mich auf einer Gedankenachterbahn.

Unsere Kontakte wurden immer selbstverständlicher. Sie wandelte sich für mich von einem Menschen, mit dem man sprechen konnte zu einer Freundin, die einfühlsam zuhörte.

Früher hatte ich viele dieser Gespräche auch mit Max geführt, aber er war unterwegs und ich lag hier mit zu viel Zeit zum Nachdenken. Natürlich kamen wir uns auf diese Weise auch näher und erfuhren viel voneinander:

»Wo bist du aufgewachsen?«
»Wann hast du studiert?«
»Magst du deine Arbeit?«
»Wie lebst Du mit Max, habt ihr getrennte Kleiderschränke?«

»Woran denkst du, wenn du wochenlang alleine wanderst?«
»Du beschreibst zwei Seiten von Max, welche liebst du? Tag-Max oder Nacht-Max?«
»NM!«
Nur einmal antwortete sie nicht und ich spürte die Mauer sofort:
»Hast du Familie, bist du verheiratet?«
»Darüber spreche ich nicht.«

An einem Morgen war sie mit einem Auto unterwegs. Sie mag Autofahren nicht und der Linksverkehr forderte ihre volle Konzentration. Dann brach unser Kontakt ab.

Die Erklärung war ganz einfach: Nach unserer Diskussion am Abend zuvor war sie eingeschlafen und hatte vergessen, das Telefon aufzuladen, aber ich geriet zunehmend in Panik. Was, wenn auch ihr etwas zugestoßen wäre?

Die Bilder meines Unfalls standen mir sofort wieder vor Augen: der Knall, die Schmerzen, die lange Nacht. Wer würde sich um sie kümmern, wo sie doch ganz allein unterwegs war? Und so weiter und so weiter. Ich habe mich richtig in diese Vision hineingesteigert. Die körperliche Unruhe, die mich in den vergangenen Tagen unbemerkt verlassen hatte, kam mit einem Schlag zurück. Es war ein schrecklicher Tag mit all diesen belastenden Bildern im Kopf. Als sie sich am Abend wieder meldete, wusste ich nicht, ob ich lachen oder weinen sollte. Ich war so unglaublich dünnhäutig geworden.

Damals hätte es mir bereits klar werden müssen, dass sie mir viel wichtiger geworden war, als ich es zugegeben hätte. Ich schob den Gedanken weg, war mit mir und meiner Genesung beschäftigt. Und natürlich der Planung für ihre nächste Wanderung.

Am Morgen danach schrieb sie: »Du hörtest dich gestern gut an und ich freue mich, dass die Ärzte ein Psychotrauma verhindern konnten.«
»Wie definierst du das?«

»In dieser Situation, aus der man nicht weglaufen und auch nicht kämpfen kann, wie bei deinem Unfall, kann es zu einem Gefühl eines inneren ‚Erfrierens' kommen.«

»Nein, das kenne ich nicht.«

»Kommt Max am Wochenende?«

»Ja, ich freu mich schon.«

»Na dann, bis Montag. Wales ist fast abgeschlossen. Ich wünsche euch romantische Stunden :-)!«

Rick, wir haben in dieser Zeit nicht einmal miteinander telefoniert, uns nie persönlich gesprochen. Jeder hatte die Freiheit, zu antworten, wann es ihm recht war und es gab keine Verpflichtung, keine Kontrolle, was der andere tat. Man meldete sich, wenn man freie Zeit hatte und davon hatten wir beide genug.

Ich mochte die Gespräche mit ihr. Hatte ich deshalb Max nicht von ihr erzählt?

6

Max

Ich kam ins Krankenhaus, um Vince abzuholen, endlich!
Unser Flug war für den späten Nachmittag gebucht. Heute Abend schon würden wir wieder in unserem Zuhause sein, zusammen essen, reden. Er hatte eine Partie Schach vorgeschlagen und ich freute mich darauf. Wir hatten schon lange nicht mehr gespielt.

Es war eine harte Woche gewesen. Die Rolle am Theater, die ich gerne annehmen wollte, um wieder mehr Zeit mit Vince verbringen zu können, stand auf der Kippe. Aber nun wollten wir erst einmal abschalten.

Er war etwas schweigsam und zurückhaltend in der vergangenen Woche, aber das war nicht ungewöhnlich für ihn; viele Gedanken beschäftigten ihn. Er sprach über philosophische Fragen, aber ehrlich, ich hatte den Kopf für diese Themen im Moment nicht frei. Er fragte, ob wir durch Wales wandern könnten, wenn er von den Gehstöcken befreit sei?

Die Abgeschiedenheit dieses Krankenzimmers hatte wohl seine Sehnsucht nach seiner Heimat geweckt und auch darüber wollte ich am Wochenende mit ihm sprechen. Ich fand die Idee wunderbar. Seit Jahren zogen wir hektisch durch die Welt; beim Wandern hätten wir die Ruhe für die Gespräche, die er sich wünschte.

Die Ärzte hatten mir berichtet, dass die weitere Heilung nun komplikationslos verlaufen würde. Zwei, drei Wochen noch mit den Gehstöcken, viel Physiotherapie, dann sollte es überstanden sein. Er habe sich gut erholt, physisch wie psychisch. Die befürchtete Belastungsreaktion habe sich nur kurz gezeigt und er sei sehr bemüht, schnell wieder fit zu werden.

Unsere Haushälterin hatte zuhause schon alles für uns vorbereitet: Das Essen, den Champagner. Ich sehnte mich nach einem Wochenende in seinen Armen.

Als ich sein Zimmer betrat, legte er sein Smartphone auf den Tisch. Seine Sachen waren schon gepackt. Eine Stunde Krankengymnastik sei noch geplant, ob er sie absagen sollte oder ich ihn begleiten würde?

Die Vorstellung, hier noch eine Stunde bleiben zu müssen, fiel mir schwer. Aber ich wollte ihn in seinem Bemühen nicht bremsen und sagte, ich würde auf ihn warten.

Er wurde abgeholt, ich machte mich auf die Suche nach einem Kaffee, dann saß ich in seinem Zimmer. War es hier schon immer so öde gewesen? Die Zeit ging einfach nicht vorbei und wenn ich auf die Wanduhr sah, schienen die Zeiger rückwärts zu laufen. Ich fragte mich, wie er das nur ausgehalten hatte. Ich war schon nach zwanzig Minuten nervös!

Auf seinem Telefon ging eine Nachricht mit sanftem Pling ein. Ich war froh, dass er zumindest seine Kontakte weiter aufrecht erhalten konnte. Eher beiläufig sah ich auf dem Handy: Nachricht von LiB. Wer war denn das?

Ich öffnete sie. »Ich habe es geschafft. Sieh dir die herrliche Aussicht an! Und: Dh8+«

Das angehängte Foto betrachtete ich ebenfalls: Nebel?

Ich weiß, Rick, ich hätte das nicht tun dürfen!

Was hat mich da nur geritten? Auch zwischen Vince und mir gab es Grenzen, die wir respektierten und ohne die eine Beziehung nicht funktionieren kann: Die Privatsphäre, die jedermann braucht, um noch atmen zu können. Die Post des anderen wurde nicht geöffnet, sein Schrank nicht angerührt.

Und dennoch konnte ich nicht widerstehen und kontrollierte seinen Posteingang. Da waren unzählige Nachrichten von diesem LiB. Ich schaute in die Nachrichten hinein. Die ersten waren doch sehr förmlich, manche waren eher kryptisch: »Nr. 5«, »Sb7«.

Ich spürte, wie mein Hals eng wurde, das Atmen schwerer wurde und meine Hände zitterten. Hatte Vince sich mit einem Arzt oder Pfleger angefreundet? Ich scrollte weiter: Sie wurden vertraulicher, sprachen über die Menschen und unser Land. Der andere schickte auch immer wieder Fotos: Unzusammenhängend waren sie, zeigten nur Landschafts- oder Stadtaufnahmen. Nie war eine Person zu sehen. Aber der Typ mochte wohl auch Weganzeiger?

Weiter: »Warum lehnst du diese Idee ab, hast du richtig darüber nachgedacht?« oder »Kant war mir immer ein wenig suspekt.«

»Ist das etwa Fisch?« und »Den dritten Satz finde ich schöner.«

»TM ist eine Rolle, nicht mehr?«.

Ich ließ das Telefon fallen, als hätte ich mich verbrannt. Was bildete sich dieser Kerl ein? Hatte er keinen Namen oder wollte Vince ihn vor mir verstecken? Er nutzte die Situation aus, dass mein Partner allein hier lag, um sich sein Vertrauen zu erschleichen! Und Vince hatte geantwortet, manchmal mitten in der Nacht - mein Vince! Meine Panik nahm zu. Hatte er sich verliebt? Mein Leben schien innerhalb von Sekunden zusammenzubrechen. Erschreckende Bilder rasten durch meinen Kopf und Tränen schossen mir in die Augen.

Das würde ich nicht zulassen! Wenn Vince wieder bei mir war, würde er den anderen vergessen; ich würde alles wiedergutmachen.

Wie in Trance nahm ich das Telefon und drückte auf ‚Antworten‘: »Mein Freund, ich werde das Krankenhaus jetzt verlassen. Danke für deine Nachrichten, aber jetzt ist Max wieder für mich da. Bitte schreib mir nicht mehr.«

Und dann tippte ich auf ‚Senden‘.

7

Vincent

Als der Pfleger mich ins Zimmer zurückbrachte, war Max so weiß wie die Wand hinter ihm.

Er zitterte, sein Atem ging schnell. Hatte er etwa geweint? Besorgt humpelte ich auf ihn zu. »Liebster, geht es dir nicht gut, was hast du denn?«

Er erwachte aus einer Schockstarre, sein Blick schwankte zwischen Verzweiflung und Raserei. »Bin ich das, dein Liebster?«

Ich war perplex. Innerhalb einer Stunde hatte Max sich völlig verändert. Er war wie weggetreten und zugleich schrecklich präsent in seinem Zorn. Das kannte ich schon seit Jahren: Ein Eifersuchtsanfall, der so heftig war, dass es einen von den Füßen riss.

Ich ließ mich auf einen Stuhl fallen und atmete tief durch, um mich für die Diskussion zu wappnen, die wir schon hundert Mal geführt hatten. Seine Vorwürfe, seine Ängste, seine Wut: Würde es nie aufhören?

»Na los, sag schon: Wer ist er? Hast du ihn geküsst? Wie fühlt er sich an, macht er dich geil?«

Wie immer versuchte ich, ihn zu beschwichtigen: »Nun beruhige dich doch erst einmal, es ist nichts geschehen. Es gibt keinen anderen für mich als dich.« Das gleiche schreckliche Spiel! Jahr für Jahr gab es diese Szenen und ich spürte, dass ich ihm im Moment kaum gewachsen war. »Max, bitte, ich kann das jetzt nicht. Lass uns gehen, wir reden später darüber.«

Er war nicht zu halten. »Was willst du mir später sagen? Dass du mich verlässt? Schläfst du noch einmal mit mir und trittst mir dann den Hintern?«

»Warum jetzt, Max, was ist denn in dich gefahren? Ich war bei der Physiotherapie! Glaubst du wirklich, ich wälze mich mit Verband und Krücken auf dem Boden herum?« Meine Erschöpfung wandelte sich in Wut. »Du lässt mich hier allein, du besuchst mich kaum. Wenn ich mit dir telefoniere, ist alles andere wichtiger als das, was ich sage.

Selbst deine Sekretärin bekommt mehr Aufmerksamkeit als ich; bei ihr versuchst du noch, dich zu benehmen. Ich bin dir doch nur wichtig, wenn du freie Zeit hast. Was ist mit meiner Zeit? Und sie zieht sich hier endlos, glaub mir!«

Das war ein Fehler. Ich wusste es schon, bevor die Worte heraus waren. Deeskalation funktionierte in diesen Situationen immer besser. Warum war ich nicht ruhig geblieben, wie sonst auch, warum war ich so labil?

Nun benahm er sich wie eine Furie, tobte und überschüttete mich mit Vorwürfen und Unterstellungen. Ich lehnte mich zurück, schloss die Augen, versuchte, nicht zuzuhören und hoffte, dass es schnell vorbei ginge. In diesem Zustand kann man nicht mit ihm reden.

»Und nun sag mir endlich, wer er ist! Keine Sorge, du wirst ihn nicht wiedersehen, dafür habe ich schon gesorgt. Ist das dein Kosename für ihn? Ist dir für ‚Lover im Bett' nichts Besseres eingefallen als LiB? Wolltest du ihn vor mir verstecken?«

Ich erstarrte, was hatte er da gesagt: LiB?

Ich griff nach meinem Handy. Da war eine Nachricht von Elisabeth gekommen und er hatte sie gelesen. Sie war beantwortet worden und ich rief den Speicher auf: Nein!

»‚Er' ist eine ‚Sie'!« Mehr brachte ich nicht heraus.

»Dass ich nicht lache, seit wann lieben wir Frauen? Hat der Unfall auch deinen Kopf betroffen und dich zum Hetero gemacht? Eine dümmere Ausrede fällt dir nicht ein?« Dennoch schien ihn mein Entsetzen etwas herunterzuholen. »Hat `Sie´ auch einen Namen?«

»Elisabeth.«

Plötzlich war er ernüchtert, überlegte. »Elisabeth? Diese Elisabeth?«

»Wie viele kennen wir denn?« Meine Gedanken rasten.

»Warum Vince, was hast du mit dieser Frau?«, fragte er konsterniert.

Ich setzte zu einer Erklärung an. »Sie ist zu meiner Freundin geworden, nur eine Freundin. Sie war für mich da, als die Stunden zu einer Ewigkeit wurden. Und sie hat mir zugehört, mich zum Lachen und Nachdenken gebracht, als du nicht da warst. Ich muss ihr schreiben, hoffentlich hat sie die letzte Nachricht noch nicht gelesen!«

»Vince, es tut mir leid!«

»Nicht jetzt, Max.« Ich fing an zu tippen, als ich das Pling der ankommenden Nachricht hörte:

»Lieber Freund, ich entschuldige mich in aller Form. Sollte ich dir zu nahe getreten sein, war das nicht meine Absicht. Ich wollte deine Beziehung zu Max nie stören; es tut mir unendlich leid.«

Er hatte recht, ich würde nie wieder von ihr hören!

Und dann war sie da: Diese eisige Kälte, die aus meinem Herzen schlug, durch meine Adern kroch, mir den Atem nahm, mein Gehirn einfror.

8

Max

Ich sah, wie er erstarrte, als würde er innerlich erfrieren. Sein Blick war erstaunt, entsetzt und dann erstarb das Leben in seinen Augen.

Ich hörte ein Pling auf meinem Telefon, automatisch holte ich es hervor: Eine unbekannte Nummer.

Zwei Links für den Direkt-Zugriff auf eine Online-Enzyklopädie waren geschickt worden.

Zu den Begriffen Anstand und Diskretion.

Teil 3:

Schottland

9

Max

»Es tut mir entsetzlich leid!«
Das traf es wohl kaum.
Was Elisabeth geantwortet hatte, hatte ihn mir genommen. Ich konnte es in seinen Augen lesen: Sie wirkten, als habe er sich aus der Welt verabschiedet. Nein, nicht Elisabeths Antwort war es, ich war es gewesen! Ich konnte es kaum ertragen, diesen Satz zu denken, geschweige denn, ihn auszusprechen.

Ich wusste damals noch nicht, was sie verbunden hatte, Rick! Wie war es dazu gekommen, dass sie wieder in Kontakt getreten waren? In den ersten Tagen seines Aufenthalts im Krankenhaus hatte ich gezittert, als Vince sagte, er habe ihr Nachrichten geschrieben, sie einmal angerufen. Als nach Tagen noch keine Antwort gekommen war, hatte ich mich langsam beruhigt und sie dann ganz einfach vergessen, gestrichen, ausradiert aus meinem Kopf.

War das bewusst geschehen, weil ich mich immer noch etwas geschämt hatte? War es unbewusst, weil ich diese unangenehme Situation einfach nicht mehr im Kopf haben wollte und meine innere Schutzinstanz gnädigerweise aufräumte? Nun war alles mit Macht zurück. Sie hatte genau gewusst, dass ich die Nachricht in Vincents Namen geschrieben hatte. Auch an diesem Abend im Restaurant hatte sie mich sofort durchschaut. Und diese Nachricht, die an mich adressiert war, konnte nur von ihr stammen.

Trotzdem hatte sie sich bei Vince entschuldigt. Das klang ehrlich. Sie hatte ja auch bei unseren ersten Kontakten äußerste Zurückhaltung gezeigt, war an einem erneuten Treffen nicht interessiert gewesen, obwohl wir sie dazu eingeladen hatten.

Was ich damals in dem Restaurant empfunden hatte, dieses leise Tröpfeln der Scham im Kopf, war sehr unangenehm gewesen. Was ich jetzt empfand, Rick, glich eher einem ganzen Ozean!

Ich versuchte, mich bei Vince zu entschuldigen und beteuerte, dass ich das nicht gewollt hatte. Dass ich alles versuchen würde, um es wieder gutzumachen. Aber er hörte kein Wort davon; ich erreichte ihn einfach nicht. Er bewegte sich fast mechanisch, als wir das Krankenhaus verließen. Joseph hatte es gut gemeint, als er der Presse mitteilte, wann wir gehen würden und uns erwartungsgemäß die Pressemeute am Eingang des Krankenhauses empfing. Er wollte den Produzenten, die `meine´ Rolle nicht so gern an mich vergeben wollten, nochmals meine Popularität vorführen.

Es gelang mir kaum, den Menschen zuzuwinken, als ich Vince ins Taxi bugsierte. Sonst mache ich das mit links, manchmal genieße ich es auch. Aber an diesem Tag kam es mir vor wie der Weg zu einer öffentlichen Hinrichtung; zur Hinrichtung unserer Beziehung.

Zum Glück war keine Presse am Flughafen. Zuhause angekommen war es bereits dunkel und unser gemütliches Haus, das so schön vorbereitet worden war, war hell erleuchtet. Aber mich blendete der Glanz nur: Ich hatte das Gefühl, das Licht wolle die Schatten in mir nur noch heller ausleuchten und meine menschliche Schwäche geradezu zur Sektion vorbereiten.

Vince zog sich sofort zurück; er hatte kein Wort mit mir gesprochen. Als ich seine Tasche ausräumte, fiel mir sein Schachbrett in die Hände. Da wurde mir auch die kryptische Bedeutung der kurzen Nachrichten bewusst: Sie hatten nur Schach gespielt! Eine neue Welle der Verzweiflung schlug über mir zusammen.

Was sollte ich nun tun?

Auch wenn es mir widerstrebte, musste ich mich bei Elisabeth entschuldigen. Ich musste sie sofort anrufen und tatsächlich noch einmal mit ihr sprechen. Diesmal legte ich mir die Sätze genau zurecht, nahm all meinen Mut zusammen und wählte die fremde Nummer an. Aber ich bekam keine Verbindung, sie hatte das Telefon wohl abgeschaltet. Trotzdem hinterließ ich eine Nachricht auf der Mailbox.

Dann rief ich Franca an, bat sie zu kommen, um Vince nicht wieder allein zu lassen. Auch wenn sie sich nicht bestens verstanden, so war sie doch mit ihm vertraut. Zum Glück musste ich sie nicht lange überzeugen; ich konnte mich ja schon immer auf sie verlassen.

Was war noch zu tun? Die Frau war ja vielleicht zu finden, wir hatten ja schon einmal Glück. Also rief ich Joseph an, sagte ihm, wir müssten unbedingt noch einmal mit Elisabeth sprechen.

»Diese Elisabeth?«

»Ja, diese.«

Das Schweigen am anderen Ende war beredt. »Warum, Max, hat Vince wieder Schmerzen?«

»Nein, ich habe eine Riesendummheit gemacht.«

Er stöhnte. »Ausgerechnet wieder bei Elisabeth? Die Frau bringt dich doch jedes Mal an deine Grenzen.«

»Ich will es jetzt nicht erklären, ich kann es nicht. Kannst du sie finden?«, fragte ich verzweifelt.

Sein rationales Denken funktionierte. »Ist sie überhaupt noch in England?«, stellte er die wichtigste Frage.

»Keine Ahnung. Frag´ mal bei Vince morgen nach, vielleicht weiß er mehr.«

»Okay, ich kümmere mich darum«, antwortete er resigniert.

Ruhelos lief ich nach dem Telefonat umher, zermarterte mir den Kopf, schaute aufs Meer, ging zurück zum PC. Gab den Begriff `Personensuche´ ein. Gab ihren Namen in den sozialen Netzwerken ein. Es gab keine Treffer, keine privaten Spuren von ihr im Netz. Um Mitternacht nahm ich eine der Schlaftabletten ein, die Vince verschrieben worden waren; ich konnte nicht mehr.

Als ich mich zu ihm legte, schlief er fest.

Er war vor mir aufgestanden, hatte allein gefrühstückt. Das Geschirr stand noch auf der Küchentheke, an der wir immer gemeinsam aßen, wenn ich zuhause war. Ich fand ihn in seinem Arbeitszimmer, er las Textseiten an seinem PC.

»Vince, es tut mir wirklich so leid«, hob ich an, als er sich mit seinem Schreibtischstuhl zu mir herumdrehte.

Er betrachtete mich forschend, bevor er mit einem Seufzen antwortete. »Max, das weiß ich. Aber ich werde dir nun etwas sagen und ich möchte, dass du mir genau zuhörst: Gestern hast du eine Grenze überschritten und diese Grenze hat nichts mit Elisabeth zu tun; es war meine persönliche Grenze. Damit hast du dich auf ein Gebiet begeben, das ich nicht mehr akzeptieren kann. Ich weiß, dass es ‚nur' deine Eifersucht war, aber ich bin nicht bereit, das weiter zu ertragen. Du bist du, Max, aber ich bin auch ich! Und wenn du dieses Ich nicht respektierst, hat unsere Liebe ihre Grundlage verloren. Ich werde versuchen, Elisabeth zu finden. Und sollte ich sie tatsächlich wieder zurückbekommen, wirst du das akzeptieren. Hörst du: Du wirst sie in meinem, vielleicht auch unserem Leben akzeptieren!«

Dann drehte er sich wieder zu seinem Computer um.

»Vince, ich weiß, was ich getan habe, ist unverzeihlich. Aber bitte, sag nicht, dass du mich nicht mehr liebst, dass du mich verlassen wirst. Ich habe gestern Abend schon versucht, mit ihr zu sprechen, aber sie ist nicht ans Telefon gegangen. Joseph wird alles daran setzen, sie zu finden. Weißt du, wo sie sein kann?«

Er war immer noch wütend. »In Schottland, hier um die Ecke! Sie wollte uns sogar besuchen, obwohl sie so schüchtern ist. Ich fürchte, wir werden sie nicht finden, weil sie nicht gefunden werden will. Und nun lass mich allein.«

»Vince…«

»Raus hier, Max.«

Bedauernd zog ich mich zurück und machte mir einen Kaffee, schlich durchs Wohnzimmer, ging ins Untergeschoss, strich über den Billardtisch, lief durch den Garten bis zum Rand der Klippe, kam wieder hoch und hörte Vince telefonieren. Ich trottete ins Schlafzimmer, in mein Arbeitszimmer, ins Wohnzimmer und wieder nach unten. Pausenlos und wie im Kreis.

Als ich wieder einmal auf dem Rückweg von der Klippe war, klingelte mein Telefon; Joseph rief an. »Ich habe eben mit Vince gesprochen. Er geht alle Hinweise durch, um herauszufinden, wo Elisabeth sein kann, aber Schottland hat viele Wanderwege. Es wird schwierig werden!«, warnte er. »Ich habe ihr Telefon bei der Gesellschaft ›vermisst‹ gemeldet. Nun werden wir benachrichtigt, wenn sie es benutzt. Aber seit gestern Nachmittag ist es abgeschaltet. Ich habe auch die Telefonnummern auf ihrer Visitenkarte angerufen. Unter einer läuft auch ein Anrufbeantworter, aber ich konnte keine Nachricht hinterlassen. In der Universitätsklinik, an der sie arbeitet, habe ich nur erfahren, dass sie in zwei Monaten zurückerwartet wird. Ich habe ihr auch eine Email geschickt, aber es kam nur eine Abwesenheitsnotiz. Vince sagte, wenn sie die überhaupt liest, dann erst in Deutschland«, ratterte er.

Das klang gar nicht gut! »Können wir sie nicht über meine Webseite suchen?«

»Das dürfen wir nicht, zumindest nicht mit Bild und vollem Namen, denn das würde gegen ihre Persönlichkeitsrechte verstoßen. Willst du da wirklich hinschreiben: Elisabeth, bitte melden Sie sich?« Er schnaubte. »Die Antworten kannst du dann selbst durchgehen, ich tu´ mir das nicht an. Wir haben keinerlei Recht, sie offiziell suchen zu lassen, Max! Ich könnte einen gefakten Reisenotruf senden lassen, aber damit begäben wir uns schon auf sehr dünnes Eis. Wir können ja schlecht sagen lassen, bitte melden Sie sich bei Vince. Wir gehören nicht zur Familie. Hat sie überhaupt Familie? Vielleicht weiß da einer, wo sie ist? Ich werde Vince noch einmal fragen. Bis später.«

Sie meldete sich nicht.

Und wir fanden sie nicht.

10

Franca

Zum ersten Mal hörte ich von Elisabeth, als Max mich anrief und um meine Hilfe bat.

Vince war aus dem Krankenhaus entlassen worden und sei zuhause in Edinburgh. Der Bruch war gut verheilt, aber er musste weiterhin an Krücken gehen. Die Schulterverletzung behinderte ihn zusätzlich und er konnte sich noch nicht selbst versorgen.

Da ich in letzter Zeit nicht so ausgeglichen war, schien mir die Aussicht auf ein wenig Tapetenwechsel verlockend. Ein paar Wochen in Schottland, warum nicht? Und die Hauptstadt faszinierte mich bei jedem Besuch mehr, ich hatte mich richtig in sie verliebt. Die Kinder versorgten meinen James gut. Sie wurden immer selbstständiger und brauchten mich kaum noch.

Max hatte schon vorgesorgt: Die Haushälterin übernahm das Kochen, zusätzlich kam jeden Tag ein Physiotherapeut, um die Krankengymnastik bei Vince zu unterstützen. Max hatte am folgenden Tag wieder mehrere Termine in London, was ihm auch ganz recht schien. Du weißt ja, dass er immer in Bewegung sein muss.

Die Stimmung zwischen den beiden war angespannt, man merkte es an den Kleinigkeiten. Kurze Sätze, die eher dem Informationsaustausch dienten als einer Unterhaltung. Keine Scherze und auch die üblichen kleinen Hänseleien fehlten, es gab keine freundliche Berührung über das höfliche Maß hinaus.

Natürlich half Max, wenn Vince Probleme mit den Krücken hatte oder sonstige Unterstützung brauchte, aber alles wirkte auf merkwürdige Weise klinisch und ganz fremd auf mich, denn ihre liebevoll lässige Art des Umgangs miteinander hatte ich gemocht. Statt seine Unterlagen überall im Wohnzimmer zu verstreuen, zog Vince sich jetzt in sein Arbeitszimmer zurück.

Max war noch eine Spur ruheloser als sonst, schaute ständig auf sein Telefon; rief Joseph an, ob sich etwas getan hatte.

Als Vince schon kurz nach dem Abendessen sagte, er gehe zu Bett, fragte ich Max, was hier los sei.

Er wirkte sehr niedergeschlagen. »Oh, Franca, ich habe einen Riesenfehler gemacht! Eigentlich schon mehr als einen«, bekannte er.

»Was ist denn geschehen, Max? Wir hatten ja kaum Kontakt.«

Max erzählte von dem Unfall: Vince war vor ihrer Wohnung am Green Park angefahren worden, am Tag nach ihrem mehrwöchigen Aufenthalt in den U.S.A. Es war ein typischer Touristenunfall: Er wollte Laufen gehen und hat beim Überqueren der Straße ein Auto übersehen. Die Polizei nimmt an, dass er zuerst nach rechts geschaut hat statt nach links. Man sollte meinen, dass diese Gewohnheiten tief verankert sind, wenn man in England aufgewachsen ist, aber vielleicht war er in Gedanken oder müde gewesen. Eine Passantin führte eine Art Hypnose bei ihm durch, wie es bei Notfällen schon öfter beschrieben wurde. Alles keine große Sache, sie war eine Ersthelferin bei einem Autounfall. Den Unfall selbst hatte sie gar nicht gesehen, wurde daher auch nicht als Zeugin benötigt.

Das sind die Fakten, die er mir berichtete. Er hat die Frau wohl noch einmal wiedergetroffen, sogar am gleichen Abend. Irgendetwas war dort geschehen, aber er hat nicht viel darüber gesprochen. Fast schien es, als sei ihm die Erinnerung daran unangenehm.

Dann fuhr er sich mit den Händen übers Gesicht und sprach mit rauer Stimme weiter. »Franca, glaub mir, ich konnte nicht ahnen, was auf uns zukommt. Der Fehler, den ich gemacht habe, geschah aus reiner Eifersucht. Ich weiß seit Jahren, dass ich völlig überzogen reagiere. Vince ist mein Ein und Alles, meine Liebe, mein Partner, mein bester Freund. Er hat mir nie Anlass zur Eifersucht gegeben. Aber diese Angst, dass ich ihn verlieren könnte, allein die Möglichkeit, dass so etwas geschehen könnte, hat mich schon fast wahnsinnig gemacht. Doch nun bin ich es, der unsere Beziehung gefährdet! Und vielleicht habe ich ihn schon verloren«, setzte er resigniert hinzu.

Ich schwieg. Das waren Worte, die so gar nicht zu unserem immer aufgedrehten, extrovertierten Bruder passten, der kaum etwas ernst nehmen konnte. Der das ganze Leben als ein einziges Spiel ansah.

Erfolgsverwöhnt und manchmal sogar leicht überheblich stand er den Problemen anderer gegenüber, als könne er sie nicht nachvollziehen. Doch nun schien er die Situation zutiefst zu bereuen. Ich bekomme heute noch eine Gänsehaut, wenn ich an die kalte Verzweiflung und Hoffnungslosigkeit denke, die er ausstrahlte.

Max stand auf und blieb vor dem großen Fenster im Wohnzimmer stehen, starrte aufs Wasser. Ich wollte ihn trösten, ihn wie früher, als er ein kleiner Junge war, in den Arm nehmen, aber er ließ es nicht zu.

Ungeduldig schüttelte er mich ab. »Nicht ich bin es, der hier Zuwendung braucht. Es ist Vince«, schnaubte er. »Ich danke dir, dass du gekommen bist, dann ist er nicht so allein. Ich habe in der nächsten Woche viele Termine, du kennst das ja bei mir. Aber ich werde immer zwischendurch anrufen. Vielleicht kannst du herausfinden, wie ich das, was ich getan habe, wieder gutmachen kann.«

Ich war ratlos. »Willst du mir nicht wenigstens verraten, was du wieder gutmachen willst?«

»Bitte, sprich mit Vince darüber«, antwortete er verzweifelt. »Ich würde ja doch nur versuchen, es irgendwie schön zu reden, um mich zu entlasten. Ich hoffe, er erzählt es dir. Ich mache mir inzwischen Gedanken, was man tun kann. Joseph weiß auch Bescheid und er setzt alle Hebel in Bewegung, aber bisher waren wir nicht erfolgreich. Wie kann man auch mit so einer Reaktion rechnen, das macht doch kein normaler Mensch!«

Ich verstand ihn nicht. »Um wen geht es hier? Vince geht es nicht besonders, aber ich habe den Eindruck, dass du noch von jemand anderem sprichst?«

Ungeduldig fuhr er mich an. »Ist das nicht klar? Es geht um Elisabeth, wen sonst?«

»Max, wer ist Elisabeth?«

»Habe ich ihren Namen nicht erwähnt? Sie hat uns, ach nein, sie hat ihm geholfen und jetzt ist sie nicht mehr zu finden.«

Er sprach von einer Frau, von der ich noch nie gehört hatte: Eine Frau, die mit Max und Vince zu tun hatte und nicht gerade eine Mitarbeiterin war, gar eine Freundin in ihrer Männerwelt?

Ich teilte die Frauen in ihrer Welt in drei Kategorien ein: Die Frauen in der Familie, die Kolleginnen und Mitarbeiterinnen und natürlich die Fans, die Max umlagerten, wo er ging und stand. Eine Freundin gab es bei den beiden noch nie. Sie waren viel zu sehr auf sich selbst bezogen, als dass sie zu anderen eine ernsthafte Beziehung aufgebaut hätten: Max, weil es ihn nicht interessierte und sein Beruf ihn vollkommen ausfüllte. Vince war immer schon ein Einzelgänger und die ruhige Sicherheit seiner Partnerschaft genügte ihm. Er liebte die Freiheit, zu tun, was er wollte, sobald Max wieder unterwegs war.

11

Vincent

Sie würde sich nicht melden.
Eben hatte ich die hundertste Nachricht geschrieben. Oder die tausendste?
»Bitte melde dich« »Es tut ihm leid« »Geht es dir gut?« »Hast du dich verlaufen?« »Wir suchen dich« »e2-e4?« »Hast du dich am Haggis verschluckt?« »Bitte, Elisabeth!« »Ich vermisse dich« »Ruf mich an!«.
Seit Tagen versuchte ich, sie zu erreichen. Ich hatte sie während der Wochen im Krankenhaus gut kennengelernt und ihre Prinzipien waren viel stärker als meine: »Das moralische Gesetz in mir...«, »Störe meine Kreise nicht, wie ich es auch bei dir nicht tue«, »Die Menschen sind gut, nur verblendet und träge geworden«. Sie war wohl auch allein gewesen, aber einsam? Eher nicht. Sie hatte eine sehr eigene Art, mit der Welt umzugehen.
Nur zögerlich war sie auf den Kontakt eingegangen, hatte sich nicht geöffnet, aber ihre Freundschaft angeboten. Ich hatte sie enttäuscht und ihre Offenheit mir gegenüber, wenn auch unabsichtlich, mit Max geteilt. Sie konnte nicht wissen, was geschehen war, durchschaute aber, dass es Max gewesen war, der ihr geantwortet hatte.
Max hat mir ihre letzte Nachricht gezeigt, diese Links zum Lexikon. Das war so typisch für sie. Nun war ihr klar, dass Max nichts von unserem intensiven Kontakt wusste. Und sie hatte auch nie erwartet, dass ich nicht mit ihm darüber sprechen solle! Durch sie war unsere Beziehung nun doch angerührt und das hatte sie nie gewollt. Und sie wusste nicht, dass Max sie für einen Mann gehalten hatte. Es hätte sie sicher köstlich erheitert: »Er dachte, ich sei ein Mann, ehrlich? Klar, auf eurem Planeten existieren Frauen ja nicht.«
Ich vermisste sie so sehr, meine Lady in Black. Wie gerne hätte ich mit ihr über meine Probleme mit Max gesprochen. Ich wusste, dass Franca sich wirklich bemühte, aber ich konnte ihr die Geschichte nicht erzählen. Unsere Freundschaft konnte selbst ich nicht einmal richtig beschreiben. Sie war seltsam, ungewohnt, tief, besonders, in-

nig. Wie klingt das in den Ohren von anderen? Nein, ich würde nicht darüber sprechen.

Max hat mich angerufen, manchmal mehrmals am Tag. Wie hatte ich mir das im Krankenhaus gewünscht, aber jetzt stand der Vertrauensbruch wie eine Wand zwischen uns. Er hatte sich entschuldigt und ich hatte die Entschuldigung akzeptiert. Natürlich, ich kenne ihn ja fast besser als er sich selbst. Ich wusste, dass es ihm leid tat, aber ich hatte nicht die Kraft, diese Wand zwischen uns zu durchbrechen. Er wartete auf ein Zeichen, das ich ihm nicht gab.

Joseph schickte eine Nachricht: Der tägliche Statusbericht, es gab keine Neuigkeiten. Er wollte nicht am Telefon berichten, dass sie Elisabeth noch nicht gefunden hatten.

Wurde es mir erst in diesem Moment richtig bewusst?

Ich war der Situation hilflos ausgeliefert. So sehr ich auch wollte, ich konnte nicht kämpfen, konnte nichts tun, konnte nicht weglaufen. Hatte Elisabeth nicht davon gesprochen, von diesem Gefühl, innerlich zu erfrieren? Nun wusste ich, was sie meinte: Alles kam zurück. So hatte ich mich nach dem Unfall gefühlt.

Wieder war ich der Erinnerung ausgeliefert: Der Blick auf die Beine der Passanten, der Geruch des Asphalts, der drückende Stein unter meinem Rücken, der Geschmack des Blutes im Mund. Die Gespräche in der Notaufnahme überfielen mich unerwartet immer wieder gnadenlos. Aber nun würde sie nicht kommen, mich nicht retten. Ich fühlte, wie die Lebensenergie aus mir hinauslief und leise im Boden versickerte. Die Welt wurde monochrom, die Zeit verschwamm und die Symptome trafen mich mit aller Wucht.

Die Dünnhäutigkeit, die ich schon im Krankenhaus gespürt hatte, selbst diese dünne Haut war nun weg. Alles stürzte auf mich ein und traf mich bis ins Mark, verletzte, verbrannte, zerstörte mich langsam und unaufhaltsam.

Manchmal konnte ich auch klar denken. In diesen Augenblicken hatte ich den Eindruck, dass alle Sinne besonders geschärft waren, denn selbst das sanfte Tropfen des Regens hallte in mir wie ein Gewitter.

Max wollte mich wieder in eine Klinik bringen, das hörte ich mit. Ich fühlte, wie die Panik mich überwältigte: »Nie wieder Ärzte, nie wieder!«

Daraufhin rief er eine Psychologin an und ich ließ sie auch in mein Zimmer. Aber sie war nicht wie Elisabeth und ich drehte mich wortlos zur anderen Seite. Sie sprach vor der Tür noch leise mit Max. Es sei eine Posttraumatische Belastungsstörung und man müsse jede Situation vermeiden, in der ich mich hilflos fühlen würde, dass man mir die `Entscheidungskompetenz´ zurückgeben müsse. Typisches Psychologengeschwätz. Ich war doch schon hilflos. Elisabeth war fort, man hatte mir meinen Schutz genommen.

Meine Aufmerksamkeit kippte immer wieder weg: Mitten im Satz, den ich mit Franca sprach, wusste ich auf einmal weder, wie ich ihn angefangen hatte, noch wie ich ihn beenden oder was ich eigentlich sagen wollte. Ich verstand nicht mehr, was Max oder Franca sagten, ich konnte den Sinn ihrer Worte nicht erfassen. Sie sagten etwas, ich nickte, dann waren sie meistens ruhig. Jeder Laut quälte mich, daher versuchte ich einen Ort zu finden, an dem es ruhig war: Im Bett mit der Decke über dem Kopf. Aber dort lauerten auch die Albträume: Ich lag wieder in der Notaufnahme, die Ärzte sagten: »Wir müssen die Vitalwerte genau bestimmen...« »Nein!«, voller Panik wachte ich dann wieder auf.

Viele Dinge verrichtete ich automatisch, anderes konnte ich einfach nicht mehr: Welchen Knopf an der Kaffeemaschine muss man drücken – was ist das für ein Edelstahlmonstrum hier in der Küche – was wollte ich noch tun – ich weiß es nicht mehr – wo ist Max – ich weiß es nicht – Elisabeth wird es wissen – ich muss ihr eine Nachricht schicken – ein Glück, ich weiß noch, wie man eine SMS schreibt – jetzt schnell, bevor ich es wieder vergesse – was wollte ich schreiben – ach ja, Max – ich schreibe ihr, wo ist Max? – die Antwort – Empfänger ist nicht erreichbar – ein heller Moment – oh nein, ich habe sie verloren – ich ertrage es nicht – was ist das hier für eine Maschine in der Küche – es ist so laut – ich muss hier weg – ich habe Durst – ich bin müde – Elisabeth hat sich heute noch nicht gemeldet – warum nicht – ich kann mich nicht erinnern, wo ich hin wollte – das Gehen fällt mir so schwer – was macht der Schirmständer hier –

wo ist das Bett – ich bin so allein – was passiert mit mir – es ist so laut – ich wollte etwas trinken – wo ist Max – ich schaffe es nicht – ich kann nicht mehr – warum ist es hier so kalt?

12

Max

Vince ging es schlechter und schlechter. In den ersten Tagen war er fast so ruhelos wie ich gewesen. War vom Laptop zum Fenster gelaufen, hatte tausendmal auf sein Handy geschaut. Stundenlang las er die Mails, die er mit Elisabeth ausgetauscht hatte, als könne er sie dort sehen und heraus zaubern. Dann saß er nur noch da, starrte stundenlang aufs Meer hinaus.

Franca rief mich schon früh morgens an: »Max, ich kann die Verantwortung hier nicht mehr übernehmen. Er isst nicht, er trinkt kaum etwas und läuft herum, als befände er sich unter Wasser. Er spricht nicht mit mir, nickt höchstens und wenn er dann doch einmal etwas sagt, dann in völlig zusammenhangslosen Sätzen. Er hört mir nicht zu. Als ich ihn heute Morgen fragte, ob er der größte Dummkopf der Welt sei, hat er genickt. Ich glaube, er versteht auch nicht, was ich sage; er reagiert darauf, als spräche ich chinesisch. Er liegt immer öfter im Bett und das Zimmer ist dunkel. Die Spezialisten, die du gerufen hast, hat er nicht in sein Zimmer gelassen. Die haben mir nur irgendwelche Rezepte in die Hand gedrückt. Alles starke Antidepressiva und noch mehr Beruhigungsmittel, dabei schläft er doch schon im Stehen. Aber er schluckt sie sowieso nicht. Letzte Nacht, Max, um drei Uhr, habe ich ihn im Garten erwischt! Er hat den Weg zurück nicht mehr gefunden. Was ist, wenn er es das nächste Mal bis zur Klippe schafft? Du musst ihn in eine Klinik bringen.«

Eine Klinik. Ich hatte noch seine letzte Panikattacke vor Augen: Als wolle man ihm bei lebendigem Leib die Haut abziehen, er hatte gezittert wie in der Nacht im Krankenhaus. Das konnte ich ihm doch nicht antun!

Diese Psychologin hatte es mir klar gesagt: »Ihr Partner zeigt die klassischen Symptome einer Posttraumatischen Belastungsstörung: Die emotionale Labilität, die erhöhte Sensibilität für äußere Reize, die Albträume, Intrusionen, Vermeidungsreaktionen. Es ist nicht ungewöhnlich, dass die Symptome erst jetzt auftreten. Wahrscheinlich war er im Krankenhaus durch die körperliche Genesung oder etwas anderes abgelenkt. Wichtig ist jetzt vor allem, dass man jede Situation vermeidet, in der er sich hilflos fühlt. Sonst kann es zu einer Retraumatisierung kommen, die häufig noch heftigere Symptome als das erste Trauma hervorruft. Er könnte in eine schwere Depression abrutschen, die man tatsächlich stationär behandeln müsste. Hier muss man genau abwägen, denn der Krankenhausaufenthalt hat ihm wohl schwer zugesetzt. Gab es da noch weitere Krisen nach dem Unfall?«

»Ja, er hatte sehr starke Schmerzen.«

»Das könnte ein weiteres belastendes Moment gewesen sein», bestätigte sie. »Warten Sie einfach noch ein paar Tage ab. Die meisten Betroffenen erholen sich wieder von selbst, wenn sie sich sicher fühlen. Bei Ihnen und Ihrer Schwester ist er ja in den besten Händen. Übrigens, Mister Llewellyn, häufig sind in solchen Situationen auch die Angehörigen gefährdet, man nennt das sekundäre Traumatisierung. Achten Sie also auch auf sich selbst.« Sie hatte mir ihre Visitenkarte gegeben: »Wenn Sie noch Fragen haben oder wenn er vielleicht doch noch bereit ist, mit mir zu sprechen, rufen Sie mich wieder an.«

Sie war freundlich gewesen und erklärte mir, was mit Vince geschah, aber ich hatte ihr nicht von der Situation mit Elisabeth erzählt. Natürlich musste er sich hilflos fühlen. Ich hatte seine Ablenkung im Krankenhaus vertrieben.

Nach Francas Anruf war ich sofort zu ihm zurückgekehrt. Heute war er gar nicht mehr aufgestanden.

Aber die paar Tage, die wir abwarten sollten, waren nun vorbei. Es ging ihm immer schlechter, ich musste ihn am Montag in die Klinik bringen lassen. Ich hatte solche Angst um ihn.

Und dann, Rick, kam uns der Zufall zu Hilfe.

Abends rief Joseph mich an. Elisabeths Handy war eingeschaltet worden, sogar ganz in der Nähe: Lawnmarket, Ecke Bank Street. »Da ist dieses Pub, erinnerst du dich? Vielleicht haben wir Glück und finden sie dort!«

Wir fuhren sofort dorthin und ich betete fast in diesem Moment, dass sie es selbst eingeschaltet hatte.

Und dass sie noch dort war.

13

Georg

Als der Wecker klingelte, schlug ich das Buch zu.

Es war genau 18 Uhr. Eine gute Zeit, um einen freien Duschplatz im Studentenwohnheim zu erwischen. Wenn ich mich in meine Bücher versenken konnte, vergaß ich schnell die Zeit. Heute Abend aber hatte ich eine Verabredung, auf die ich mich sehr freute. Sie war fast fünf Wochen unterwegs gewesen und nun war sie zurück von ihrer Trekkingtour durch die Berge: meine Mutter.

Aus Wales hatte sie mir jeden Tag geschrieben, aber in Schottland war irgendetwas geschehen. Sie hatte ganze drei Tage nichts von sich hören lassen. Dabei wusste sie doch, dass mir bei dem Gedanken, dass sie allein unterwegs war, unwohl war. Nun, vielleicht hatte sie dort oben keine Verbindung. Seit wann benutzte sie denn ein Handy?

Was hatte es früher, als ich noch ein Kind war, endlose Diskussionen gegeben: Alle meine Freunde hatten eines, aber sie sagte immer: »Bewahr dir deine Unabhängigkeit und deine Freiheit. Lass dich nicht davon versklaven.« Sie hatte recht, das Leben ohne ständige Erreichbarkeit war heute ein Segen für mich.

Ich duschte, zog mich an und machte mich auf den Weg in die Innenstadt zu unserem Lieblingsrestaurant. Wir hatten es vor Jahren bei dem ersten Aufenthalt hier in der Stadt entdeckt. Ihre Liebe zu dieser Stadt ließ in ihr den Wunsch nach der Wanderung wachsen, die sie jetzt unternommen hatte.

Wir trafen fast gleichzeitig ein. Sie winkte mir schon von weitem zu, als sie mit ihrem typischen schnellen Schritt die Royal Mile herauflief. Gut sah sie aus, die lange Wanderung hatte sie endlich auf andere Gedanken gebracht. Sie umarmte mich fest: »Schatz, ich freu´ mich so, dich zu sehen!«

Wir gingen sofort hinein, hatten beide einen Riesenhunger. Die Kost in England war uns noch immer fremd, aber die Speisekarte verstand sie nun problemlos. Und sie wusste sogar, was sich hinter den `exotischeren´ Gerichten verbarg.

Ausgiebig erzählte sie von ihren Wanderungen: was sie gehört, gesehen, gefühlt und erlebt hatte. Ab und zu jedoch schlich sich ein trauriger Ausdruck in ihre Miene. Nach dem Essen wechselten wir hinunter ins Pub und hier fragte ich sie, was los sei. Sie kann mir meine Gedanken nicht nur am Blick ablesen, aber ich konnte das bei ihr ja auch.

»Das ist eine lange Geschichte, Georg. Willst du sie dir wirklich anhören?«

»Wenn sie dich so beschäftigt, ja!«

Sie erzählte mir von dem Unfall, den sie miterlebt hatte. Und von ihrer Brieffreundschaft mit einem Vincent, die aber dessen Partner Max nicht gefallen hatte und die sie schweren Herzens wieder aufgegeben hatte. Bei dieser Gelegenheit zog sie das Telefon aus ihrem Rucksack.»Ich habe dir nicht den üblichen Schal mitgebracht, die es gleich tausendfach in den Geschäften hier in der Stadt gibt.« Sie lächelte mich schelmisch an, denn über die Schals hatten wir immer Witze gemacht.»Vielleicht kannst du mit diesem Teil hier etwas anfangen? Man kann damit auch Musik hören und ich will es nicht mehr sehen. Es ist zwar nicht neu, aber sicher noch funktionstüchtig. Es sei denn, die Dinger halten nur drei Wochen. Wenn du es nicht brauchen kannst, wirf es einfach weg.«

»Ist das Telefon von diesem Vincent?«

»Von Vincent und Maximilian, aber es macht mich nur noch traurig, wenn ich es sehe. Also weg damit!« Entschlossen schaute sie mich an.

Ich schaltete es an, kontrollierte die Funktionen und Programme, sogar die Musikseite fiel mir auf. »Ist die freigeschaltet?«

»Was heißt denn freigeschaltet? Sie funktioniert, mehr verstehe ich nicht davon.«

Ich lächelte, das passte zu ihr. »Mama, hier sind jede Menge ungelesene Nachrichten und Anrufe!«

Sie schüttelte den Kopf, sah angestrengt an die Wand. »Lösch sie einfach.«

»Aber sie sind auch von diesem Vincent.«

»Lösche sie, Kind.«

Das tat ich und legte das Handy beiseite; vielleicht konnte man es tatsächlich später noch nutzen.

Wir sprachen nun über mich, mein Studium und wie ich mich eingelebt hatte. Welches Auslandssemester als nächstes geplant war, über neue Ideen, Fortschritte, meine Freunde.

Eine Unruhe an der Tür lenkte mich ab. Es war ein Gast gekommen, der hier vielleicht bekannt war. Die übrigen Gäste zückten mehr oder weniger sofort ihre Handys, um Fotos zu machen. Alle starrten auf die Displays, statt sich die Situation im Realen anzuschauen. Ich musste lachen, wie bescheuert war das denn?

»Was ist denn los, Georg, was haben die Leute?« Sie saß mit dem Rücken zur Tür, hatte die Unruhe aber auch bemerkt.

»Irgendein Prominenter vielleicht. Vor denen ist man hier nie sicher!«

Wir lachten und trotzdem wandte sie sich kurz um. Schlagartig breitete sich Panik auf ihrem Gesicht aus: »Wir müssen hier sofort weg! Gibt es noch einen anderen Ausgang?« Sie machte sich ganz klein, suchte einen zweiten Ausgang mit versteckten Blicken.

Ich legte meine Hand beruhigend auf ihren Arm. »Alles in Ordnung, Mama? Wir gehen sofort!«

Es war schon zu spät, denn ein Herr trat genau an unseren Tisch. »Elisabeth, ich muss Sie dringend sprechen.«

Sie richtete sich seufzend zu ihrer vollen Größe auf und wenn sie es will, kann durchaus größer erscheinen, als sie ist. Mit zornblitzenden Augen fuhr sie ihn an: »Maximilian, werden Sie nun zu meinem persönlichen Stalker? Ich kann mich nicht erinnern, Sie an unseren Tisch eingeladen zu haben und ich befinde mich in einem Gespräch. Müssen wir unbedingt jetzt unsere Lieblingsdiskussion über Anstand und Diskretion fortführen? Ich hatte angenommen, Sie seien des Lesens mächtig und ich traue Ihnen sogar die Umsetzung der Inhalte zumindest in Ansätzen zu! Was also lässt Sie davon ausgehen, Sie seien hier erwünscht? Sie sind es nicht!«

Das war eine eiskalte Abfuhr, so kannte ich meine Mutter gar nicht! Sie war doch sonst die Höflichkeit in Person. Ich schaute sie erstaunt an, aber sie schüttelte den Kopf, daher stand ich auf und bat den Herrn, doch bitte ihre Wünsche zu respektieren und zu gehen.

Es war ihm sichtlich unangenehm. Kannte ich ihn irgendwo her? Dann traf mich die Erkenntnis wie ein Schlag.

»Elisabeth, bitte, nur fünf Minuten. Es ist sehr wichtig! Vince geht es sehr schlecht. Darf ich mich setzen?«

Sie wollte schon ablehnen, aber der Mann war ehrlich besorgt und deshalb griff ich ein. »Mama, willst du ihn nicht kurz anhören?«

Sie ließ sich erweichen, wie immer, wenn ich sie um etwas bat. Wir setzten uns. »Georg, darf ich dir Maximilian Llewellyn vorstellen. Maximilian, mein Sohn, Georg Lindscheid.«

Wir gaben uns die Hand. Ich weiß nicht, wer von uns beiden überraschter war: Ich über dieses unvermittelte Zusammentreffen, er über die Tatsache, dass sie einen Sohn hatte.

Ein weiterer Herr trat an unseren Tisch und murmelte: »Max, es gibt ein Nebenzimmer. Der Wirt hat uns angeboten, dorthin umzuziehen, wenn du eine ruhigere Atmosphäre wünschst.« Er wandte sich an meine Mutter: »Guten Abend, Elisabeth. Ich bin froh, dass wir Sie endlich gefunden haben. Sie sehen wunderbar aus.«

Wer war das jetzt? Die Handys im Raum waren Maximilian durch den Raum gefolgt und hatten uns nun im Visier. Ich wusste, wie unangenehm das meiner Mutter war.

»Bring mich hier raus, Georg, zur Not über dieses Nebenzimmer«, flüsterte sie mir zu.

»Sie ist einverstanden«, sagte ich und bemerkte die unendliche Erleichterung, das Aufatmen bei Maximilian.

Wir zogen um, meine Mutter klammerte sich an meinen Arm. Ich legte den Arm um sie und sie beruhigte sich ein wenig. »Mama, ist das der Typ, den ich meine?«

Sie drückte mir kurz den Arm. »Ja, und bleib bei mir!«

Im Nebenzimmer standen wir uns gegenüber: Der andere Mann neben Maximilian und ich neben meiner Mutter. Sie sprach nun ruhiger: »Georg, das ist Joseph Gordon, der Manager von Maximilian. Joseph, das ist mein Sohn Georg.«

Da war sie wieder, ihre Höflichkeit. Als sollten wir zumindest wissen, wen wir bei diesem Duell eventuell aufspießen müssten. Wir nickten uns zu, beide in adjutanter Alarmbereitschaft.

»Nun, Maximilian? Ich habe es eilig.«

Er erzählte von seinem Partner, der psychisch sehr krank geworden sei und am Montag in eine Klinik müsse, wenn sich sein Zustand nicht bessere. Sie fragte nach den Symptomen, er berichtete.

»Das hört sich wie eine klassische Belastungsstörung an. Hier gibt es sicher genug erfahrene Spezialisten für eine fachgerechte Behandlung.« Sie ließ ihn abblitzen.

Maximilian sprach drängend. »Elisabeth, er will in keine Klinik! Er hatte schon eine Panikattacke bei dem Gedanken daran.«

Auch das beeindruckte sie nicht. »Mit etwas Aufwand kann man die Störung ambulant behandeln, wenn Sie bei ihm bleiben. Er braucht nicht mehr als Sie und einen Therapeuten.«

»Aber er lässt niemanden an sich heran!«

»Und was, denken Sie, kann ich dabei ausrichten?« Sie war eisig.

Vorwurfsvoll beklagte er sich. »Er ist total abgerutscht, seit Sie ihm den Kontakt gekündigt haben! Vielleicht erholt er sich, wenn er Sie wieder zurück bekommt?«

Jetzt wurde sie richtig wütend. »Ich habe ihm den Kontakt gekündigt? Verdrehen Sie da nicht etwas? Und er bekommt mich nicht zurück, er hat Sie! Warum gehen Sie überhaupt davon aus, dass er mich ‚zurückhaben' will? Hat er das gesagt?«

Maximilian zögerte. »Nicht direkt, aber er denkt auch, dass er Sie nicht mehr erreichen kann. Er war verzweifelt darüber und hat Sie gesucht. Natürlich will er Sie sehen!«

»Und dann, Maximilian?«, fauchte sie. »Wie sieht Schritt zwei, drei und vier in Ihrem Plan aus? Er sieht mich, ist gesund und alles ist gut? So, wie Sie es schildern, ist er inzwischen schwer krank. Denken Sie, ich könnte ihn allein mit meinem 'strahlenden Anblick' wieder gesund machen? So etwas braucht Zeit, viel Geduld und eine intensive Psychotherapie mit einem Außenstehenden. Auch wenn Sie es nicht wahrhaben wollen: Ich kenne ihn schon zu gut und ich schätze ihn viel zu sehr, als dass ich meine Objektivität wahren könnte, selbst wenn ich das wollte. Und er kennt mich viel zu gut! Er wüsste, welche Sätze er sagen müsste, ganz unbewusst, um unsere Verbindung wieder zu stärken; Worte, die ich gerne annehmen würde. Er hat schon einmal den Weg zu mir gefunden und ich habe unseren Kontakt geliebt. Ihnen mag unsere Trennung wie ein kalter, klarer Schritt vorgekommen sein, aber für mich war es eine herkulische Aufgabe. Wenn wir wieder Kontakt hätten, würde er sich schnell intensivieren, weil wir beide das wollen. Und ich würde ihn nicht noch einmal aufgeben! Nein, ich würde meinen Freund auch gegen Ihren Willen behalten, solange er es auch will.« Sie blitzte ihn an. »Und dann, Maximilian, was wäre dann mit Ihnen? Könnten Sie es ertragen, wenn er seine Gedanken und Gefühle noch mit einem anderen Menschen teilt? Sie und ich wissen, dass er schwul ist, aber es gibt auch andere Aspekte der Beziehung. Wollten Sie die tolerieren und respektieren? ‚Bring sie erst mal her, danach wird Joseph schon wieder den Müll rauskehren, möglichst mit Unterschrift, so wie immer!' Stellen Sie sich das so vor? Das wird nicht funktionieren, und deshalb, überlegen Sie sich, was Sie sich wünschen!« Sie war außer sich, selten hatte ich sie so aufgebracht gesehen. Sie drehte sich zu mir herum. »Lass uns gehen, Georg.«

Ich half ihr in die Jacke. Solange die Leute ihren Ausbruch noch verdauen mussten, kämen wir schnell von hier fort. Aber ich war besorgt, dieses Verhalten passte nicht zu ihr, da war mehr im Spiel. Ich versuchte, sie zu erreichen: Was für ein Desaster!

»Lass das sein, Schatz!« Sie blockte sich sofort ab.

»Mama«, hob ich etwas ratlos an, aber sie sagte nur »Später.«

Wir hatten schon fast die Tür erreicht, als sie plötzlich innehielt und die Augen schloss, tief einatmete. Sie zögerte kurz, drehte sich dann aber doch noch einmal um. »Pass auf mich auf«, raunte sie und ging nochmals auf Maximilian zu.

Er saß inzwischen auf einem Stuhl, hatte die Hände vor dem Gesicht. Joseph redete leise auf ihn ein. Sie sprach ihn an, dann streckte sie ihm die Hand wie zum Abschied entgegen. Er nahm sie automatisch und sie hielt sie einen Moment zu lange, schloss dabei kurz die Augen.

Dann ließ sie sie schlagartig los und setzte sich auf den nächsten Stuhl, nahm einen tiefen Atemzug. »Gut, Max. Ich werde nach Vincent schauen. Morgen früh um neun Uhr werde ich vor meinem Hotel auf Sie warten. Schicken Sie mir ein Taxi, Sie schulden mir noch eine Fahrt!« Diese Anspielung verstand er, ich nicht. »Sollten Sie es sich bis dahin anders überlegt haben, lassen Sie es einfach sein. In diesem Fall werde ich das Hotel um neun Uhr fünfzehn verlassen haben und ich werde für Sie mit keinem Handy der Welt mehr erreichbar sein.« Sie schrieb die Hoteladresse auf ihre Karte, reichte sie an den Manager. »Morgen zwischen neun und neun Uhr fünfzehn. Schlafen Sie darüber. Gute Nacht, meine Herren!«

Endlich konnten wir das Pub verlassen.

»Willst du das wirklich tun, Mama?«, fragte ich sie nachdenklich, als wir wieder hinunter in die Stadt liefen.

»Vincent zuliebe werde ich es versuchen.«

Ich nahm sie in den Arm, aber ich war mir der Sache bei weitem nicht so sicher wie sie.

14

Franca

Ich lenkte den Wagen in Richtung Innenstadt zu einem Hotel, an dem ich eine Frau abholen sollte, von der ich mir kein Bild machen konnte. Warum war sie Vince so wichtig, warum war sie Max so unangenehm?

Gestern hatte ich wie auf glühenden Kohlen gewartet. Vince war nicht aufgestanden, hatte den ganzen Tag in dem dunklen Zimmer gelegen. Es war richtig, dass Max ihn übermorgen in die Klinik bringen würde. Dieses Trauerspiel um die beiden konnte ich kaum noch ertragen. Was war aus diesem wunderbaren Paar in den wenigen zurückliegenden Wochen geworden? Ein depressiver Geist und ein hoch nervöses Wrack. Sie waren über viele Jahre glücklich gewesen und nun war es so schnell zu diesem Zusammenbruch gekommen. Max schob alles auf die egoistische Frau, die ihm und Vincent keine Chance gegeben hatte, dieses Missverständnis aufzuklären. Aber machte er es sich damit nicht zu einfach?

Als ich ankam, hatte er den Fehler noch bei sich selbst gesehen. Doch je schlechter es Vince ging, desto mehr schimpfte er über Elisabeth, die ihnen das angetan hatte. Ich hatte einige der Mails gelesen, die wir auf der Suche nach einem Hinweis auf ihren Aufenthaltsort durchforsteten. Vince hatte sie uns lesen lassen, als er nicht mehr weiter wusste. Ihre Mails waren zum Teil sehr tiefgründig, von Schwermut geprägt gewesen. Andere waren witzig, sie zogen einander auf, so wie Max und Vince es früher getan hatten. Hatte Max es auch bemerkt? Sicher hatten ihm die Wortgeplänkel weh getan, weil er wusste, was er verloren hatte.

Er hatte sich auf seine Karriere konzentriert, Vince vernachlässigt. Es fiel ihm schwer, das einzugestehen und so schob er es lieber auf den Eindringling. Er hatte so viel gearbeitet, damit beide ein angenehmes Leben führen konnten. Aber Vince war auch vorher zufrieden gewesen und empfand seine Arbeit als Historiker, das stille

Sinnen über alten Texten als befriedigend. Trotz der vielen Reisen mit Max war er immer wieder an seine Fakultät zurückgekehrt.

Wie konnte das stabile Gleichgewicht so schnell gestört werden? Das Verlangen, nach meiner eigenen Familie zu schauen, war in den letzten Tagen ständig gewachsen. Fast fürchtete ich, dass auch wir gefährdet waren. Ich wollte alle fest in den Arm nehmen und dieser bedrückenden Atmosphäre entfliehen.

Am Montag würde ich nach Hause fahren, sobald Vince abgeholt worden wäre. Max hatte ihm immer noch nichts davon erzählt, weil er wusste, Vince könnte es als weiteren Vertrauensbruch sehen. Er hatte Vince dieses Versprechen, ihn nicht wieder in ein Krankenhaus zu bringen, vorschnell gegeben.

Max war einsilbig gewesen, als er gestern Abend zurückgekommen war. Ja, man habe Elisabeth gefunden und sie habe eingewilligt, Vince heute zu besuchen.

Er sah mich bittend an. »Franca, könntest du sie dort abholen, um neun Uhr? Du musst unbedingt pünktlich sein!«

Dazu hatte ich gar keine Lust! »Warum fährst du nicht selbst? Oder Joseph?« Ich wollte nicht weiter in die Geschichte hineingezogen werden.

»Joseph hat andere Pläne und ich wüsste nicht, was ich mit der Frau reden sollte. Ein Taxi, wie sie es erwartet, ist zu unpersönlich. Es war nicht leicht, sie zu überzeugen, herzukommen.«

»Und was soll ich mit ihr reden?«

»Sie hat einen Sohn, etwa in Jonathans Alter. Da habt ihr doch eine Gemeinsamkeit.«

»Sie hat einen Sohn? Den hat sie in ihren Mails nie erwähnt!« Ich war erstaunt. Von der Familie erzählte man doch als erstes, wenn man sich kennenlernt.

»Sie hat doch noch nie viel von sich preisgegeben. Es waren überwiegend Gespräche über allgemeine Themen oder Alltägliches. Ich war auch davon ausgegangen, dass sie wie Vince keine Familie mehr hat oder sie wie Rick auf Abstand hält.«

»Und hält sie es wie Rick?«

Er schüttelte zögernd den Kopf. »Nein, sie schienen eine enge Verbindung zu haben. Als ich ihn sah, dachte ich zuerst, sie hat einen jungen Liebhaber, weil er ihr die Hand auf den Arm gelegt hatte. Ich hätte nicht überraschter sein können, als sie ihn als ihren Sohn vorstellte. Er hat sie verteidigt und ist nicht von ihrer Seite gewichen, wie ein persönlicher Beschützer.«

»Weiß Vince von ihrem Sohn?«

»Er hat ihn nicht erwähnt.«

Wir schwiegen nachdenklich. »Sie ist sehr verschlossen, nicht?«

Er nickte. »Ich werde nicht schlau aus ihr. Einerseits ist sie hilfsbereit, sonst hätten wir sie nie getroffen, andererseits ist sie so zurückhaltend, dass niemand sie zu fassen bekommt.«

»Niemand außer Vince«, stellte ich richtig.

»Ja, leider!«, seufzte er. »Also Franca, tust du mir den Gefallen? Am besten stehst du schon um viertel vor neun vor dem Hotel. Ich schaue jetzt nach Vince und erzähle ihm die gute Nachricht.«

Am nächsten Morgen war ich früh auf und hatte den Frühstückstisch für uns alle vorbereitet. Das waren wir ihr wohl schuldig. Oder wollte sie lieber mit Vince alleine sein?

Als ich Max fragte, ob Vince denn heute für seinen Besuch aufstehen wollte, zuckte er mit den Achseln. »Ich habe es ihm gestern Abend noch erzählt, aber er hat nur gegrunzt. Er hat sich noch nicht mal die Decke vom Kopf gezogen. Ich hatte auch mehr Begeisterung erwartet, aber er wird schon gleich aufstehen. Fährst du rechtzeitig?«

Ich wies zur Uhr. »Es ist noch viel zu früh.«

»Bitte Franca, wir dürfen sie nicht verpassen!«

Nun stand ich schon zwanzig Minuten vor diesem Hotel und beobachtete jeden Gast, der aus der Tür trat. Ich hatte ja nur eine vage Beschreibung und das kleine Foto im Internet von ihr gesehen. Na endlich, diese dort musste es sein. Ganz in schwarz gekleidet, fiel ihr hellgraues Haar noch stärker auf. Seltsam, sie war doch jünger als ich! Struppig stand es von ihrem Kopf ab und fast wirkte es, als hätte sie selbst die Schere angesetzt. So hatte ich mir eine Freundin von Vince ganz sicher nicht vorgestellt. Sie schaute sich suchend um, scherzte mit dem Portier, der ihr ein Taxi rufen wollte. Ein großer Wanderrucksack stand neben ihr, ein kleiner Lederrucksack war obenauf geschnallt.

Ich trat auf sie zu. »Sind Sie Elisabeth?«

Überrascht wandte sie sich um.

»Ich bin Franca Graham, geborene Llewellyn, die Schwester von Max«, stellte ich mich vor. »Er hat mich gebeten, Sie abzuholen. Mein Auto steht dort.«

Die Frage war ihr ins Gesicht geschrieben. »Noch ein dienstbarer Geist in seiner Umgebung?«

»Ich war in den letzten Wochen bei Vince, damit er nicht so alleine ist.«

»Ach ja.« Das nahm sie so hin und bat den Portier, ihren Rucksack in den Kofferraum zu stellen. Der wog ja fast eine halbe Tonne, wie konnte man damit wandern gehen?

Als hätte ich laut gefragt, antwortete sie mir: »Ich habe überwiegend Tagestouren mit leichtem Gepäck gemacht und bin mit der Bahn gereist. Daher musste er groß genug sein, um Gepäck für zwei Monate zu fassen, aber leicht genug für den Transport.«

Zwei Monate nur mit einem Wanderrucksack? Das fand ich erstaunlich.

Als wir im Wagen saßen, bat sie mich, von Vince zu berichten. Ich erzählte, wie es ihm ergangen war, wie er sie gesucht, aber nicht gefunden hatte. Von seiner Lethargie in den letzten Tagen und seinem nächtlichen Ausflug in den Garten.

Sie schien zunehmend beunruhigter. »Wie war es gestern?«

»Gestern ist er gar nicht aufgestanden. Meist zieht er sich die Decke über den Kopf. Wir machen uns große Sorgen, deshalb will Max ihn auch wieder in die Klinik bringen. Vince weiß noch gar nichts davon. Er weigert sich, einen Arzt an sich heranzulassen.«

»Bitte Franca, bringen Sie mich schnell zu ihm!« Ihre Hände verkrampften sich.

Max erwartete uns schon an der Tür. »Guten Morgen, Elisabeth. Ich freue mich, dass Sie gekommen sind. Also dann, willkommen bei uns!«

Sie straffte sich, antwortete dann fast übertrieben höflich. »Ich bin froh, dass Sie es sich nicht anders überlegt haben. Und ich hatte auch nicht mit dem entgegenkommenden Empfang durch Ihre Schwester gerechnet. Vielen Dank!«

Nun, manchmal helfen solche Floskeln über die Unbehaglichkeit hinweg. Erleichtert sanken seine Schultern herab, das war gar nicht so schwer gewesen.

Ihre nächste Frage war dann sehr direkt. »Wo ist Vince?«

Er war verlegen. »Er ist noch im Bett. Vince hat sich nicht gerührt, also habe ich noch mal nach ihm geschaut, aber ich habe ihn gar nicht wach bekommen!«

Beunruhigt horchte sie nach. »Aber er weiß, dass ich ihn heute besuchen will?«

»Er hat sich gestern Abend nicht mehr dazu geäußert, er schlief schon.«

»Darf ich zu ihm, jetzt sofort?« Ich bemerkte ihren besorgten Ausdruck, sie zog im Gehen bereits die Jacke aus.

Wir brachten sie zum Schlafzimmer. Sie rief ihn leise: »Vincent, ich bin es, Elisabeth. Darf ich hereinkommen?« Keine Antwort. »Bitte, Vincent!«

Wir wollten an ihr vorbei, aber sie hielt uns auf. »Einen Augenblick.« Sie schloss die Augen, konzentrierte sich kurz und sie zog die Luft ein. »Oh nein, schnell Max! Franca, ich brauche sofort Wasser!«

Sofort stürzte sie zum Bett und zog Vince die Decke vom Kopf. Was war mit ihm geschehen? Das fahle Gesicht war eingefallen, die Augen geschlossen. Sie rüttelte ihn, rief ihn an: »Vincent? Vince!«

Sie fühlte seine Stirn und suchte am Hals nach seinem Puls. »Gibt es ein Fieberthermometer im Haus, einen Blutdruckmesser?« Suchend sah sie sich um, fand die unberührte Wasserflasche und öffnete sie, schüttete ein wenig Wasser auf ein Taschentuch, das auf dem

Nachttisch lag und benetzte ihm mit dem Wasser vorsichtig die Lippen.

»Was ist mit ihm, Elisabeth?« Max´ Frage kam stockend.

»Er hat hohes Fieber und ist völlig ausgetrocknet. Ich brauche sofort Handtücher, Wasser, einen Strohhalm. Warum haben Sie mir verschwiegen, dass er halb verhungert ist, als Sie mir gestern sagten, er sei schwer krank geworden?«

Als keiner von uns reagierte, nahm sie kurzerhand einen Kugelschreiber vom Nachttisch, baute ihn auseinander und drehte nur die Hülle wieder zusammen. Sie nahm das Wasser damit auf wie in einer Pipette und ließ es zwischen seine Lippen tröpfeln. Fragte nach dem Badezimmer, kam mit nassen Handtüchern zurück, mit denen sie ihm vorsichtig über das Gesicht strich, legte eines auf seine Stirn. Dann fühlte sie seinen Puls am Handgelenk und gab ihm wieder Wasser. »Vince, oh Vince«, hörte ich sie leise und verzweifelt murmeln, fast als sei sie den Tränen nahe.

Sie drehte sich wieder zu uns um, ein Blick auf Max genügte ihr. »Franca, sind Sie noch ansprechbar?«

Ich brachte nur ein wortloses Nicken zustande.

»Helfen Sie mir, Max hier aufs Bett zu legen.« Willenlos ließ er sich führen. »Geben Sie mir bitte die Decke dort.« Sie stopfte sie unter seine Beine und fühlte auch ihm den Puls. »Er hat einen Schock, decken Sie ihn gut zu.«

Ich tat, was sie sagte, war fast so geschockt wie er. »Was sollen wir jetzt tun, Elisabeth?«

Die Antwort kam sofort. »Den Notarzt rufen für alle beide!«

War die Situation so dramatisch? »Vince will keinen Arzt sehen und kann sich nicht dazu äußern. Also müsste Max entscheiden, aber er ist ja kaum ansprechbar. Ich kann nicht für die beiden sprechen.«

»Hat Vince irgendwelche Medikamente genommen?«

»Nein, er hat alles abgelehnt.« Ich wies zu den Schachteln auf dem Nachttisch.

Sie las die Wirkstoffe auf der Verpackung, öffnete sie und kontrollierte sie. »Alles noch vollständig. Das ist sehr gut, Franca. Wir müssen Vince wieder aufwecken, sein Fieber senken, Max beruhigen.

Am einfachsten geht das mit Infusionen und dafür brauchen wir einen Arzt.«

»Gibt es keine andere Möglichkeit?« Ich wollte einfach nicht gegen Vincents Willen handeln.

Sie seufzte vernehmlich. »Doch, es gibt eine andere Möglichkeit. Ich kann versuchen, Vince zu erreichen. Wenn es nur ein Unfall war und wenn er diesen Zustand nicht absichtlich herbeigeführt hat. Und wenn er damit einverstanden ist, dass wir ihm helfen, dann können wir es hier versuchen. Versprichst du mir, den Notarzt zu rufen, wenn es bis heute Abend nicht besser ist?«

Was blieb mir schon? Ich stimmte wortlos zu.

Sie träufelte noch einmal Wasser in Vincents Mund. Dann nahm sie einen Stuhl und stellte ihn neben Vincents Bett. Mit einem Seufzen sprach sie mich an. »Ich weiß, das wird dir jetzt seltsam vorkommen. Ich werde mich auf die beiden konzentrieren, aber es ist ganz wichtig, dass mich niemand dabei berührt!«, betonte sie mit Nachdruck. »Bleib einfach da bei Max sitzen. Sicher tröstet es ihn, wenn du seine Hand hältst. Es wird nicht lange dauern.«

Du kennst das nun ja schon, Rick, aber mir schien ihr Verhalten so fremd. Sie setzte sich, legte ihre Hand leicht auf Vincents Handgelenk, dann nahm sie einen tiefen Atemzug und schloss die Augen. Ein kleiner Ruck lief durch ihren Körper. Nach etwa einer Minute öffnete sie die Augen wieder, zog die Hand zurück.

Erleichtert lächelte sie mir zu. »Er wollte das nicht. Es ist eine Infektion, die das Fieber verursacht, vielleicht ein Erkältungsvirus. Hattest du nicht erwähnt, er sei nachts im Garten gewesen? Aber er ist sehr geschwächt, hatte wohl gestern schon Fieber und hatte nicht mehr die Kraft, genug zu trinken. Aber er will wieder aufwachen und wir müssen ihm dabei helfen. Bist du einverstanden?«

Woher wusste sie das so sicher?

Sie ignorierte meinen Blick, lenkte ab. »Gibt es eine Apotheke in der Nähe? Wir brauchen ein paar Dinge, kann uns die jemand besorgen?«

»Ich fahre selbst, was brauchst du?« Ich musste mich bewegen, um diese Unruhe in mir abzubauen.

Sie zählte sofort auf: »Kochsalzlösung, Glucoselösung, Elektrolytlösung. Eine Blutdruckmanschette, Stethoskop, Fieberthermometer. Zwei große Spritzen, am besten 20 Milliliter, ein fiebersenkendes Mittel, und einen«, sie suchte die passende Vokabel, »`Schnabelbecher´?«

»Was soll das denn sein?«

»So ein Trinkgefäß mit Deckel und Ausguss, damit man im Liegen trinken kann, wie im Krankenhaus?«

Ich verstand, was sie meinte.

»Außerdem hochkalorische Trinknahrung, davon eine ganze Menge und Notfalltropfen. Am besten, du schreibst es dir auf.«

Also notierte ich, was sie diktierte. »Ich bin gleich wieder da!«

»Fahr vorsichtig!« Sie wandte sich wieder Vince zu.

Ich fuhr wie in Trance, konnte kaum denken. Zum Glück war in der Apotheke alles vorrätig, aber ich erntete fragende Blicke. Zuhause trug ich die Medikamente ins Schlafzimmer.

Elisabeth hatte die Jalousien und auch die Fenster geöffnet: »Ich brauchte frische Luft!«, sagte sie etwas entschuldigend.

Ich schaute zu den beiden auf dem Bett, beide waren so blass. Max wirkte apathisch, Vince lag immer noch mit geschlossenen Augen bewegungslos da.

»Und jetzt?« Ich fühlte mich so hilflos!

Ihre Anweisungen waren klar. »Öffne die Flaschen, ich messe den beiden inzwischen den Blutdruck.« Kurz darauf nahm sie das Stethoskop aus den Ohren. »Max ist soweit in Ordnung, bei Vince ist er viel zu niedrig. Gibst du mir die Notfalltropfen und das Fieberthermometer?« Sie tropfte Vince einige auf die Zunge. »Gib Max bitte auch welche. Nun für dich, du kannst sie auch gebrauchen. Das Fieber von Vince liegt über 40 Grad, kein Wunder, dass er so apathisch ist. Kannst du mir helfen, ihn etwas höher zu legen?«

Sie hob ihn vorsichtig an, ich stopfte Kissen unter seinen Rücken. »So ist es besser. Versuchen wir es also.« Sie nahm eine der vorbereiteten Spritzen von Nachttisch und träufelte Vince vorsichtig ein wenig der Flüssigkeit in den Mund, beobachtete seine Reaktion. »Ein Schluckreflex, das ist ein gutes Zeichen, Franca!« Sie lächelte mir erleichtert zu und ging zu Max hinüber. »Max, können Sie mich hören? Es geht Vince schon ein wenig besser und es ist nicht Ihre Schuld! Er konnte sich wahrscheinlich nicht mehr äußern und Sie wollten ihn nicht stören. Es ist alles in Ordnung, es wird wieder gut, hören Sie?«

Benommen starrte er sie an.

»Sie brauchen jetzt etwas Ruhe. Wenn Sie es erlauben, möchte ich Sie ein wenig schlafen schicken, so wie bei Vince damals im Krankenhaus. Darf ich das tun?«

Er brachte ein Nicken zustande.

Sie setzte sich zu ihm und begann zögernd, eine Geschichte zu erzählen. Ganz gelassen, etwas aus einem fremden Land. Was sie beschrieb, kannte ich nicht, aber ich spürte die beruhigende Wirkung auch. Ganz allmählich ließ sie Vince in die Geschichte einfließen, er begleitete Max nun. Max wurde schläfrig, schloss die Augen, sein Atem beruhigte sich. »Bleiben sie jetzt dort, Max, bis sie sich erholt haben. Es wird alles wieder gut.« Sie flüsterte ihm sanft ins Ohr, setzte sich dann auf. »Er ist eingeschlafen.«

Was tat sie da eigentlich? Was bedeuteten die Konzentrationsübungen, dieses Geschichtenerzählen?

Sie stand auf und maß bei Vince erneut die Temperatur. »Wir brauchen Wadenwickel, bis er richtig schlucken kann. Finde ich noch mehr Handtücher im Bad?«

Ich holte sie und half ihr, sie anzulegen. Als ich die Hosenbeine seines Pyjamas hochkrempelte, fiel mir auf wie dünn er geworden war. Hatte er erst hier so abgenommen oder schon im Krankenhaus? Die rote Operationsnaht zeichnete sich noch so deutlich auf seiner weißen Haut ab, dass ich zusammenzuckte.

»Es war eine wirklich schlimme Verletzung«, bestätigte Elisabeth, betrachtete die Narbe. »Aber zumindest ist sie jetzt gut verheilt. Geht er noch an Krücken?«

»Nächste Woche darf er eine weglassen.«

Sie strich sich kurz das Haar aus der Stirn. »Also dann weiter.«

In winzigen Mengen, aber kontinuierlich flößten wir Vince die Flüssigkeit ein. Nach einigen Stunden konnten wir den Schnabelbecher benutzen, ihm endlich eine Tablette gegen das Fieber geben. Aber er wachte nicht auf, sprach nicht mit uns.

Auch mir drückte sie eine Flasche mit der Trinknahrung in die Hand: »Trink auch etwas davon, wir dürfen jetzt nicht auch noch schlappmachen, oder?«

Ich musste lachen. »Was ist mit dir, willst du etwas essen?«

»Nein, das reicht schon.« Also hoben wir die Flaschen, als wollten wir uns zuprosten. Sie lächelte ein wenig zögerlich, durch das ganze Treiben an diesem Tag hatten wir kaum noch bemerkt, dass wir uns eigentlich nicht kannten. Das ‚Sie' war uns im Laufe des Tages verloren gegangen, aber ich fühlte mich nicht unwohl damit. Es schien ganz selbstverständlich zu sein.

Gegen Abend stand ich auf und kochte uns einen Tee. Der Frühstückstisch stand immer noch unberührt. Als ich mit dem Tablett zurückkehrte, hatte sie Vincents Hand auf die von Max gelegt.

»Vielleicht hilft es den beiden«, sagte sie hoffend.

»Was ist das nur für eine Geschichte?« fragte ich sie, als ich ihr den Tee reichte.

Sie seufzte. »Diese Frage habe ich mir schon tausend Mal gestellt, seit ich die beiden getroffen habe. Seit ich über Vince gestolpert bin! Wie hat er es geschafft, mich zu erreichen und wie konnte eine Brieffreundschaft zu solchen Verwicklungen führen? Letzte Nacht habe ich kaum geschlafen, nachdem Max bei mir war. Ich konnte es doch nicht ahnen!« Zweifelnd schüttelte sie den Kopf.

»Wusstest du, dass Max dachte, du seist ein Mann? Vincents neuer Liebhaber?«

Sie riss die Augen auf. »Wie kommt er denn darauf?«

»Vince hatte deinen Namen in seinem Telefon geändert. Max hat nur die Nachrichten von einem LiB gelesen und wusste nicht, wer das ist.«

»LiB?«, fragte sie überrascht.

»Ich dachte, du wüsstest vielleicht, was er damit meint.«

Sie dachte nach, verstand dann. »Ich habe jetzt eine Idee. Franca, das wusste ich nicht. Auf meinem Telefon stand weiter Vincent als

Kontakt. Mein Sohn hat mir gestern gesagt, ein Vincent habe angerufen.« Sie zögerte und seufzte, bevor sie weitersprach »Nach der SMS, die Max mir geschickt hatte, konnte ich nicht besonnen reagieren. Ich wollte nur noch weglaufen und mich verkriechen. Ich war davon ausgegangen, dass Max von unserem Kontakt wusste, aber aus irgendeinem Grund hat Vince ihm das wohl verschwiegen und ich dachte, Max sei wütend auf mich, aber er hat gar nicht mich gemeint!«

»Nein, er hat erst nach deinen Linkhinweisen verstanden, wem er die SMS geschickt hatte. Er war sicher wieder rasend vor Eifersucht und hat sich sonst was ausgemalt. Das ist ein echter Fehler an ihm! Aber als er das Missverständnis erkannt hatte, tat es ihm schrecklich leid.«

Sie war ehrlich betroffen. »Da war es schon zu spät.«

Ich fuhr fort. »Es gab Streit zwischen den beiden. Noch nicht einmal so sehr deinetwegen! Vince war entsetzt über diese Grenzverletzung, dass Max seine Mails gelesen hat. Max hat versucht, es wiedergutzumachen, dich zu finden. Für Vince.«

Nachdenklich nickte sie. »Vince war nun schon zum zweiten Mal verletzt, aber diesmal psychisch und das in seiner labilen Verfassung. Ich verstehe es jetzt und das hätte nicht geschehen dürfen. Ich wollte das nicht, glaub mir, ich weiß, wie sehr sie sich lieben. Ich dachte, mein Rückzug hilft ihnen, sich darauf zu besinnen.«

Sie wandte sich ab, gab Vince wieder zu trinken.

Ich ließ mir die Geschichte durch den Kopf gehen. »Ich habe einmal etwas Ähnliches erlebt. Ich verstand mich gut mit dem Mann einer Freundin, aber als ich merkte, dass es zu Problemen bei den beiden führte, habe ich mich von ihnen zurückgezogen.« Erschöpft musste ich ein Gähnen unterdrücken.

»Franca, geh doch schlafen«, schlug sie mitfühlend vor. »Ich passe weiter auf die beiden auf. Ich kann jetzt nicht schlafen, ich muss nachdenken. «

»Wo wolltest du denn übernachten? Soll ich dir nicht hier ein Bett richten?«

»Stimmt!« Sie kontrollierte kurz die Zeit. »Den Abendzug habe ich jetzt wohl auch verpasst. Es wäre nett, wenn ich bleiben könnte. Möglichst abgeschieden, geht das?«

Ich nickte. »Ja, klar. Wo wolltest du denn hin?«

»Drei Wochen England stehen noch auf meinem Programm. Eine lange Tour, die mir helfen sollte, wieder klar zu denken. Hat bisher nicht gut geklappt.« Sie wirkte traurig.

»Ich löse dich später ab, etwa ab zwei Uhr?«, bot ich an.

Sie betrachtete die beiden auf dem Bett. »Ja, machen wir das Programm hier zunächst weiter. Vincents Fieber ist etwas gesunken. Ich kann es an seinem Puls fühlen, er ist wieder kräftiger. Wenn sie morgen aufwachen, geht es ihnen sicher wieder besser. Zumindest körperlich«, setzte sie leise hinzu.

15

Max

Ich hatte einen wunderbaren Traum:
Es war Sommer. Ich stand auf einem Hügel mit steil abfallendem Hang, geformt wie die Klippe eines urzeitlichen Meeres. Vor mir breitete sich eine reizvolle Landschaft aus. Es gab kleine Dörfer, in der Ferne lag eine Stadt. Ein künstlich aussehender Berg erhob sich abrupt aus der Ebene. Zwei Straßen schlängelten sich durch das Land, vorbei an Wiesen und Waldgebieten. Ein kleiner See lag versteckt zwischen Bäumen und ich konnte Pferde auf einer Koppel erkennen. Ich ging am Steilhang entlang über Wiesen und Felder und in der Ferne entdeckte ich eine Burgruine. Dort wollte ich hin. Wenn ich meinen Blick zur anderen Seite wendete, konnte ich weitere sanft gewellte Hügel entdecken und grüne Felder, durchsetzt von Waldschonungen. Ich atmete die klare Luft. Plötzlich wies Vince mich auf eine kleine Kapelle am Waldrand hin. Er erzählte mir die Sage einer Heiligen, der sie gewidmet war. Im frühen Mittelalter hatte es hier ein Dorf gegeben, aber heute konnte man nichts mehr davon ahnen. Es war ein wunderbarer Spaziergang. Ich hatte das Gefühl, hier oben könnte man das Fliegen lernen. Als hätte es jemand gehört, stieg von der Burgruine ein motorisierter Drachenflieger auf. Was für ein Frieden herrschte hier. Vince nahm meine Hand und wir gingen zusammen weiter und weiter, immer auf die Burg zu.

Langsam und widerwillig erwachte ich und bemerkte, dass ich in meinen Kleidern geschlafen hatte. Vince lag ruhig neben mir, im Zimmer war es halbdunkel. Draußen über dem Meer war der Mond aufgegangen. Die ungewohnte Helligkeit im Raum irritierte mich und ich fragte mich, warum die Jalousien nicht geschlossen waren.
Eine dunkle Gestalt zeichnete sich vor dem Fenster ab und drehte sich um, als sie mich hörte. Sie ging zum Tisch an der Seite und schaltete eine kleine Lampe an. Im schwachen Licht konnte ich die

Flaschen auf Vince´ Seite erkennen, einen Trinkbecher. Was war hier los? Ich ließ mich zurückfallen.

»Max? Erschrecken Sie nicht. Ich bin es, Elisabeth.«

Elisabeth? Schlagartig war ich wach. »Was tun Sie hier?«, fuhr ich sie an.

Sie zuckte zusammen. »Beruhigen Sie sich, Max. Es geht Vincent wieder besser.«

»Besser, was soll das heißen?« Ich drehte mich zu ihm um. Selbst im Halbdunkel konnte ich seine Blässe erkennen.

»Er hatte hohes Fieber, als ich heute Morgen ankam und hatte auch zu wenig getrunken. Deshalb ging es ihm so schlecht.« Sie trat ans Bett und setzte Vince den Becher an den Mund, er schluckte. Als sie den Becher wieder abstellte, drehte sie sich zu mir um. »Woran erinnern Sie sich als letztes?«

Ich versuchte mich zu konzentrieren, aber die Traumbilder hielten mich noch gefangen. »Sie wollten kommen und ich wartete auf Sie. Vince wollte nicht aufstehen. Wir gingen ins Schlafzimmer und Sie zogen ihm die Decke vom Kopf. Vince, er war so krank!« Erschrocken drehte ich mich zu ihm um, sah ihn ganz ruhig daliegen.

Sie sprach leise weiter, fast als wolle sie ihn nicht wecken. »Sie erlitten einen Schock, als Sie ihn so sahen. Franca hat Sie zu ihm aufs Bett gelegt. Wir haben uns um Vince gekümmert, das Fieber sinkt.«

»Wo ist Franca?«, fragte ich aufgebracht.

»Sie schläft jetzt, sie löst mich später ab. Wir wollten Vincent nicht allein lassen. Möchten Sie auch etwas trinken?«

Sie bot mir ein Glas Wasser an! In unserem Schlafzimmer, mitten in der Nacht?

Ich riss mich zusammen, stand auf und ging wortlos ins Bad. Hier war Unordnung, die Handtücher fast alle verschwunden. Eines lag neben der Dusche auf dem Boden. Ich wusch mir mit kaltem Wasser das Gesicht und beruhigte mich ein wenig. Als ich zurückkam, saß sie wieder im Sessel vor dem Fenster und blickte in die Mondnacht hinaus.

»Ich kann mir nun Ihre Erklärung anhören, warum ich mitten in der Nacht in unserem Schlafzimmer über eine Frau stolpere, die nicht zu meinen Freunden gehört«, sagte ich und legte eine besondere Betonung auf 'mein'.

Sie seufzte. »Ich sagte es Ihnen bereits, Maximilian. Es ging Vincent sehr schlecht, Sie waren kaum mehr ansprechbar und Franca wollte den Notarzt nicht rufen.« Mit leiser Stimme berichtete sie, was geschehen war. Anscheinend waren sie seit dem Morgen damit beschäftigt gewesen, für Vince zu sorgen, während ich daneben im Bett schlief? Hier, in diesem Zimmer? Ich konnte es nicht glauben, aber die vielen Flaschen, das Fieberthermometer, sogar eine Blutdruckmanschette schienen ihr recht zu geben. Es wirkte jetzt noch wie ein Schlachtfeld neben Vincents Bett. Ich warf einen Blick auf die Uhr; es war fast zwei. Zwei Uhr nachts? Wie lange hatte ich geschlafen?

»Fast vierzehn Stunden«, antwortete sie auf die unausgesprochene Frage. »Und Sie hatten es bitter nötig, das habe ich Ihnen schon gestern Abend angesehen. Seit wann schlafen Sie nicht mehr genug?«

Sie hatte es bemerkt?

Ich überlegte. Normalerweise schlief ich sechs bis sieben Stunden, auch fünf waren ausreichend. Aber seit dem Unfall, seit dieser ersten Nacht im Krankenhaus, schlief ich weniger und auch unruhig. Fühlte mich morgens nicht mehr erholt und träumte wirr. Ich schob es darauf, dass Vince mir fehlte, und zuhause hatte ich jede Nacht seine Albträume miterlebt. Wann hatte ich das letzte Mal gut geschlafen? In der Nacht, bevor wir nach England zurückgekehrt waren?

Doch es war mir unangenehm, sie in unserem Schlafzimmer zu haben. »Was haben Sie mir gegeben? Eine von Vince´ Schlaftabletten?«, fragte ich ungehalten. Ich konnte mir immer noch nicht erklären, warum ich in solch einer Situation eingeschlafen war.

»Ich habe Ihnen gar nichts gegeben. Ich habe Ihnen nur eine Geschichte erzählt und Sie ins Traumland geleitet. Hatten Sie einen guten Traum?«

Die Bilder in mir wirkten noch nach. »Es war fremd dort, aber schön. Vince war da.«

Sie zeigte kaum eine Reaktion, schien aber zu wissen, wovon ich sprach. Jetzt sahen wir beide aus dem Fenster.

Eine Frage beschäftigte mich noch. »Wie kann es sein, dass ich nun schon zum zweiten Mal in Ihrer Gegenwart eingeschlafen bin?«

»Ich bin eben ermüdend!« Sie sagte es ganz lakonisch und ich musste gegen meinen Willen lächeln. »Keine Angst, ich habe weder Fotos noch Videos gemacht«, beruhigte sie mich sofort. »Das Telefon habe ich an Georg gegeben. Wenn Sie das stört, gibt er es Ihnen sofort zurück. Er braucht auch keines.«

»Sie haben tatsächlich ein Geschenk von Vince an Ihren Sohn weitergegeben?«, fragte ich erstaunt.

»Ja, Max, und es ist mir sehr schwer gefallen. Hätte ich es nur nie angenommen, dann hätten wir uns viel erspart, nicht wahr?«, stellte sie fest. »Aber gestern Abend dachte ich noch, dass ich Vince nie wieder sehen würde. Ich habe weder mit dem Besuch hier gerechnet, noch damit, dass er sich so lange ausdehnen würde. Ich muss Ihnen ja vorkommen wie eine Klette.«

»Kletten haften besser, verschwinden nicht einfach so«, murmelte ich unwillig.

»Richtig, ich muss eine andere Metapher suchen: So ein Ding, über das man sich immer ärgert, weil man ständig darüber stolpert, aber partout nicht findet, wenn man es dann mal braucht?«

»Das trifft es schon eher!« Nun musste ich doch lächeln. Ich war etwas gelöster und fühlte mich sicherer und irgendwann musste ich es hinter mich bringen. »Elisabeth, was ich getan habe, tut mir leid. Ich hätte nie Ihre SMS lesen und schon gar nicht in seinem Namen beantworten dürfen. Ich war eifersüchtig, habe überreagiert und damit Sie und Vince sehr verletzt.«

Sie machte es mir leicht. »Diese Links, die ich Ihnen geschickt habe, waren auch nicht gerade sehr nett, oder? Ich ärgerte mich schon über mich selbst, als ich auf ‚Senden' gedrückt hatte.«

»Nun, Sie hatten ja recht. Ich habe es übrigens tatsächlich nachgelesen und fühlte mich nicht gerade besser.« Ich dachte nur ungern an diese Situation. Mir war richtig heiß geworden, als ich die Artikel las.

Wir schwiegen.

Dann sprach sie zögernd weiter, vermied den Blick. »Darf ich Sie noch etwas fragen, Max? Etwas Persönliches?«

Ich nickte.

»Franca hat mir erzählt, dass Sie dachten, ich wäre ein Freund, ein Mann. Hat Vince denn öfter Affären?«

Ich schloss die Augen, atmete tief ein. »Meine Eifersucht ist völlig unberechtigt, das weiß ich. Aber ich habe immer solche Angst bei dem Gedanken, dass ich ihn verlieren könnte!«

»Das kann ich gut verstehen. Es ist ein schreckliches Gefühl.« Sie fuhr sich über die Arme, als wolle sie sich schützen.

»Darf ich Sie auch etwas fragen?«

Sie war auf der Hut: »Vielleicht antworte ich.«

»Was heißt LiB? Wohl nicht ‚Lover im Bett', wie ich Vince unterstellt hatte?«

Ich hörte ihr leises Lachen. »Wie bitte, Lover im Bett? Die Eifersucht macht Sie kreativ, nicht?« Sie wurde wieder ernster. »Ich weiß es nicht genau, aber ich denke, es bezieht sich auf einen meiner Lieblingssongs. Am besten, Sie fragen Vince selbst!«

»Er redet kaum mit mir.«

»Er wird bald wieder mit Ihnen reden, da bin ich ganz sicher.«

Ich war erleichtert, als ich die Zuversicht in ihrer Stimme hörte.

Sie stand auf, ging langsam zum Bett hinüber, beugte sich zu Vince hinunter und gab ihm wieder zu trinken. Sie fühlte seine Stirn, seinen Puls. Er reagierte nicht. »Das Fieber ist gesunken. Franca kann ihm später noch einmal eine Tablette auflösen.« Als sie sich aufrichtete, schwankte sie leicht. »Max, darf ich heute bei Ihnen übernachten? Franca hatte es mir angeboten und sie hat ein Bett gerichtet, aber ich weiß nicht, wo.«

Als ich nickte, ging sie auf die falsche Tür zu und schien sich nur schwer im Halbdunkel orientieren zu können. Sie schien wackelig auf den Beinen.

Ich reagierte selbstverständlich und wollte sie stützen; ich hatte gar nicht bemerkt, wie erschöpft sie war. Sie zitterte am ganzen Körper, schien zu frieren und ich glaube, sie war in der Sekunde eingeschlafen, als ich sie hochhob. Aber da war noch etwas anderes: Ein Klingeln? Ein Summen? Das Summen war nicht unangenehm, aber doch sehr fremd.

Was hätte ich tun sollen? Ich stand mit einer fremden Frau in den Armen in unserem dunklen Schlafzimmer und so legte ich sie kurz aufs Bett. Ich wollte schauen, wo Franca steckte und sie fragen, welches Zimmer sie vorbereitet hatte.

Franca kam mir im Wohnzimmer entgegen und lächelte mich an. »Du bist aufgewacht! Ist Elisabeth noch bei Vince?«
»Ja, aber sie ist eingeschlafen. Sie friert sehr, zitterte regelrecht vor Kälte. Welches Zimmer hast du für sie vorbereitet?«
»Das hintere Gästezimmer hier oben, das rechte. War das in Ordnung?«
Ich zuckte die Achseln. »Ja sicher. Wie wärmen wir sie denn wieder auf?«
»Ich glaube, Mutter hat hier einmal ihre Wärmflasche vergessen. Liegt sie nicht noch unten in der Suite? Ich schaue gleich nach.«
Ich ging in die Küche hinüber und trank nun doch ein Glas Wasser.
Franca kam zurück und schwenkte das Ungetüm: »Ich wusste es doch!« Sie füllte sie mit heißem Wasser und legte sie ins Gästebett.
»Na dann, bringen wir sie hinüber. Willst du sie tragen, Max?«
»Werde ich wohl müssen«, stöhnte ich. Die Erinnerung an ihr Summen kam sofort wieder in mir hoch.
Franca hörte meine Abneigung. »Max, ich finde sie nett. Und patent: Wie sie diese Situation heute in den Griff bekommen hat, war wirklich klasse. Ohne sie würdet ihr beide jetzt im Krankenhaus liegen.«
Ich war überrascht. »Das hat sie nicht erwähnt!«
Franca wirkte nachdenklich. »Ja, das passt zu ihr.«
Wir traten ins Schlafzimmer, machten das Licht an und was wir da sahen, ließ uns den Schreck in die Glieder fahren. Elisabeth lag noch so, wie ich sie hingelegt hatte. Aber Vince, der sich seit vierundzwanzig Stunden nicht gerührt hatte, hatte sich nun gedreht und seinen Arm um sie gelegt, als wolle er sie wärmen. Beide schliefen fest.
Franca sog erschrocken die Luft ein. »Oh Max, was tun wir jetzt?«
Vorsorglich hielt sie meinen Arm fest.

Aber ich war ganz ruhig. Sie wirkten so unschuldig und ich war froh, dass Vince endlich ein Lebenszeichen gezeigt hatte. »Ich hätte nie gedacht, Franca, dass ich über einen solchen Anblick mal glücklich sein könnte.«

Sie ließ überrascht meinen Arm los. In diesem Moment drehte sich Vince auf die andere Seite, gab sie frei. Ich straffte mich für die ungeliebte Aufgabe. Doch als ich Elisabeth hochhob, zitterte sie nicht mehr, auch das Summen war verschwunden. Wir trugen sie ins Gästezimmer und Franca deckte sie zu.

Rick, ich konnte damals noch nicht wissen, was geschehen war!

16

Max

An Schlaf war nicht mehr zu denken. Was ereignete sich in unserem Leben, in unserem Haus, in unserem Schlafzimmer? Ich hatte mit Franca noch in der Nacht gesprochen, wie wir mit dieser Situation umgehen sollten. Beide hatten tief geschlafen und konnten sich an den innigen Moment heute vielleicht gar nicht erinnern. Ich hätte auch nicht gewusst, wie ich Vince es erklären sollte. Ich konnte wohl nicht sagen, ich habe sie gefunden und in dein Bett gelegt, womöglich als besonderes Geschenk, als Opfergabe an den Gott unserer Liebe? Lächerlich!

Er hatte mir gesagt, sie seien nur Brieffreunde gewesen, aber ich spürte, da war mehr: Liebte er sie? Wir hatten nicht einmal darüber gesprochen, wie diese Freundschaft entstanden war. Was Vince darüber dachte, was er an ihr schätzte, warum sie ihm so wichtig war.

Ich hatte von Anfang an signalisiert: Sie oder Ich. Natürlich hatte er abgeblockt, dabei war er es gewesen, der früher, als ich erfolgreicher wurde, durchaus ab und zu nachgefragt hatte, wenn ich von einer Kollegin sprach. Die Liebesszenen in meinen Filmen hatte er abgelehnt, weil er der Meinung war, dass ich zu viel von mir, von uns preisgab. Er hatte sie nicht mehr angesehen, sich aus meiner Karriere zurückgezogen und immer mehr Joseph überlassen. Nie fragte er, ob ich treu bin. Er vertraute mir und sagte, ohne Vertrauen hätten wir von vornherein keine Chance.

Mit wem sprach er sonst, außer mir? Ich kannte keinen seiner Kollegen und seine Familie konnte unsere Lebensweise nicht akzeptieren; sie hatten sich entfremdet. Unsere besten Freunde waren Joseph und Thomas. Bei unseren gemeinsamen Treffen unterhielt er sich mit ihnen, aber eine enge Beziehung hatten sie nicht. Ihre Interessen lagen zu weit auseinander, von den Berufen ganz zu schweigen. Da fanden sie keine Gemeinsamkeit.

Ich wusste, dass er Franca mochte. Sie kamen ganz gut miteinander aus, aber mehr auch nicht. Er öffnete sich niemandem und das war auch nie ein Problem gewesen: Er hatte ja mich. Aber ich musste gerade zu der Zeit, in der er mehr Zuwendung gebraucht hatte, besonders viele Termine wahrnehmen. Sicher hätte ich den einen oder anderen absagen können, doch es gruselte mich in diesem trostlosen Zimmer. Ich wollte dieser schrecklichen Umgebung entfliehen und er blieb allein zurück. So hatte er Jo häufiger gesehen als mich. Elisabeth musste ihm wie ein Himmelsgeschenk vorkommen in seiner Einsamkeit: Ein Mensch, mit dem er reden konnte, wenn ich unterwegs war. Der ihm Interesse entgegen gebracht hatte, ihm Zuwendung schenkte und ihn ablenkte. Erst jetzt begriff ich, was ich ihm angetan hatte mit meinem Egoismus, meiner Egozentrik.

Schon wieder war ich so mit meinen Gedanken beschäftigt, dass ich nicht bemerkt hatte, dass er aufgewacht war. Er lag mit offenen Augen da und starrte an die Decke.
»Liebling, da bist du ja wieder!« Ich versuchte, ihn zu umarmen, aber er ließ es nur über sich ergehen. Doch seine Augen waren seit langem zum ersten Mal wieder klar.
»Max, wir müssen reden.«
»Ich weiß, Vince. Wie fühlst du dich? Du hattest hohes Fieber.«
»Ich erinnere mich kaum. Ich habe viel geträumt, wirr, beängstigend. Aber ein Traum war schön: Wir sind spazieren gegangen, nur wir zwei. Wann haben wir das das letzte Mal getan? Ich erinnere mich nicht, es ist sicher Jahre her. Warum tun wir das nicht mehr und wann habe ich aufgehört, dir von mir zu erzählen?« Er drehte den Kopf in meine Richtung, sprach leise weiter. »Ich erlebe nicht so viel wie du, aber auch die alltäglichen Dinge und Gedanken teilen wir nicht mehr. Wie siehst du unsere jetzige Regierung, was hältst du von den Streiks? Ich weiß es nicht! Hast du eigentlich die Rolle bekommen, die dir so wichtig ist? Ich weiß es nicht! Wie kann das sein?«
Er hatte ja so recht! »Ich verstehe, was du meinst. Ich habe dich allein gelassen, bin immer egoistischer geworden und habe an meine Karriere gedacht«, bekannte ich. »Über das Buch, das du geschrieben hast, haben wir kaum gesprochen und auch nicht über deinen Unfall oder die Zeit im Krankenhaus. Willst du mir jetzt davon erzählen?«

Er zögerte. »Lieber nicht, Max. Ich denke nicht gerne daran, da kommt zu viel in mir hoch. Ich versuche, es wegzuschieben und zu vergessen.« Er hielt inne, sah wieder zur Decke. Seine Worte kamen stockend. »Das ist vielleicht falsch, denn die Albträume kommen jede Nacht und sie quälen mich. Ich habe das Gefühl, ich bin dünnhäutig, labil geworden. Nein, eigentlich habe ich gar keinen Schutz mehr, alles erschreckt und ängstigt mich. Ich kann mich nicht auf meine Arbeit konzentrieren, daran ist gar nicht zu denken. Ich kann nicht laufen gehen und die Bewegung fehlt mir. Aber ich will sowieso nicht aus dem Haus gehen. Es ist laut und voll dort draußen und alles erscheint mir so unberechenbar. Was, wenn mir das wieder passiert? Jedes Auto ist eine Bedrohung!«

Das klang noch schlimmer, als ich es erwartet hatte. Ich wollte ihn trösten. »Die Psychologin, die ich gerufen hatte, sagte, das sei nicht ungewöhnlich. Sie könnte dir helfen, wenn du es willst und meinte, Belastungsstörungen sind gut zu behandeln.«

»Aber wozu?« Seine Stimme klang so leer. »Ich habe den Sinn des Ganzen verloren. Wozu aufstehen, wozu arbeiten, warum essen? Ich nehme die Welt nicht mehr in Farbe wahr, sehe nur noch Schatten. Ich weiß, dass es Freude gibt, aber wie fühlt sie sich an? Selbst Liebe kann ich nicht mehr spüren. Das macht mir Angst, Max, ich habe verlernt, wie man es macht: Das Leben zu leben!«

Ich versuchte, ihn zu beruhigen. »Die Ärzte sagen, du hättest eine depressive Phase.«

»Und was soll ich tun?«, fragte er erschöpft. »Diese Tabletten nehmen, die sie mir verschrieben haben? Ich habe sogar versucht, die Beipackzettel zu lesen. Aber schon allein beim Lesen der Nebenwirkungen wird mir schlecht. Die werde ich nie nehmen!«

Ich war erschlagen, traurig, entsetzt. So ein Abgrund hatte sich bei ihm noch nie aufgetan, ich fühlte mich nur noch hilflos. Vielleicht half eine Ablenkung. »Vince, willst du mit mir über Elisabeth sprechen? Erzählst du mir von ihr?«

Sofort lehnte er ab. »Das willst du doch gar nicht hören.«

»Bitte Vince, erzähl mir von ihr. Warum ist sie dir so wichtig geworden?«

Er schnaubte. »Nein, Max, deinen nächsten Eifersuchtsausbruch überlebe ich nicht. Der letzte hat mich schon den Rand meiner Kräfte gebracht. Was soll das jetzt noch?« Er zögerte. »Ich habe auch von ihr geträumt. Ich habe sie hier in diesem Zimmer gesehen, sie stand am Fenster, und sie war so real, dass ich es kaum ertragen konnte.«

Ich atmete tief durch. Das war ein Test: Konnte ich es wirklich aushalten, wenn er über sie sprach?

Als ich schwieg, fuhr er leise fort. »Ich kann dir nicht sagen, wann sie mir so wichtig geworden ist. Wir hatten jeden Tag miteinander gesprochen. Nein, gesprochen haben wir ja nie; wir hatten nur schriftlichen Kontakt. Ich habe mich gefreut, von ihr zu hören und habe auf ihre Nachrichten gewartet. Im Krankenhaus zog sich die Zeit so endlos und ihre Mitteilungen empfand ich zunächst als kleine Lichtblicke in die Welt dort draußen. Erst mit der Zeit sprachen wir über andere Themen. Sie kann gut zuhören, im übertragenen Sinne natürlich, denkt über vieles nach, ist manchmal auch witzig. Sie hat mir einen Tunnel in die normale Welt gebaut. Durch sie konnte ich zumindest in Gedanken daran teilhaben. Ich hatte das Gefühl, dass sie auf meiner Wellenlänge ist; sie verstand so vieles, was ich dachte. Ich sah die Welt durch ihre Augen und sie teilte ihre Perspektiven mit mir. Du hast die Fotos gesehen, die waren ziemlich ungewöhnlich, oder? Ich habe ihre Wanderungen vom Bett aus geplant: Busfahrten, Zugverbindungen, Wanderrouten. Das hielt mich beschäftigt und ich kam mir nicht so nutzlos vor. Sie wurde zu meiner Freundin, Max, und ich gebe zu, dass ich sie nicht teilen wollte. Deine Eifersucht hätte ich schon ertragen, das war es nicht. Aber es fiel mir leicht, dir nicht von ihr zu erzählen. Als mir das selbst klar wurde, hatte ich Gewissensbisse. Ich wollte dir von ihr erzählen, wirklich, aber dazu ist es nicht mehr gekommen.«

Ich drehte mich zu ihm um. »Fehlt sie Dir?«

»Ja, sie fehlt mir.«

»Liebst du sie?«, wagte ich zu fragen und fürchtete die Antwort.

Er zögerte zu lange. »Wie gesagt, was soll das jetzt noch? Kannst du mir helfen? Ich muss dringend pinkeln und kann die Krücken nicht finden. Ich fühle mich, als hätte ich ein ganzes Fass Wasser getrunken.«

Ich half ihm auf, reichte ihm die Stöcke, öffnete die Tür zum Bad.
»Vince, dieser Traum von uns beiden: War da eine Kapelle, eine Burg?«

»Ja, wie kommst du darauf?« Erstaunt zog er die Augenbrauen hoch.

»Ach, nichts weiter. Kommst du in der Dusche zurecht?«

»Wird schon gehen, danke.«

17

Franca

Ich war früh auf, ich hatte genug geschlafen.

Vorsichtig sah ich nach Vince und stellte erleichtert fest, dass die beiden noch schliefen. Max hatte seinen Arm um ihn gelegt, ein gutes Zeichen. Leise schloss ich wieder die Tür.

In der Küche machte ich mir einen Kaffee, der Tisch war ja noch gedeckt. Ich ging hinaus auf die Veranda und genoss den Sonnenaufgang. Zum ersten Mal seit Wochen schien mir die Situation etwas positiver. Die Krücken hatten wieder neben seinem Bett gestanden und ich nahm an, dass Vince in der Nacht aufgestanden war.

Selbst Max hatte sich im Griff gehabt, als er die beiden so vertraut im Bett liegen sah. Was muss das für ein Schock für ihn gewesen sein. Und er hatte Elisabeth dort hingelegt! Mir steckte die Situation noch in den Knochen. Max hatte vorgeschlagen, die Angelegenheit zu vergessen. Er wollte abwarten und sollte sich keiner der beiden daran erinnern, schadete es auch niemandem. Wie sollte man es auch schonend formulieren: »Ihr habt heute Nacht so friedlich beieinander geschlafen, wir wollten euch nicht stören?«

Sehr glaubhaft!

Ein weiterer Punkt ging mir durch den Kopf: Wenn Vince nun wieder einigermaßen ansprechbar war, würde er einen Klinikaufenthalt sicher ablehnen. Doch ihn hier alleine zu lassen, wo er eindeutig noch Hilfe brauchte, hielt ich für bedenklich. Max musste seine Termine in London absagen, denn ich wollte nach Hause fahren. Ansonsten bliebe nur noch ein Pflegedienst, aber ich kannte Vince: die Leute würde er nicht ins Haus lassen. Ich konnte mir seine Miene bei diesem Vorschlag lebhaft vorstellen. Schon die Physiotherapie fiel ihm schwer.

Könnte nicht Elisabeth bei ihm bleiben? Die Idee war doch nicht schlecht, wenn sie denn bereit wäre, ihre weitere Reise für Vince zu opfern. Und für Max wäre es ein ideales `Antieifersuchts-Training´. Bei dem Gedanken musste ich lächeln.

Max war aufgestanden und ich ging wieder hinein.

»Nun, Max, wie sieht es aus? Ist er wach?«

»Ja, er steht unter der Dusche; das braucht ja immer Zeit mit den Krücken. Aber er ist aufgestanden, immerhin.«

»Sicher freut er sich auf seinen Besuch.«

Er wirkte zerstreut, besorgt. »Ich habe ihm noch gar nicht davon erzählt. Er ist wirklich krank geworden, richtig depressiv. Was er mir heute Nacht gesagt hat, hat mich so erschreckt. Es ist, als hätte er seinen Lebensmut verloren; er sieht keinen Sinn mehr, ist verzweifelt.« Nachdenklich betrachtete er mich. »Ich glaube jetzt nicht mehr, dass es an Elisabeth liegt. Wie er sagt, hat es mehr mit dem Unfall zu tun. Er fürchtet sich vor der Straße, vor den Autos, vor den Menschen. Er braucht dringend eine Therapie. Nun, zumindest hat er mit mir geredet.« Da lag ein Hoffnungsschimmer in seinen Augen.

Aber ich war alarmiert. »Max, du musst ihm sagen, dass Elisabeth hier ist. Überraschungen, selbst wenn sie positiv sind, verträgt er im Moment nicht. Hat sie denn gar nicht mitbekommen?«

Er zuckte die Achseln. »Anscheinend nicht. Aber er hat von ihr geträumt und als er davon sprach, ganz vorsichtig, als wolle er testen wie ich darauf reagiere, sagte er, er vermisse sie. Ich werde vorläufig auch nichts von der Bettgeschichte sagen! Er würde nur schrecklich wütend, dass wir seine hilflose Situation ausgenutzt haben. Ich fange lieber vorsichtig an, sage ihm gleich, dass sie hier ist. Aber ich habe Angst vor ihrer Begegnung«, gestand er. »Was, wenn sie sich in die Arme fallen, wenn sie sich küssen? Als ich fragte, ob er sie liebt, hat er nicht geantwortet! Franca, wie soll ich das durchstehen?« Hilflos zuckte er mit den Schultern. »Er denkt immer noch, er trifft sie nie mehr und das wäre mir auch am liebsten. Elisabeth hat es ganz klar gesagt: Wenn sie ihn wiedersieht, wird sie den Kontakt aufrechterhalten, solange er es auch will. Ich kann das kaum ertragen.« Er schüttelte den Kopf, schaute zu Boden.

Ich legte die Hand beruhigend auf seinen Arm. »Warten wir es doch erst mal ab. Du kannst es nicht mehr ändern und ich bin sicher, dass Vince dich liebt.«

»Er sagt, er kann unsere Liebe nicht mehr spüren«, sagte er kaum hörbar.

Erschrocken sog ich die Luft ein. »Das hat er gesagt? Das tut mir leid, Max. Aber ich glaube nicht, dass Elisabeth euch auseinanderbringen will. Gestern Morgen hat sie nach der Traumgeschichte deine Hand auf seine gelegt, weil sie gehofft hat, dass es euch hilft, wenn ihr den anderen spürt. Es wirkte nicht so, als wolle sie einen Keil zwischen euch treiben.«

Er blickte auf. »Sie hat unsere Hände zusammengelegt? Wusstest du, dass Vince einen ähnlichen Traum hatte wie ich? Wiesen, Felder, eine Burgruine, eine Kapelle?«

Ich nickte. »Das war die Geschichte, die sie dir erzählt hat und Vince hat wohl unbewusst mitgehört. Selbst ich hatte den Eindruck, dass ich dort war, in ihrer Heimat.«

»Ihre Heimat?«

»Ja, sie sagte, sie sei nervös gewesen, aber ich habe es ihr nicht angesehen. Deshalb hat sie eine Landschaft beschrieben, die sie kennt.« Ich schüttelte den Kopf, verstand es auch nicht. »Sie verhält sich manchmal so seltsam: Sie hat sich auf Vince konzentriert und festgestellt, dass er krank war, dass es kein Selbsttötungsversuch war. Sie scheint in Gedanken andere zu fragen, wie es ihnen geht. Erinnerst du dich, dass wir gestern Morgen nicht direkt ins Schlafzimmer gehen durften? Sie sagte nur, sie hätte erst ‚fragen' müssen. Ich will unbedingt wissen, was sie in diesen kurzen Augenblicken tut!«

Wir drehten uns bei einem scharrenden Geräusch um. Vince kam an Krücken den Flur herunter, Max ging ihm entgegen.

Aus dem anderen Flur sah ich Elisabeth kommen, ihr Haar war feucht. Sie fragte mich: »Guten Morgen, Franca. Gibt es hier irgendwo einen Kaffee?«

Und so traf Vince sie völlig unerwartet wieder.

18

Vincent

Ich ließ mir das Wasser über den Kopf rieseln und genoss dieses wohlige Gefühl. Eine schwache Erinnerung regte sich in mir.

Da war ein Summen, das leise durch meinen Körper schwang, zart wie ein Zittern, fremd und verlockend. Ich spürte die beruhigende Wirkung, als würde mir eine riesige Last genommen. Dieses Summen veränderte sich, wurde zu einem zarten Klingen, das sich langsam näherte und verstärkte. Es verwandelte sich in eine Melodie und ich hatte nie etwas Schöneres gehört. Ich konnte nicht aufhören, ihr zu lauschen. Wollte, dass sie mich nie wieder verlässt und hätte sie am liebsten umarmt, um sie festzuhalten. Meine Traurigkeit, meine Ängste, in diesem Moment waren sie verschwunden; Mut und Zuversicht erfüllten mich. Ich war nie glücklicher gewesen und spürte, wie neue Lebensenergie in mich floss. Ich wollte mit der Melodie vereint sein und hätte alles von mir gegeben, um Teil von ihr zu werden, mich in ihrem Klang aufzulösen.

Die Erinnerung an meinen Traum war fast verklungen wie die Melodie, die ich gehört hatte. Aber ich wollte diese Erinnerung nicht verlieren; sie hatte mir eine solche Energie gegeben, dass ich heute sogar aufstehen konnte.

In den letzten Tagen war mir jede körperliche Bewegung zu viel geworden. Ich hatte die Wasserflasche neben meinem Bett stehen sehen. Aber sie zu nehmen, mich aufzurichten und sie an den Mund zu setzen: Allein die Vorstellung bedeutete eine unglaubliche Kraftanstrengung, die mich so erschöpfte, dass ich wieder einschlief.

Ich schüttelte den Gedanken ab, war froh, dass ich mich besser fühlte. Max war für mich da und ich hatte ihm von Elisabeth erzählt. Ich hatte sie ihm aus Angst vor seiner Eifersucht verschwiegen und das war ein Fehler gewesen. Hatte mich unser Gespräch so erleichtert, dass ich mich nun wieder bewegen konnte? Ich traute mir sogar den Weg ins Wohnzimmer zu.

Nun stand plötzlich die zierliche Frau vor mir, meine Lady in Black, und die Melodie der vergangenen Nacht setzte wieder ein. Sie war zu meiner Freundin geworden. Ich konnte mit ihr reden, lachen, diskutieren, alles teilen. Wenn ich wollte, konnte ich ihr meine Geheimnisse erzählen, sie hat zugehört und sie bei sich bewahrt. Sie war für mich da, als ich sie brauchte und sie wusste, sie konnte sich ebenso auf mich verlassen.

Aber was ich jetzt empfand, als sie so plötzlich vor mir stand, war vollkommen neu. Ich liebe keine Frauen, nicht auf diese Art. Ich hatte früher mal mit der einen oder anderen geschlafen, bevor ich Max kennenlernte. Aber erst bei ihm habe ich erfahren, was Zärtlichkeit, Erfüllung, Hingabe, Liebe bedeutet und nie hatte ich solche Gefühle einem anderen Menschen entgegen gebracht.

Ich freute mich so sehr, sie zu sehen. Aber dieses Verlangen, sie zu umarmen, mit ihr zu verschmelzen: Darauf war ich nicht vorbereitet. Ich dachte, noch ein Schritt, ein Wort und ich verlöre die Kontrolle über mich. Allein der Blick in ihren Augen war so offen, so vertrauensvoll, so zärtlich. Es raubte mir den Atem, mein Verstand setzte einfach aus. Und das bei mir! Ich bin nun wirklich kein Romantiker und was bin ich noch ohne meinen Verstand? Das war ein Stück des Himmels, das ich in mir spürte, dieser vollkommene Gleichklang, den konnte es nur dort geben.

Ich weiß, Rick, wie seltsam sich das anhört. Es war für mich selbst ebenso fremd wie unglaublich schön. Wie die Melodie, die in der Nacht in meinem Kopf gespielt hatte und durch meinen ganzen Körper klang, eine Melodie des Lebens und der Liebe. Es war auch kein sexuelles Verlangen; jeder Sex konnte nur ein schaler Abklatsch dessen sein, was ich fühlte. Dafür braucht es andere Wege, andere Mittel, die ich damals nicht kannte.

Diese Melodie in mir erfüllte mich erneut mit einer Energie, von der ich nicht wusste, wie ich sie loswurde, ohne zu explodieren. Natürlich hatte sie es bemerkt. Sie war irritiert, überrascht über die Heftigkeit meiner Gefühle, aber sie reagierte sofort: Es war, als umarmte sie meinen Geist. Sie nahm mir den Überschuss an Energie einfach ab, leitete ihn um, führte mich wieder ins Hier und Jetzt. Die Melodie verklang.

»Ich sehe, es geht dir besser«, lächelte sie.

Wie machte man das noch: Sprechen? Worte benutzen, wenn man einen anderen Menschen im eigenen Kopf fühlen kann? Ich versuchte, mich zu konzentrieren, bis mir etwas einfiel, bei dem das logische Denken gebraucht wird.

»e2-e4?«

»e7-e5.« Erstaunt ging sie auf die Partie ein.

»Sg1-f3.«

»Sb8-c6.« Sie folgte der Schachtheorie.

»d4.«

»e schlägt d4!« Ja, richtig!

»Lf1- c4.«

»Nicht das schottische Gambit, Vince!«

»Wieso, es passt doch!« Ich konnte wieder sprechen. Ich war so glücklich, ich musste einfach lachen.

19

Franca

Ich weiß nicht, was ich nach dieser Nacht erwartet hatte.

Sie standen sich unvermittelt gegenüber, für Vince völlig unerwartet. Max stand neben ihm, hilflos und schon wieder um seine Fassung kämpfend.

»Ich sehe, es geht dir besser.« Elisabeth versuchte, die Situation zu entspannen.

Wie sie sich in die Augen sahen, als fänden sie dort das Wunder der Welt. Aber da war auch noch etwas anderes: Überraschung? Bei Vince zu erwarten, aber bei Elisabeth? Sie war doch auf irgendeine Art der Begegnung vorbereitet. Ihre Augen weiteten sich genauso, als würde sie dort in Vince etwas entdecken, das sie noch nie gesehen hatte. Etwas erleben, was ihr vollkommen neu war.

Sie traf Vince zum ersten Mal aufrecht, aber das war es nicht, was sie so überraschte; nein, das ging viel tiefer. Vince schien sich nicht rühren zu können.

Elisabeths Augen schlossen sich kurz, dann schauten sie sich nur noch wortlos an.

»e2 – e4?« Was war denn jetzt los, waren bei beiden die Sicherungen durchgebrannt?

»e7 – e5.« Zumindest verstand Elisabeth, was er meinte.

»Sg1 – f3.«

»Sb8 – c6.« Ich hörte Max seufzen und beobachtete, wie er zum Schrank ging.

»d4.« Max holte das Schachspiel aus dem Schrank, stellte es auf den Wohnzimmertisch.

»e schlägt d4!«

»Lf1-c4.«

»Nicht das schottische Gambit, Vince!«

»Passt doch!« Und ein Lachen.

Anscheinend hatten sie die Sprache wiederentdeckt.

Max sprach sie an und zeigte auf das Schachspiel: »Vielleicht geht es so leichter?«

Vince schaute sie wieder an, sie nickte bedächtig. Sie bewegten sich vorsichtig, wie auf Eis, Vince mit seinen Krücken, Elisabeth, als wolle sie ihn im Notfall auffangen; Max blieb wachsam in ihrer Nähe.

Als sie sich gesetzt hatten, fiel es ihnen wieder schwer, den Blick voneinander zu lösen.

Mir fiel auf, wie nervös Max war, deshalb zog ich ihn in Richtung Küche. »Lass sie doch erst mal allein.«

Widerstrebend folgte er mir, stand dann da und beobachtete sie.

»Max, komm, hier ist ein Kaffee.«

Er nahm die Tasse, ließ die beiden aber nicht aus den Augen. Doch nun spielten sie konzentriert, den Blick auf das Brett gerichtet. Ich brachte ihnen ein Glas Wasser.

Sie zogen schneller, bis Elisabeth irgendwann den König umkippte. »Ich gebe auf.«

»So schnell?«

»Du kennst mich doch.« Die Ironie war nicht zu überhören.

»Ja, eine SMS, die dir nicht passt, schon bist du weg!«

»Ich bin eben empfindlich.«

»Ich auch!« Was lag da in der Luft?

Sie schaute ihn gerade an: »Es tut mir leid, Vincent!«

»Ich weiß.« Wieder so ein Blick.

Max wurde es jetzt zu viel. Bevor ich ihn zurückhalten konnte, schlug er vor: »Wie wäre es mit Frühstück?«

Und Vince stimmte ihm zu: »Gute Idee!«

Die Atmosphäre im Raum lockerte sich und ich atmete auf. Ich hatte auch die Luft angehalten. Am Tisch setzte ich mich neben Elisabeth, wollte eine zu enge körperliche Nähe zwischen den beiden vermeiden. Max schaute mich erleichtert an. Wir bemühten uns um eine zwanglose Unterhaltung, um unsere Unsicherheit zu überspielen.

»Wo kommst du her?«, fragte Vince.

»Max hat mich in der Stadt getroffen«, antwortete sie leichthin.

Vince fuhr zu ihm herum. »Warum hast du mir nichts davon gesagt, Max?«

»Ich habe es dir gesagt. Vielleicht hast du es überhört, es ging dir ja nicht gut.«

»Ja, der Tag gestern fehlt mir in der Erinnerung«, gab er zu.

»Deshalb ist Elisabeth auch länger geblieben«, erklärte ich ihm. »Reichst du mir den Zucker, Elisabeth?«

»Duzt ihr euch?« Max war es sofort aufgefallen.

»Das hat sich so ergeben, Max.« Seinen vorwurfsvollen Ton ignorierte ich. »Erzähl uns doch von deiner Reise, Elisabeth, wo bist du gewesen?«

»Ich glaube, Vince weiß es fast besser als ich selbst.«

Und er konnte tatsächlich alle Orte nennen, die sie besucht hatte.

Sie lächelte ihn an. »Er war eine große Hilfe für mich. Er hilft mir auch, mein Englisch zu verbessern: Issue, Vince?«

»Nr. 16.« Vince grinste.

»Was heißt das denn?«

»Die 16. Bedeutung im Online-Wörterbuch zum Begriff ‚issue‘.«

»Das ist alles?«

»Ja klar! Was hast du denn gedacht, etwa eine Hitliste?«

»Oder die Leichen, die meinen Weg pflastern?« Wir lachten.

Elisabeth erzählte von ihren Wanderungen durch die Grampian Mountains bis zum Ben Nevis.

»Schade, dass du die Tour ohne mich gemacht hast.« Ein wehmütiger Ton lag in Vincents Stimme.

»Ja, fand ich auch!« Wieder war da ein sehnsüchtiger Blick, sie hatten sich wirklich vermisst.

Ich konnte nicht anders: »Warum hast du dich nicht mehr gemeldet? Du hast doch gesehen, dass Vince dich gesucht hat.«

Sie blickte zum Fenster und es schien fast, als spräche sie zu sich selbst. »Ich habe das Telefon nicht wieder angeschaltet, Franca. Ich habe es in den Rucksack gesteckt und wie eine Tonnenlast mit mir herumgeschleppt: Die Last des Verlusts von Vincent und die Last, Sie Maximilian, wohl ungewollt hintergangen zu haben. Es muss Ihnen ja wie ein Racheakt vorgekommen sein, als Sie die Nachricht von mir gelesen haben. Von Ihrer Neigung zur Eifersucht wusste ich nicht, ich hatte Sie immer nur besorgt um Vince erlebt. Ich fand, Sie beide lebten in einer wunderbaren Beziehung und habe deutlich gespürt, dass Sie gegen unsere Brieffreundschaft waren. Wie es auch sei, ich wollte nur, dass es so ist, wie Sie geschrieben hatten: Max ist wieder für Vince da.«

Wir sahen uns betroffen an.

Vince fragte leise: »Warum hast du nicht gefragt, was ich will?«

»Ich konnte nicht klar denken, Vince, und als es wieder ging, war zu viel Zeit vergangen. Wie hätte ich es erklären sollen? `Hallo, da bin ich wieder. Kann ich Haggis essen?´« Sie versuchte, es zu verbergen, aber ich bemerkte die Traurigkeit in ihren Augen, als sie die Brille absetzte und sich erschöpft die Augen rieb.

Ich dachte, Vince würde ihr jetzt zumindest die Hand drücken, stattdessen fiel er auf dem Stuhl zurück und keuchte auf.

»Was ist, Vince, tut dein Bein wieder weh?«, fragte Max besorgt.

»So ähnlich.« Er atmete tief durch, suchte Elisabeths Blick.

»Ich hole dir deine Tabletten, du hast sie heute noch nicht genommen.« Max stand auf, kam mit den Tabletten zurück. Vince nahm eine, trank ein Glas Wasser, stand auf und starrte aufs Meer.

»Ehrlich gesagt, Elisabeth, ich möchte jetzt gerne von dir hören, was hier los ist. Ohne dir zu nahe zu treten, manchmal verhältst du dich seltsam!«

Sie überlegte, sprach nach einer Weile zögernd weiter. »Wahrscheinlich habt ihr ein Recht darauf, es zu erfahren, warum ich so seltsam bin, wie du es ausdrückst, Franca.« Sie sah uns nacheinander prüfend an, kämpfte mit sich. »Es ist sehr schwer für mich, darüber zu sprechen. Aber ich werde versuchen, es euch zu erklären. Ich habe eine besondere empathische Begabung. Ich kann, wenn ich es zulasse, die Gefühle anderer Menschen in mir spüren, mich in sie hineinversetzen. In Extremsituationen auch andere gefühlsmäßig erreichen. Gestern habe ich gespürt, wie krank Vince ist. Aber ich nehme nicht ohne Erlaubnis des anderen Kontakt auf und daher habe ich ihn erst gefragt, ob ich das Zimmer betreten darf.«

»Und er hat ja gesagt? In deinem Kopf?« Ich konnte es nicht glauben.

Sie lachte. »Nein, so ist das natürlich nicht. Es ist mehr ein Gefühl, ob ich willkommen bin oder nicht.«

»Ich habe dich gehört, in meinem Kopf«, bestätigte Vince leise vom Fenster her. Wie konnte das denn sein!

»Und du hast signalisiert, dass ich dich erreichen darf«, erklärte sie uns. »Es war auch höchste Zeit! Ich dachte schon, du müsstest wieder ins Krankenhaus.«

Er wurde blass: »Auf gar keinen Fall!«

Ich sah zu Max. Wie war das mit der Klinik morgen?

»Ja, deine Abneigung gegen diese Orte des Heilens ist mir durchaus bekannt.« Sie zog ihn doch tatsächlich auf, er lächelte.

»Spüren Sie die Menschen immer, jederzeit?« fragte Max. Wollte er der Sache genauer auf den Grund gehen?

Sie schüttelte sofort den Kopf, versuchte sich an einer weiteren Erklärung. »Oh nein, das wäre ja unerträglich. Ich muss mich dabei konzentrieren und diese Konzentration kostet viel Kraft. Deshalb versuche ich, ohne diese Technik auszukommen. Sie ist unnötig oder sogar hinderlich und meist reicht eine gute Beobachtung aus. Du Franca, bist im Moment erleichtert, vielleicht weil es Vince etwas besser geht. Aber da ist noch etwas anderes: Du freust dich auf irgendetwas oder auf jemanden. Das reicht als Information doch aus, oder? Wenn Max den halben Tag verschlafen hat und auf die Uhr schaut, sobald er wach wird, was denkt er dann wohl?«

»Wie lange habe ich geschlafen?«

»Genau, keine Zauberei! Nur Beobachtung und ein wenig Menschenkenntnis, die man bei einer Psychologin erwarten darf. Dazu kommen noch ein paar Techniken wie Entspannungsverfahren, Hypnose. Alles ganz normal und vor allem nicht anstrengend.« Sie wiegelte ab, wollte das Thema beenden.

Aber ich ließ noch nicht locker. »Kannst du alle Menschen spüren?«

Sie zog fragend die Augenbrauen hoch und fragte sich zurecht, warum ich fast unhöflich auf einer Antwort beharrte. Dann gab sie mit einem Seufzen nach. »Nein, ich kann nicht jeden Menschen spüren, Franca. Das hängt sehr von den Eigenschwingungen des Einzelnen ab. Und manchmal bin ich nicht kompatibel, kann mich an die Schwingungen nicht anpassen. Und wie gesagt, es ist anstrengend und ich will das auch gar nicht.« Ich spürte, wie unangenehm es ihr war, darüber zu sprechen. »Du freust dich, Franca, und das ist eine schöne Schwingung. Aber hast du eine Ahnung, wie viele negative Emotionen es gibt? Neid, Hass, Missgunst, Gier, Aggression, Wut, Hinterhältigkeit, um nur ein paar zu nennen: Darauf kann ich gerne verzichten, davor schütze ich mich lieber!«

»Du schützt dich?« Ich zog fragend die Augenbrauen hoch.

Sie suchte nach den passenden Worten, um es uns zu erklären. »Ich versuche, andere Menschen nicht an mich heranzulassen. Meist schütze ich mich automatisch, es kostet keine Anstrengung. Nur in großen Gruppen wird es schwierig. Da ist immer jemand, der heftige Gefühle hat und oft sind es keine guten. Also halte ich mich von Menschenmengen fern. Eine Ihrer Theatervorstellungen werde ich daher wohl kaum besuchen, Max.« Sie klang bedauernd. »Der Schutz funktioniert recht gut. Ich kann die Emotionen der anderen auch nur spüren, wenn ich mich in räumlicher Nähe zu ihnen befinde oder, was noch intensiver ist, wenn ich sie kurz berühre. Also vermeide ich es, andere zu berühren.«

Ich war entsetzt. »Keine Berührungen, wie schrecklich!«

Beruhigend schüttelte sie den Kopf. »So schlimm ist es nicht! Es gibt Menschen, die ich berühren kann: Meinen Sohn natürlich, auch Menschen mit ähnlicher Schwingung und dann mag ich es auch sehr. Ich komme gut zurecht. Wenn ich jemanden berühren muss, vielleicht beim Handschlag, blockiere ich mich bewusst und dann geht es.«

Sie hatte sich mit dieser Fähigkeit arrangiert, doch da war noch anderes, das mich beschäftigte. »Und diese Blockade, kannst du die immer aufrecht halten?«

»Es fällt mir schwer, wenn ich müde oder erschöpft bin«, gab sie zu. »Oder wenn ich mich krank fühle. Dann ziehe ich mich zurück. Ich bin gerne allein, ich lese, höre Musik oder denke nach.«

»Aber was wäre dann, falls dich jemand berührt, wenn deine Blockade nicht funktioniert oder geschwächt ist?« Diese Situation letzte Nacht ging mir nicht aus dem Kopf.

Sie riss sie die Augen auf. »Das wäre sehr gefährlich, Franca! Deshalb habe ich dich gestern gebeten, dich zu Max zu setzen, als ich Vince nachgespürt habe, erinnerst du dich? Ich kann nicht absehen, was dann geschehen würde, aber es käme sicher zu einem ungewollten Austausch unserer Eigenschaften, wenn derjenige kompatibel ist. Wenn die Wellen oder Schwingungen nicht zusammenpassen, kann es zu einer schweren Verletzung kommen. Als würden unsere Gehirne kollidieren wie Festkörper – bis zum Zerplatzen im Extremfall. Ich lasse auch nur kurze Berührungen in diesem Zustand zu, ich will niemanden gefährden.« Sie zögerte. »Aber das sind alles auch nur Erklärungsversuche, pseudowissenschaftliches Zeug. Ich versuche einfach, es zu vermeiden«, schloss sie das Thema ab.

Ich suchte Max´ Blick. Er war genauso erschrocken wie ich, aber schüttelte kaum merklich den Kopf.

Vince drehte sich zu uns um. »Heißt das, ich darf dich nie berühren, dich nie in den Arm nehmen?«

Ich bemerkte, wie Max zusammenzuckte.

Sie lächelte ihn beruhigend an, Freude lag in ihren Augen. »So schlimm ist es nicht, Vince, natürlich kannst du mich in den Arm nehmen, wenn du es möchtest. Ich kann dich auch stützen, wenn du Hilfe brauchst; ich schütze mich schon. Du würdest vielleicht ein leises Summen oder Klingeln spüren, und das auch nur, wenn ich müde bin. Aber mehr würde nicht geschehen.«

Er nickte erleichtert.

Max rutschte nervös auf seinem Stuhl.

20

Max

Elisabeth stand auf. »Entschuldigt mich, ich muss dringend Georg anrufen. Sicher macht er sich Sorgen und jetzt erreiche ich ihn noch. Gibt es hier auch ein normales Telefon? Festnetz?«

Ich war auch froh, mich bewegen zu können, stand auf und zeigte es ihr. Sie verschwand damit im Gästezimmer.

Noch immer war ich wie vom Donner gerührt. Was war heute Nacht geschehen? Ich hatte Vince´ Reaktion, als er sie wiedertraf, genau beobachtet. Was ich in seinem Blick erkannt hatte, außer der Überraschung, den Fragen, ließ mir das Herz versteinern. In seltenen Augenblicken unserer Beziehung, in besonderen Momenten, hatte ich diesen Ausdruck schon einmal gesehen. Ich wollte es nicht benennen, es tat mir zu weh. Hatte er nicht gesagt, er könne nichts mehr fühlen? Solch einen emotionalen Sturm hatte ich bei ihm noch nie erlebt. Das durfte nicht wahr sein! Ich spürte, wie ich in mich zusammensank. Vince humpelte auf mich zu und nahm mich kurz in den Arm. »Schon gut, Max.«

Ich sah ihm in die Augen. Er schien verwirrt, zu viel stürzte auf ihn ein.

Doch dann blitzte Schalk in ihm auf. »An deiner familieninternen Informationspolitik musst du aber dringend arbeiten. Lass dich da mal von Joseph beraten.« Die kurze Umarmung hatte mir gut getan; vielleicht war noch etwas zu retten?

Franca räusperte sich vernehmlich. »Ich bin mir zwar immer noch nicht sicher, was hier vorgeht, aber wir müssen noch etwas besprechen. Kommt ihr wieder her?«

Diesmal gingen wir zu unserem Lieblingsplatz an der langen Küchentheke, wo Vince auf den hohen Stühlen sein Bein gut entlasten konnte.

»Vince, ich bin wirklich froh, dass es dir wieder besser geht; da hatte Elisabeth recht. Aber ich kann nicht einschätzen, wie viel du in den letzten Tagen mitbekommen hast. Erinnerst du dich daran, dass ich dich nachts im Garten gefunden habe? Dass du den Weg zurück nicht mehr geschafft hast?«

Er war überrascht, dachte nach. »Nein, ich habe nur undeutliche Erinnerungen. Ich habe Max gesucht. Und einmal war es sehr kalt.«

Franca schnaubte. »Du warst völlig weggetreten und hier liegt das Problem, Vince. Ich fahre morgen früh wieder nach Hause und Max muss nach London. Wer passt dann auf dich auf?«

»Niemand passt auf mich auf! Ich habe einen gut verheilten Beinbruch, Franca, ich bin nicht plemplem!« Aufgebracht funkelte er sie an.

Sofort nahm sie ihre Großeschwesternhaltung an. »Entschuldige meine Direktheit, aber genau das sehe ich anders. Du bist krank geworden, Vince, und wir können dich hier nicht allein lassen. Was, wenn die nächste schlimme Phase kommt? Du schaffst es ja nicht einmal bis zum Supermarkt. Elisabeth sagte, du hättest zu wenig getrunken. Was, wenn du es wieder vergisst? Das nächste Mal fällst du uns vielleicht von der Klippe, du warst nicht mehr weit davon entfernt. Ich nehme an, dass du eine stationäre Unterbringung ablehnst? Nun schau mich nicht so wütend an. Aber du brauchst hier noch Unterstützung; jemanden, der regelmäßig nach dir schaut. Ich dachte an einen Pflegedienst oder eine der Hauskrankenschwestern. Das muss man jetzt schnell organisieren.«

Zum Glück fragte er nicht nach, warum wir das noch nicht getan hatten. »Ich will das nicht.«

Ich schaltete mich ein. »Vince, Franca hat recht. Du hast doch selbst gesagt, dass es dir psychisch nicht gut geht. Jemand muss bei dir bleiben.«

Er dachte über meine Worte nach, forderte dann langsam: »Elisabeth.« Seine ruhige und feste Stimme ließ keinen Widerspruch zu.

Bestürzt starrte ich ihn an. »Wie bitte? Sie fährt gleich wieder und ein Briefkontakt ist nicht genug!«, erinnerte ich.

Wir hörten die Gästezimmertür, sie kam zurück.

»Sieh zu, wie du das regelst, Max!«

Was verlangte er da von mir? Ich ertrug es doch kaum, die beiden zusammen zu erleben, wenn wir zu dritt waren. Und ich sollte ihn tatsächlich hier mit dieser Frau allein lassen, für die er so empfand? Das konnte nicht sein, er würde mich nie so quälen. Aber sein Blick war fest und unerbittlich.

Elisabeth wirkte ganz locker. »Ich habe Georg noch erreicht. Er sagte mir, der nächste Zug nach Carlisle geht heute Nachmittag, ich habe also noch drei Stunden Zeit. Wollen wir in den Garten gehen? Ich möchte so gern von der Klippe schauen. Es ist traumhaft schön hier!«

War das ein Hinweis, wie wir sie überzeugen konnten? Was blieb mir schon übrig; mein Denken funktionierte in ihrer Gegenwart nur eingeschränkt. »Elisabeth, können wir mit Ihnen sprechen? Wir haben hier ein großes Problem«, begann ich. Sie war doch sonst auch hilfsbereit. »Franca will morgen nach Hause, ich muss nach London und Vince kann hier nicht alleine sein. Wären Sie bereit, bei ihm zu bleiben?« Die direkte Art war die richtige, alles andere hätte sie ja doch sofort durchschaut.

Sie blieb abrupt stehen. »Was sagen Sie da, Max? Ich weiß, wir haben noch nicht die richtige Basis gefunden, aber ich bin nicht Ihr ärgster Feind. Das würde ich Ihnen nie zumuten.« Irritiert zog sie die Augenbrauen hoch.

Sie hatte genau erfasst, was in mir vorging. Aber ich spürte den Blick von Vince auf mir und riss mich zusammen. »Auch wenn es mir schwer fällt, ich meine es ernst. Würden Sie Ihre Reise unterbrechen, um drei Wochen hier bei Vince zu bleiben? Danach habe ich ein Engagement hier in der Stadt und kann für ihn da sein. Schottland ist groß, allein hier in der Umgebung gibt es noch so viel zu entdecken«, warb ich. »Sie müssten nur ab und zu nach ihm sehen, die Haushälterin versorgt ihn schon. Aber was ist abends, was ist nachts, wenn er Hilfe braucht? Sie wären eine Riesenhilfe für uns.« Es fiel mir so schwer, das zu sagen.

Erstaunt betrachtete sie mich, sprach ganz behutsam. »Max, wir haben uns doch schon einmal über die einzelnen Schritte eines Planes unterhalten, nicht wahr? Ich sehe doch, dass es Vince schlecht geht. Er braucht dringend eine Psychotherapie. Ich habe Ihnen auch erklärt, warum ich mich nicht darum kümmern darf.«

Da hatte sie ja so recht, aber ich war auf sie angewiesen. »Sie sollen hier nicht arbeiten, nur im Notfall für ihn da sein, wie bei Ihrer Brieffreundschaft. Stellen Sie sich vor, es wird wieder so! Nur dass diesmal nicht Hunderte von Meilen zwischen euch liegen. Sie bräuchten noch nicht mal ein Handy«, setzte ich leise hinzu.

»Aber ich wäre ihm nahe, Max, vielleicht zu nahe. Nur ein paar Meter entfernt, nur eine Zimmertür würde uns trennen. Ich brauche Abstand, Freiraum, Eigenständigkeit, Unabhängigkeit. Hier müsste ich durch Ihr Haus laufen, Ihren Flur.«

Franca schaltete sich ein. »Du könntest die Suite beziehen. Sie ist im Untergeschoss und hat einen eigenen Eingang. Du könntest kommen und gehen, wie du willst. Und dein Sohn freut sich doch sicher, wenn er dich öfter sehen kann. Da unten seid ihr ungestört.« Lud Franca jetzt auch noch ihre Familie ein?

»Und meine Reise?«, wandte sie ein. »Ich habe schon das British Museum verpasst und will hier noch so viel sehen. Was sagst du denn dazu, Vince?«

Er hatte nur zugehört, war in Gedanken versunken. Nun drehte er sich zu uns um: »Was ist, wenn es schön wird mit uns?«

Ich glaube, der Satz traf uns beide. Sie setzte sich auf einen Stuhl und sagte gar nichts mehr.

Ich versuchte es ein letztes Mal. »Elisabeth, wenn Sie Unkosten durch die verschobene Reise haben, kommen wir dafür auf. Sicher gibt es auch noch später mal eine Möglichkeit, durch England zu reisen, wenn Sie in drei Wochen nach Deutschland zurückkehren müssen.« Drei lange Wochen, wie würde ich die ertragen?

Sie seufzte. »Sehen Sie, Max, da sind sie wieder, unsere verschiedenen Welten. Bietet man in Ihrer Welt Freunden Geld an? Ja sicher, Sie bezeichnen ja auch Joseph als ihren Freund. Gibt es für Franca einen Familientarif? Was bedeutet das für Sie: Freundschaft?« Sie sagte es eher bedauernd als aggressiv und stand auf. »Ich glaube, ich muss jetzt nachdenken. Ich danke Ihnen für das Angebot, denn ich weiß, was es Sie kostet. Und zwar nicht in finanzieller Hinsicht! Ich gehe spazieren, ich bin in einer Stunde wieder zurück.« Sie drehte sich um, nahm ihre Jacke und verschwand durch die Haustür.

Auch Vince stand auf. »Ich glaube, ich brauche auch frische Luft. Ich gehe in den Garten und verspreche euch, mich nicht von der Klippe zu stürzen. Danke, dass du es versucht hast, Max. Ich hoffe, du bleibst dabei?«

Als ich nickte, lächelte er mich an. Wie hatte ich das vermisst! Aber es wirkte wie eingerostet, als müsse er üben, wie man es macht.

Mit Elisabeth hatte er gelacht.

Franca begann, den Tisch abzuräumen. Sie wirkte nachdenklich. »Das hast du ganz gut hinbekommen, Max. Zumindest denkt sie darüber nach und das ist schon mehr, als ich erwartet hätte. Ich glaube tatsächlich, dass es die beste Lösung ist. Er ist heute wieder aufgestanden und konnte unserer Unterhaltung folgen. Das wäre vor zwei Tagen noch nicht möglich gewesen. Es scheint fast, als habe er einen riesigen Energieschub bekommen. Wenn er einer Psychotherapie zustimmt und Elisabeth bei ihm bleibt, kann er wieder gesund werden.«

Das empfand ich ganz anders. »Und dann leben sie hier zusammen, in einem Haus! Glaubst du wirklich, eine Treppe könnte sie trennen? Sie hat mich selbst gewarnt, dass der Kontakt zwischen den beiden sich intensivieren wird, weil sie es wollen. Hast du das eben nicht gesehen? Wie er sie angeschaut hat? Das war doch nicht platonisch, sie liegen doch wieder im Bett, bevor ich die Tür hinter mir geschlossen habe.« Ich war laut geworden, ich sah es an ihrer Miene.

Die große Schwester war zurück und fuhr mich streng an. »Nun komm mal wieder runter, Max. Hast du nicht ein paar Dinge vergessen? Vince liebt dich und er vertraut dir. Wie steht es mit deinem Vertrauen? Und sie hat gesagt, dass sie Berührungen vermeidet.«

»Das wirkte aber gestern Nacht nicht so!«

»Wer hat sie denn da hingelegt, was hast du dir dabei gedacht? Du hättest sie einfach auf den Sessel setzen können!«

Ich rieb mir übers Gesicht, dachte nach. »Da war so ein Summen, das von ihr ausging. Es fuhr mir durch den Körper und ich musste sie schnell loswerden.«

Franca war besorgt. »Hat sie nicht davon gesprochen? Und du hast es gespürt? Ich bin immer noch der Meinung, dass du den beiden sagen musst, was vorgefallen ist. Sie war erschöpft, sie hatte in der Nacht zuvor kaum geschlafen. Und sicher hat ihre Blockade nicht mehr gut funktioniert. Sie sagt, sie berührt andere Menschen nur für Sekunden. Wie lange haben sie dort gelegen? Das geht mir gar nicht aus dem Kopf!«

Ich schnaubte. »Was können wir jetzt noch daran ändern? Nein, ich werde es ihnen nicht sagen, auf gar keinen Fall. Ich will Vince zurückhaben, meinen Vince und nur deshalb werde ich diesem Arrangement zustimmen. In der Hoffnung, dass es noch eine Chance für uns gibt. Wenn wir diese drei Wochen überstehen, dann kommt er zu mir zurück, nicht wahr?«

Sie tröstete mich. »Kopf hoch, Max. Vielleicht ist es, wie Vince es sagte: Vielleicht wird es auch schön. Ich finde, sie tut euch gut. Vince redet wieder mit dir und das ist in meinen Augen ein guter Anfang! Ich finde sie auch nicht so ätzend, wie du sie immer beschrieben hast. Was war da in London los?«

Oh nein! »Ich will nicht darüber sprechen. Aber sie verunsichert mich. In ihrer Gegenwart fühle ich mich wie in einem Moor: Da ist ständig ein neues Wasserloch, in das sie mich stößt.«

Franca lachte. »Vielleicht liegt es daran, dass du mit deiner üblichen Methode keinen Erfolg bei ihr hast? Das ist doch ganz einfach: Sei du selbst, dann wird es leichter!«

Sie konnte wirklich nerven!

21

Vincent

Ich wartete an der Klippe auf sie, sah in die tosenden Wellen hinunter. Noch immer verstand ich nicht, was mit uns geschehen war und wollte allein mit ihr sprechen.

»Vincent?«

Bei ihrem leisen Rufen drehte ich mich zu ihr um. Welche Gefühle löste sie in mir aus! Ich wollte sie in meine Arme schließen und für immer festhalten. Und ich verfluchte die Krücken, die mich so unbeweglich verharren ließen.

Unsicher schaute sie mich an. »Willst du wirklich, dass ich bleibe? Ich spüre deinen Aufruhr, deine Unsicherheit, sogar deine Angst. Was war es, was du heute Morgen ausgesendet hast?« Die Frage in ihren schönen Augen ließ mich erneut erschauern. Sie sprach weiter. »Ich habe so etwas noch nie gefühlt. Es war nicht nur die Intensität, es war auch die Qualität und ich kann es nicht einordnen.«

Ich war verstört. »Warum kannst du es nicht erkennen?« Es war doch so eindeutig, sie musste es doch gespürt haben.

Sie schüttelte nachdenklich den Kopf. »Mir ist noch niemand begegnet, der so gefühlt hat. Es war wie die Melodie der Schöpfung. Da waren nicht nur die Liebe, die Freude, das Glück, die du ausgesendet hast. Nein, da schwangen noch andere Anteile mit, von dir und auch von mir. Du hast mich damit fast überrollt! Ich kann es nicht benennen, aber es war so wunderschön.« Sie sprach leise, sehnsuchtsvoll, als wollte sie die Erinnerung daran nicht missen.

Ich dachte an diesen Moment zurück. »Was hast du dann mit mir gemacht? Ich dachte, ich explodiere. Hast du diese ungeheure Energie aus mir herausgeholt oder sie irgendwie abgelenkt?«

Bedauern lag in ihrem Blick. »Ja, ich habe sie abgeleitet. Ich weiß, ich hätte dich erst um Erlaubnis bitten müssen, aber es ging alles so schnell. Du bist geschwächt und ich hatte Angst um dich. Obwohl ich gespürt habe, dass die Gefühle dich auch stärkten, war es zu viel für dich. Und für mich! Aber ich wünschte, ich könnte sie mit dir teilen.« Verträumt seufzte sie auf.

»Und ich wünsche mir nichts lieber!«

»Aber ich habe auch Angst davor«, zögerte sie. »Was geschieht dann mit uns? Zerfließen wir, wachsen wir? Ich habe so etwas noch nie erlebt und ich weiß nicht, wie ich damit umgehen kann! Deswegen muss ich es wissen: Willst du wirklich, dass ich bleibe?«

Selbstverständlich, wie konnte sie nur so fragen? »Ja, ich möchte, dass du bleibst. Ich werde alles in mir verschließen und aufbewahren, wenn es dir Angst macht. Es geht mir so gut, wenn du da bist. Allein das gibt mir neue Lebenskraft.«

Sie überlegte weiter. »Eben bei unserem Gespräch, da war doch noch etwas anderes? Als du so zusammen gezuckt bist, hattest du da wirklich Schmerzen im Bein oder hast du einen Hauch dessen wahrgenommen, was in mir vorgegangen ist?«

Ich nickte wortlos.

Überrascht riss sie die Augen auf. »Du hättest es nicht mitbekommen dürfen, ich war blockiert! Wie konntest du das spüren? Hast du auch empathische Fähigkeiten?«

Wie kam sie denn darauf! »Nein, das ist mir fremd und ich glaube nicht, dass ich dich darum beneide.« Ich überlegte und beschrieb ihr dann, was ich erlebt hatte. »Da war so unvermittelt eine Welle von Schmerz im Raum und ich war nicht darauf vorbereitet. Deshalb habe ich gestöhnt.« Und es hat mir fast die Luft zum Atmen genommen. Erlebte sie solche Gefühle öfter?

Sie wirkte verunsichert. »Das alles ist so verwirrend und so überraschend. Können wir Max wirklich versprechen, dass sich hier nichts anderes als eine freundschaftliche Begegnung abspielen wird? Du mutest ihm eine Menge zu! Er ist auch erschöpft und ich weiß nicht, wie sich diese neue Emotionalität bei uns entwickelt. Ich möchte dich berühren, Vince, dieses Verlangen ist fast unerträglich stark und wir dürfen es nicht tun. Bringen wir diese Selbstbeherrschung auf?«

Dieser Blick! Er sprach aus, was ich fühlte und doch stimmte ich zögernd zu.

Ihr Lächeln wirkte noch wärmer. »Dann wollen wir es versuchen, aber ich werde vorher noch etwas tun. Ich muss dieses Gefühl zwischen uns abschwächen, damit ich bleiben kann. Sonst kann ich nicht für mich garantieren«, warnte sie. »Bist du einverstanden?«

Auf keinen Fall wollte ich darauf verzichten! Aber mit dieser aufgestauten Energie zwischen uns kam ich mir vor wie eine Zeitbombe, ohne zu wissen, auf welchen Zeitpunkt der Zünder eingestellt war. Widerstrebend stimmte ich zu.

»Sei ganz entspannt. Es tut nicht weh, schließe nur deine Augen«, flüsterte sie.

So standen wir da und zum zweiten Mal an diesem Tag umarmte sie meinen Geist. Ihre Berührung war zart, vorsichtig, und ich war glücklich, sie so nah bei mir zu spüren. Ich bemerkte, wie der Druck langsam nachließ, die Melodie verklang, die Erinnerung daran verschwamm. Ein heftiges Bedauern kam auf, dann war es leichter.

»Hallo, lieber Freund!«

»Guten Tag, my Lady!«

»Mylady, Vince?«

»Nein, my Lady. Meine Lady in Black.«

Sie lächelte mich zärtlich an. »Dachte ich es mir doch. Wollen wir zurückgehen? Max wartet auf eine Antwort und weiß nicht, was er sich mehr wünscht: Ein Ja oder ein Nein.«

22

Franca

Sie kamen aus dem Garten zurück ins Haus, scherzten und lachten. Max und ich hatten am Fenster gestanden, seit Elisabeth zurückgekommen war und gesagt hatte, sie müsse noch mit Vince sprechen. Wir beobachteten sie, wie sie sich unterhielten und dann nur noch dastanden. Es gab keinerlei Berührung zwischen ihnen.

Als Elisabeth Vince auf der Treppe half und ihm die Tür aufhielt, wirkten sie gelassener.

Max stellte seine Krücken beiseite, als wir uns wieder setzten. »Nun, Elisabeth?«

Sie sah in die Runde und blieb bei Max hängen. »Ich habe über euer Angebot nachgedacht und auch mit Vince darüber gesprochen. Ich werde für drei Wochen hier bleiben, Maximilian, und werde meine Englandreise für Vince absagen, aber nur unter ein paar Bedingungen. Lasst sie euch durch den Kopf gehen, bevor ihr zustimmt oder ablehnt.« Nun traf ihr Blick Vince. »Ich brauche meine Freiheit und Unabhängigkeit, deshalb möchte ich gerne unten wohnen. Ich ertrage keinerlei Kontrolle, wohin ich gehe, was ich tue.«

Das konnten sie akzeptieren.

»An den Wochenenden sind Sie da, Max?« Sie wartete sein Nicken ab. »Gut, dann werde ich an den Wochenenden längere Touren planen, wir werden uns also kaum sehen. Zudem möchte ich gerne eure Küche benutzen, denn ich brauche dringend wieder die Kost, an die ich gewöhnt bin. Ich werde jedoch nicht regelmäßig jeden Tag ein Menü auf den Tisch stellen. Natürlich bist du herzlich eingeladen, mitzuessen, Vince, wenn du denn magst, was ich koche. Ist das in Ordnung?« Vince stimmte zu und sie wandte sich wieder an Max. »Ein weiterer wichtiger Punkt: Ich habe noch keine Vorstellung, wie sich unsere Beziehung hier zu zweit entwickelt. Aber ich verspreche Ihnen, Max, dass ich Ihren Partner nicht berühren werde. Hilft Ihnen das? Ich weiß, wie schwer dieses Arrangement für Sie ist! Anderererseits erwarte ich aber, dass Sie unsere Freundschaft akzeptieren. Keine Eifersuchtsanfälle mehr?«

Max atmete tief durch, nickte dann kontrolliert. Ich konnte nur ahnen, wie schwer ihm das fiel. Und nebenbei vielen mir die vielen Fehler auf, die Elisabeth in den wenigen Sätzen machte. Beim siebten hatte ich aufgehört zu zählen und dachte, dass auch Sprachunterricht kein Luxus für sie wäre. Aber es kam im Moment ja nur auf das Ergebnis an.

Nun sah sie Vince eindringlich an. »Nun zur letzten und wichtigsten Einschränkung: Vince, ich bleibe nur hier, wenn du einer Psychotherapie zustimmst. Die gehört nicht zu meinem Bereich, ich bin lediglich als Freundin hier.«

Vince protestierte, aber sie ließ sich nicht erweichen. Sie einigten sich darauf, die Psychologin, die ihn schon einmal besucht hatte, zu bitten, die Behandlung zu übernehmen. Max wollte sie noch vor seinem Abflug anrufen.

Das war doch gar nicht so schwierig gewesen, mit diesen Bedingungen konnten sie leben. Wir brachten Elisabeths Gepäck in die Suite, danach zeigte Vince ihr das Haus. Sie war begeistert von der Planung und der eleganten, wenn auch kühlen Einrichtung. Die Küche hatte es ihr besonders angetan und Vince freute sich, als sie dieses oder jenes Detail bewunderte.

Max beobachtete die beiden mehr oder weniger argwöhnisch, wurde aber zunehmend ruhiger. Die intensiven Blicke zwischen beiden, die ihn so aufgebracht hatten, waren nach dem Besuch im Garten ausgeblieben. Sie unterhielten sich freundschaftlich, nicht mehr. Wir bestellten uns ein Abendessen, sprachen dann über mögliche Ausflugsziele in der Umgebung. Einmal kam ich jedoch noch auf das Thema Empathie zurück.

»Wo hast du diese Empathiefähigkeit gelernt?«

Plötzlich fuhr sie erschrocken zusammen, ging fast in Verteidigungsposition. Doch dann sanken ihre Schultern nach einem forschenden Blick wieder herab. »Gelernt?« Sie schien zu überlegen. »Vielleicht habe ich sie nie ganz verlernt. Und sie zurückgewonnen. Alle Säuglinge haben diese Fähigkeit, zu erspüren, wie es ihren Eltern geht; für sie ist es noch lebenswichtig. Du hast doch auch Kinder? Erinnerst du dich an eine Situation, als sie noch ganz klein waren und es dir schlecht ging?«

»Ja, als Papa so plötzlich krank wurde.«

»Wie hat dein Kind reagiert?«

»Jonathan hat mehr geschrien und ich war ganz fertig, dass auch er jetzt so unruhig war!«

Sie lächelte. »Siehst du, das kann man auch so interpretieren: Mama, ich merke, dass etwas nicht mit dir stimmt! Aber vergiss mich nicht, ich bin auch noch da!«

Ich war überrascht. »So habe ich es noch nie gesehen!«

Das Thema war ihr sichtlich unangenehm. »Wie gesagt sind das alles nur meine Vermutungen. Es gibt wissenschaftliche Ansätze, die andere Ideen verfolgen, die man auch mit Fakten unterlegen kann. Meiner Meinung nach geht mit der Sprachentwicklung die Empathiefähigkeit bei vielen zurück. Die Kinder können nun sagen, was sie wollen oder brauchen. Danach zielt das Bildungssystem eher auf rationale Inhalte ab, oder hattet ihr `Liebeskunde´ in der Schule?«, stellte sie ironisch die Frage in den Raum, wartete unsere Antwort nicht ab. »Je mehr man sich der greifbaren Welt zuwendet und sein Innenleben vernachlässigt, desto schneller verschwinden die empathischen Fähigkeiten. Dazu wirken noch die Bilder aus dem Fernsehen oder den Computern und man vergisst die Empathie einfach, denke ich. Ein ganz normaler Prozess.«

»Und bei dir war es nicht so?«

Wieder antwortete sie sehr vorsichtig. »Man kann es auch wieder erlernen und die Sensibilität für andere wiedererlangen. Aber wer will das heutzutage schon? Und die Nachteile, die dieser Prozess mit sich bringt, hatte ich bereits erwähnt.«

Ich wollte unbedingt genauer nachfragen, aber Max unterbrach mich. »Können Sie mich auch spüren, Elisabeth?« fragte er.

Sie seufzte. »Wie gesagt, es ist anstrengend für mich«, wich sie aus. »Lediglich heftige Gefühle anderer kann ich manchmal nicht sofort abblocken. Nun schauen Sie nicht so skeptisch, Max, ich bin immer noch müde und was ich sehe, reicht vollkommen aus.«

Er beließ es dabei.

Wir verbrachten einen ruhigen Abend, es gab keine Spannungen mehr. Max bemühte sich, seine Eifersucht zu kontrollieren; sie hatten einen Waffenstillstand geschlossen. Nach dem Essen packte ich meinen Koffer. Ich sah Elisabeth sogar mit Max reden.

23

Max

»Elisabeth, kann ich Sie kurz sprechen?«
Sie stand auf der Veranda, sah übers Meer. »Ja, Max?«
»Warum sind Sie zurückgekommen?«
»Weil Sie mich darum gebeten haben. Und weil ich meinen Freund Vincent wiedersehen wollte.« Sie wusste nicht, worauf ich anspielte.
Es fiel mir schwer, das Thema noch einmal anzusprechen. »Das meinte ich nicht! Ich dachte an unser Treffen vorgestern Abend im Pub, als Sie schon an der Tür waren. Haben Sie mich da gespürt?«
Wieder war sie vorsichtig, was sie preisgeben wollte. »Nach meinem Ausbruch war meine Wut verraucht und meine Blockade geschwächt«, begann sie zögernd. »Ich habe die Emotionen im Raum bemerkt: Da waren Aggression, Verachtung, Hilflosigkeit und Verzweiflung, aber ich konnte nicht entscheiden, welches Gefühl von wem ausgesandt wurde. Ging diese Verzweiflung von mir oder von jemand anderem aus? Ich musste mich konzentrieren, um das zu unterscheiden. Ich war eher traurig als verzweifelt und Georg schützte mich«, erklärte sie rückschauend. »Dieses starke Gefühl kam von jemand anderem, entweder von Ihnen, Max, oder von Joseph. Ich konnte es nur durch direkten Kontakt entscheiden, deshalb gab ich vor, mich von Ihnen verabschieden zu wollen. Die kurze Berührung reichte aus. Ich lasse mich wirklich nicht gerne darauf ein, denn es kann sein, dass ich zu viel erfahre oder, wenn ich müde bin, auch etwas von mir übertrage. Ja, Max, ich habe ihre Verzweiflung gespürt. Aber auch ihre Liebe zu Vincent: Sie zieht sich wie ein leuchtendes Band durch ihre anderen Gefühle. Deshalb bin ich zurückgekommen, denn diese Sekunden zeigten mir, warum sie mich gesucht haben. Ich dachte, die beiden, vielleicht auch wir drei, hatten noch eine Chance verdient. Und ich bin froh, dass Sie mich gesucht haben und ich gekommen bin. Heute wäre es vielleicht zu spät gewesen.« Sie hatte leise gesprochen, die Erinnerung an diese Situation setzte ihr zu.

Wir schwiegen, sahen in die Nacht. Dieser Abend war wirklich belastend gewesen.

Mir fiel noch eine Facette auf. »Sie sagen, Ihr Sohn habe sie geschützt?«

»Ja, wenn Georg mich begleitet, schützt er mich; bei ihm bin ich sicher.«

»Hat er auch Ihre Fähigkeiten?«, fragte ich überrascht.

Sie zögerte. »Nun, er hat sich für die Welt der Wissenschaft, das Greifbare entschieden, aber wir haben eine enge Beziehung und er weiß mich einzuschätzen. Ich denke, er nutzt seine Fähigkeit eher unbewusst. Er hat gespürt, dass Sie es ehrlich meinen, während ich nur flüchten wollte, weil ich mit meinen eigenen Emotionen beschäftigt war. Deshalb hat er mich gebeten, Sie anzuhören und ich vertraue auf sein Urteil. Eigentlich haben Sie ihm zu verdanken, dass wir jetzt hier stehen.«

Ich sandte einen stillen Dank an den jungen, ernsthaften Mann in die Nacht. Franca hatte mir noch einmal beschrieben, wie schwer der Tag gestern für die beiden gewesen war. Und ich hatte geschlafen!

Doch ich fragte weiter. »Wie tut er das: Auf Sie achtgeben?«

»Er achtet darauf, dass mich niemand zufällig berührt und hilft mir damit. Er weiß auch, wann ich verletzlich bin, meine Blockade geschwächt ist. Ich kann mich leichter konzentrieren, wenn er da ist oder meine Blockade schneller wieder errichten, Kraft auftanken.«

»Sie lieben ihn sehr, nicht?«

»Ja Max, das tue ich.« Ein forschender Blick traf mich, schien eine Reaktion zu erwarten, aber ich konnte ihn nicht deuten.

24

Vincent

Nun hatten wir viel Zeit miteinander und bereits der erste Tag zeigte uns die Grenzen dessen, was wir voneinander zu wissen glaubten.

Sie kam um halb neun nach oben und ich bemerkte ihre Unsicherheit, die ich auch empfand. Würden wir es fertigbringen, eine normale Beziehung aufzubauen? Das Gefühlschaos hatten wir unter Kontrolle. Das hatte ich schon gestern bemerkt. Bei aller Wehmut darüber wollte ich Max nichts Böses, wollte ihn nicht verlassen. Ich kannte die guten Seiten an ihm, die kaum ein anderer zu Gesicht bekam.

Er hatte so traurig und verletzlich ausgesehen, als er am Morgen das Haus verließ.

»Stellt bitte nichts an, ja?«

Ich nahm ihn kurz in den Arm. »Sicher nicht.« Ich konnte ihn nicht küssen, wir waren uns so fremd geworden.

»Na dann, ich rufe dich an.«

Sie sah vorsichtig um die Ecke: »Guten Morgen, Vince. Störe ich, wenn ich mich zu dir setze?«

»Natürlich nicht, ich freue mich.«

Sie überflog kurz den Tisch. »Moment noch.« Sie lief in den Flur, ich hörte sie die Haustür öffnen, sogar in den Vorgarten laufen.

Als sie zurückkam, fragte ich: »Fehlt irgendetwas?« Ich wies auf den Tisch, den ich schon gedeckt hatte.

»Wo ist denn die Zeitung, Vince?«

»Welche Zeitung? Wer schaut denn noch in die Druckversion? Wir lesen die Nachrichten im Internet.« Sie war ja so kompliziert!

»Wahrscheinlich in der Kurzform? Wie ungemütlich, man liest doch die Zeitung zum Frühstück.« Sie kletterte auf einen der hohen

Thekenstühle und die roten Hausschuhe, die ich nun auch zum ersten Mal sah, machten es ihr nicht leichter.

»Mann, das sind ja echte Hochsitze! Geht ihr hier oben auf die Jagd?«

Ich musste grinsen und stand auf, um ihr von den Eiern zu geben und einen Kaffee zu holen, aber sie hielt mich auf.

»Ich esse morgens kaum etwas, trinke nur Kaffee.« Sie war eindeutig zappelig, auch schon ohne das Koffein und man sah, dass ihr etwas fehlte.

»Wenn du dir jetzt unbedingt den Grusel in der Welt antun willst, kann ich dir einen Laptop holen«, bot ich an.

Sie sah mich erleichtert an. »Ich geh´ schon, wo steht denn einer?«

»Hier im oberen Arbeitszimmer.«

»Den Gang hoch, hinten links?«

»Ja, vorletzte Tür.«

»Bin gleich wieder da.«

Sie kam zurück, suchte eine Steckdose, spannte das Kabel quer durch die Küche.

Sprachlos sah ich ihr zu.

Sie bemerkte meine Verwunderung. »Hhm, ist nicht so praktisch! Also doch eine Papierausgabe. Nun, wie sieht denn dein Plan heute aus?«

»Gleich habe ich meine Physiotherapie bis viertel vor zehn, unsere Haushälterin kommt um zehn und um zwölf ertrage ich die erste Stunde bei der Psychologin.«

»Du hast aber schnell einen Termin bekommen!«

Ich zuckte die Achseln. »Du kennst ja Max, wenn….«

Sie fiel mir ins Wort. »Ja, wenn er will, kann er unwiderstehlich sein.«

Ich zog die Augenbrauen hoch. »Das meinte ich zwar nicht, aber ja, sie hat schnell eingewilligt, zu kommen.«

»Ach, sie kommt auch noch ins Haus?« Jetzt war sie wirklich erstaunt.

»Sie macht eine Ausnahme für mich.«

»Ist das oft so bei berühmten Leuten?«, fragte sie skeptisch nach.

»Max sagte ihr, ich könne mich noch nicht so gut bewegen.«

Sie lenkte ein. »Gut, da hat er recht.«

Es klingelte. Sie öffnete die Tür und kam mit Dennis, dem Physiotherapeuten, zurück. »Guten Morgen, Dr. Jeremiah.«

Fragend blickte sie mich an: »Dr. Jeremiah?«

Ich lachte und stand auf. »Darf ich mich nochmals vorstellen, my Lady? Professor Dr. Vincent Jeremiah, freier Dozent der Universität Edinburgh, Fachbereich Geschichte des Mittelalters, zu Ihren Diensten.« Die Verbeugung bekam ich nicht richtig hin, die Krücken störten die Eleganz.

Ihr Hofknicks dagegen war formvollendet. »Ich bin sehr entzückt, Professor. Ich bin Elisabeth Brücken-Lindscheid, Feld-, Wald- und Wiesenpsychologin aus dem Reich Karls des Großen.«

Ich lachte. »Hast du das nicht nachgeschaut?«

»Warum sollte ich? Ich habe dich gefragt und du sagtest, du bist Historiker. Das reicht doch.«

»Eben!«

Sie lächelte mich an. »Vince ist mir sowieso lieber. Ich geh jetzt mal kurz vor die Tür. Hast du einen Schlüssel für mich?«

Gleich das nächste Problem. Den Besucherschlüssel hatte Franca noch und mehr Schlüssel gab es nicht. Wir waren da ein bisschen eigen.

Sie reagierte auf meine Verlegenheit. »Ich versteh´ schon! Zum Glück hat Franca mir den Schlüssel von unten gegeben. Nun, dann turne mal schön.«

Nach meiner Physiotherapie saß sie wieder an der Küchentheke, die nun von verschiedenen Zeitungsteilen bedeckt war.

Sie bemerkte meinen Blick: »Oh, Entschuldigung, ich mache Ordnung.« Sie legte die Zeitung zusammen, schob mir auffordernd den Stapel herüber. »Es gibt noch eine Welt außerhalb der akademischen. Vielleicht möchtest du mal eine Safari in den Dschungel der Realität machen? Wenn man denn glauben darf, was hier steht. Ich hätte ein paar Fragen.«

»Frag´ nur!«

Sie stellte Fragen über jedes Gebiet: Wirtschaft, Politik, Gesundheitswesen, Gesetzgebung, sogar die Todesanzeigen waren interessant. »Warum lasst ihr in England eure Friedhöfe so verlottern? Sind euch eure Toten nicht wichtig?« Sie erklärte mir die deutschen Gepflogenheiten. Auch wenn sie die oft übertriebene Grabpflege nicht mochte, verstand sie, was die Menschen ausdrücken wollten: »Es geht darum, den Verstorbenen auch im Tod noch Achtung entgegenzubringen und zu zeigen, dass man sie nicht vergessen hat. Einmal abgesehen von den Auswüchsen wie ‚mein Mann liegt aber schöner als deiner'.« Dann schnaubte sie schon wieder. »Sag mal, Vince, findest du das nicht unpraktisch? Jetzt muss ich mich schon zum dritten Mal von hier oben abseilen, nur um einen Kaffee zu holen. Es geht doch nichts über eine Kaffeekanne! Die nimmt auch nicht so viel Platz weg wie euer Edelstahlkasten dort. Ich nehme an, die Pflege des Teils übernimmt die Haushälterin?«, setzte sie provozierend hinzu.

Da konnte ich kaum widersprechen.

Ironisch sah sie mich an. »Ich glaube, das hier wird doch noch ein Zusammenstoß der Welten.«

An das ‚Dr. Jeremiah' unserer Haushälterin war sie ja jetzt schon gewöhnt, dass sie sie aber mit dem Vornamen Claire ansprach, während sie meinen Titel benutzte – das war schon wieder zu viel.

Unterdrückt murmelte sie hinter ihrer Zeitung: »So ist das also. Das lässt ja interessante Rückschlüsse auf euer Gesellschaftsverständnis und Standesdenken zu. Und sie ist auch noch älter als du!«

Glaub mir, die folgende Diskussion wurde hitzig ausgefochten. Ich war schon halb erschöpft, als die Psychologin kam.

Sie stand auf. »Ich gehe jetzt spazieren. Brauchst du etwas? Bis später dann.« Natürlich konnte sie die spitze Bemerkung nicht lassen. »Und vergiss nicht, die Dame nach ihrem Vornamen zu fragen. Wir wollen doch, dass hier alles seine Richtigkeit hat, nicht wahr?« Sie grinste mich an und verschwand die Treppe hinunter, bevor wir in die nächste Runde starten konnten.

Ich lehnte mich zurück und lächelte. Das war wirklich anstrengend gewesen, aber ich hatte schon lange keinen so amüsanten Morgen mehr verbracht.

Als sie von ihrem Spaziergang zurückkam, hatte sie irgendwo einen Kaffeefilter und Filtertüten aufgetrieben und sie kochte nun jeden Morgen Kaffee. Mit dem Wasserkocher goss sie den Kaffee auf, stellte die Thermoskanne auf den Tisch. Ich konnte das ja kaum auf mir sitzen lassen und so veranstalteten wir an einem Morgen ein Kaffeewettkochen: Acht Tassen – wer ist schneller? Zuerst sah es gut für mich aus, meine ersten drei Tassen waren bereits fertig, als ihr Kaffeewasser endlich kochte. Bei der fünften Tasse hatte sie eindeutig Zeit gut gemacht, nach der sechsten Tasse musste ich die Bohnen nachfüllen. Dann war ihre Kanne voll und sie saß schon an der Theke, zog mich mit triumphierender Miene lachend auf.

Sie holte nun jeden Morgen die Zeitungen, immer eine regionale und eine überregionale, die politische Ausrichtung wechselte von Tag zu Tag. Sie wollte sich nicht festlegen: »Manchmal findet man auch ein Körnchen Wahrheit beim politischen Gegner.«

Sie genoss ihren Spaziergang. Ich bot ihr die Autos an, doch sie wollte lieber laufen. So lernte sie schnell die Nachbarn kennen, schob am dritten Morgen ein Fahrrad in die Einfahrt.

»Wo kommt denn das her?«

»Dr. White«, und natürlich betonte sie den Dr., »hat es mir geliehen, solange ich hier bin. Es gehört seinem Enkel.«

»Dr. White?«

»Ja, Vince, dein Nachbar zwei Häuser, ach nein, hier sind es ja eher zwei Blocks weiter. Er erwähnte, dass ihr euch nach Jahren noch nicht kennengelernt habt.« Hörte ich da wieder eine Spitze heraus? »Seine Frau ist vor zwei Jahren gestorben, jetzt hat er nur noch seinen Hund. Er ist nett, weißt du? Ein sehr gebildeter alter Herr.«

»Aber wofür das Fahrrad?«

»Na, falls ich es einmal eilig habe!«

Ich konnte nicht anders, ich verdrehte die Augen.

Nachmittags startete sie zu ihren Touren. Nachdem sie sich die wichtigsten Sehenswürdigkeiten der Stadt angesehen hatte, nahm sie nun auch widerstrebend ein Auto. Doch leider war es nicht mehr wie früher, wenn sie unterwegs war. Ihr Handy hatte sie an Georg verschenkt und sie konnte mir keine Nachrichten mehr senden. Die Stunden, die sie fort war, waren für mich die unangenehmsten des Tages. Ich versuchte mich zu erinnern, wie ich früher die Zeit allein gefüllt hatte. Fing Verschiedenes an, beendete nichts wirklich. Meine Konzentrationsfähigkeit war immer noch eingeschränkt, ständig schweiften meine Gedanken ab. Ich freute mich auf den Abend und hoffte, dass wir ihn gemeinsam verbringen würden. Dann würde sie mir die Fotos zeigen und ihre Fragen stellen, die ich so gerne beantwortete. Selbst wenn wir nicht einer Meinung waren, was nicht selten der Fall war, genoss ich ihre Gesellschaft.

Meist kam sie mit einem Einkauf zurück, dann wurde gekocht. Ich bin ehrlich, die Pizzakarte lag immer griffbereit in der Nähe, falls mir das deutsche Essen nicht schmecken sollte. Aber sie kochte gar nicht so, wie ich mir das deutsche Essen vorstellte und ich fragte nach.

»Du willst tatsächlich Sauerkraut essen? Wenn du es möchtest, koche ich auch mal typisch deutsch, vielleicht einen Sauerbraten? Es ist viel Arbeit! Tun wir das doch, bevor Max zurückkommt, dann könnt ihr euch am nächsten Tag noch etwas aufwärmen.« Sie grinste. »Falls das nicht unter eurer Würde ist.«

Doch egal, was sie kochte, es begann immer mit einem Berg von Grünzeug und ich setzte mich gerne zu ihr: Gemüse schneiden, Salat waschen, das brachte ich fertig, auch wenn ich mich ungeschickt anstellte.

In den ersten Tagen hatte sie meine Bemühungen noch kommentarlos betrachtet, aber dann platzte es doch aus ihr heraus: »Wozu habt ihr denn diesen Traum von Küche, wenn ihr sie kaum nutzt?«

»Sie sah so gut aus!«

Sie stöhnte. »Ja natürlich, welch ein stichhaltiges Argument. Aber ich gebe zu, irgendwie musste man ja den Quadratkilometer hier drinnen füllen! Sonst hallt es ja so, richtig?«

Ich spritzte sie nass, sie duckte sich und machte die nächste freche Bemerkung.

Wenn sie kochte, sah ich ihr so gerne zu. Vollkommen konzentriert wirbelte sie mit den Gewürzen, ohne einmal abzuschmecken.
»Wie machst du das?«, bewunderte ich das Schauspiel.
»Das hat man doch im Gefühl!«
»Nimmst du auch empathische Beziehung zu den Tomaten auf?«, zog ich sie auf.
Schlagfertig lachte sie. »Nein, meine empathischen Kontakte verspeise ich normalerweise nicht. Obwohl, bei dir vergesse ich das vielleicht noch.« Das war ihr nun eindeutig herausgerutscht, sie presste die Lippen zusammen und errötete. Mir zog es im Herzen.
Den Tisch deckte sie immer im Wohnzimmer, weil sie den Ausblick aufs Meer so liebte. »Das hast du richtig gut gemacht, diese Idee mir der Glasfront. Genießt ihr das noch oder nehmt ihr es gar nicht mehr wahr?«

Sie bestand darauf, jeden Tag einen Spaziergang mit mir zu machen, wenn auch anfangs nur bis zur Klippe. Die klagend hochgehaltenen Krücken beeindruckten sie gar nicht: »Wer es im Fieberwahn bis zur Klippe schafft, kann das auch später.«
Ich hatte Angst, vor die Tür zu gehen. Unbeeindruckt lockte sie mich nach draußen, jeden Tag ein paar Meter weiter. Meist unterhielten wir uns und dadurch lenkte sie mich von dem Gefühl ab, ständig in Gefahr zu sein. Dann brach sie sie sogar einmal ihr Versprechen, mich nicht zu berühren: Als ein Auto dicht an uns vorbeifuhr, legte sie beiläufig ihre Hand federleicht, fast unmerklich, auf meinen Arm. Durch diese zarte Berührung fühlte ich mich stark wie ein Bollwerk.

Und sie lenkte meine Aufmerksamkeit auf die Beobachtung der Menschen, als wir zum ersten Mal den Weg in den Park geschafft hatten. Die Gesichtsfarbe, das Gangbild, die Haltung, die Färbung der Augen, der Blick der Menschen: Sie nahm sie wie beiläufig wahr und interpretierte mühelos.

Ich musste mich ausruhen, wir saßen auf einer Bank.

»Sieh nur, wie schwer es die beiden haben«, seufzte sie mitleidsvoll.

Ich drehte mich um. »Wen meinst du denn?«

»Dieses alte Paar, das eben an uns vorbeigegangen ist. Er ist tracheotomiert, wahrscheinlich war es ein Tumor; man sieht es an den hellen Operationsnarben. Wie mühsam er versucht, ohne Stimme mit ihr zu kommunizieren. Sie ist schwer nierenkrank, man erkennt es an ihrer Hauttönung. Ob sie schon zur Dialyse muss?«

»Kennst du die beiden auch schon?«

»Natürlich nicht, Vince.« Sie stupste mich spielerisch.

Vor dem Rückweg musste ich noch auf sie warten. »Nur zehn Minuten, ja? Du kannst nicht mitkommen, sie sind sehr scheu.«

»Wer denn?«

»Die Punks dort drüben.« Sie ging zu ihnen hinüber, rauchte eine Zigarette mit ihnen und schenkte ihnen dann die Schachtel, die sie schon morgens mit der Zeitung besorgt hatte.

Als sie zurückkam, war ich wütend. »Warum machst du so etwas? Die sind unberechenbar!«

»Nein, sind sie nicht und ich will dein Land aus allen Blickwinkeln kennenlernen.«

Sie konnte mich wirklich unglaublich aufregen!

Später am Abend spielten wir oft Schach oder planten ihre Ausflüge. In der kommenden Woche wollte sie weiter entfernte Ziele ansteuern. Sie stellte ihre Fragen, hörte mir aufmerksam zu, wenn ich ihr die geschichtlichen Hintergründe erläuterte. Nicht selten stellte sie Bezüge zur Gegenwart her, versuchte, das Verhalten der Menschen damals psychologisch zu erklären. Meinen Einwand, dass wir uns gesellschaftlich und ethisch durchaus weiterentwickelt hätten, ließ sie kaum gelten. Wir sprachen über heutige Kreuzzüge, Glaubenskriege, Gottesbilder, kamen zu spirituellen Themen. Das war ein Gebiet, bei dem wir uns immer wieder in die Haare gerieten.

»Die Wissenschaft greift hier zu kurz, Vince, nimmt so Vieles verzerrt oder gar nicht wahr.«

»Ach, und irgendwelche Religionen oder Glaubensrichtungen sind flexibler?«

Sie schüttelte den Kopf, sah mir direkt in die Augen. »Mach dich doch einmal davon frei, schalt deinen Kopf ein. Denk selbst nach: Was ist wichtig im Leben?«

Das schien ihr Lieblingsthema zu sein. »Und was ist denn nun wichtig?« Ich war genervt, doch sie winkte ab.

»Vorgefertigte Meinungen bringen dich doch nicht weiter. Ich bin sicher, du erkennst es noch.«

Welche Herablassung schwang da mit? Ich wollte schon wütend weiter argumentieren, aber sie lächelte mich nur an. Das war der eine Punkt, an dem wir nicht weiterkamen.

Sie las auch gern oder schrieb Notizen und Briefe, solche mit richtigen Briefmarken. »Hast du noch mehr Brieffreunde?« Ich hörte selbst, dass ich eifersüchtig klang.

»Es gibt niemanden neben dir, Vince.« Sie schaute noch nicht einmal auf, aber den ironischen Ton hatte ich nicht überhört.

Keine Kontrolle, ich wusste es ja.

Abends ging sie pünktlich um halb zehn nach unten und ich bemerkte, dass sie das Haus verließ. Nach einer halben Stunde kehrte sie wieder zurück. Oft hörte ich sie noch telefonieren und fragte mich, mit wem sie da sprach. Ich humpelte ins Bett, ich fühlte mich immer noch nicht wieder fit und rief Max an, erzählte vom Tag. Er versuchte sogar, zuzuhören. Seine Kurznachrichten tagsüber beantwortete ich nur selten, ich wollte lieber mit ihm persönlich reden. Über Elisabeth sprachen wir kaum. Er fragte nicht nach ihr und ich wollte ihn nicht unnötig belasten; es gab ja auch nichts zu beichten. Einmal fragte er, warum ich Gespräche mit Joseph immer ablehnte, er sei doch auch mein Freund. Aber ich hatte meine Freundin hier und wollte niemanden sonst sehen. »Sie sorgt gut für mich, Max. Ich brauche keinen zweiten Babysitter.«

Und nachts, Rick, geschah Seltsames in unserem Garten. Ich hatte in der zweiten Nacht ihres Besuches wieder einen Albtraum und war danach aufgestanden, um etwas zu trinken. Ich konnte nicht wieder einschlafen und stand nochmals auf, um das Fenster zu öffnen. Zunächst sah ich nur eine undeutliche Bewegung, einen Schatten. Als dann die Wolkendecke etwas aufriss, konnte ich sehen, was sich dort abspielte.

Es war Elisabeth. In ihrer schwarzen Kleidung war sie in der Dunkelheit kaum auszumachen; ich hatte sie nur an ihrem hellen Haar erkannt.

Sie tanzte durch den Garten, ganz allein. Manchmal hielt sie einen imaginären Partner im Arm, meist bewegte sie sich ganz frei nach einer Musik, die ich nicht hören konnte. Hatte sie ihren alten Discman wiederbelebt? Es war schön, ihr zuzuschauen. Es war nicht so sehr ihr Können, das mich so faszinierte. Nein, es waren ihre Gefühle, die in den Tanzfiguren mitschwangen und mich berührten. Ich wünschte in diesem Moment, ich könnte ihr Partner dort unten in der Nacht sein. Doch einmal abgesehen von den Krücken spürte ich, dass ich sie in diesen intimen Momenten nicht stören durfte. Am Ende ihres Tanzes verneigte sie sich in Richtung des Meeres, aber es schien, als verbeuge sie sich vor der gesamten Schöpfung. Sie ging leise ins Haus zurück. Ich wartete daraufhin jede Nacht, ob ich sie noch einmal entdecken könnte und ab und zu gelang es mir.

Weißt du, Rick, wir hatten in der ganzen Woche nicht einmal den Fernseher eingeschaltet. Es fiel mir erst auf, als Max zurückkehrte und die Fernbedienung suchte.

25

Max

Die Woche war qualvoll gewesen. Ständig überfielen mich die Bilder: Vince mit ihr beim Frühstück, er lächelte sie an, erzählte aus unserem Leben. Ob sie sich über mich lustig machten? Der dumme eifersüchtige Max, das hat er nun davon? Mit welchem Nachdruck hatte Vince darauf bestanden, dass sie bei ihm blieb! Er hatte mich nicht einmal gefragt, ob ich meine Termine absagen wollte.

Wochenlang hatte er kaum mit mir gesprochen, mich abgewiesen und mir die kalte Schulter gezeigt. Das war noch nie passiert! Wenn wir uns früher gestritten hatten, waren wir beide daran interessiert, unsere Meinungsverschiedenheiten möglichst schnell zu klären. In so einer spannungsgeladenen Atmosphäre konnte ich nicht gut leben. Vince war für mich der Inbegriff der Liebe, der Ruhepol in meinem Leben. So hektisch es auch war, alles konnte ich erreichen, weil ich wusste, dass er für mich da war. Was ich auch trieb, er war meine Basis, meine Sicherheit, mein Rückhalt.

Ich erzählte ihm bei weitem nicht mehr alles, was ich tat, was mir geschah. Vieles davon hätte er abgelehnt. Einiges hätte sicher heftige Diskussionen ausgelöst, die ich unseren wenigen gemeinsamen Stunden nicht führen wollte. Es waren zwei Welten, in denen ich mich bewegte und beide hielt ich säuberlich voneinander getrennt. Und er fragte nicht mehr. Meine Arbeit interessierte ihn so wenig wie mich seine Forschungen. Meine Welt des oberflächlichen Scheins und seine Welt der längst verrotteten Gestalten waren ein Gruselkabinett für den jeweils anderen. Drehbuchseiten und lateinische Quellen trennte eine unüberwindbare Kluft.

Er hatte sich immer lustig gemacht, wenn ich meine Texte lernen musste. »So viel Aufwand für eine Minute Film oder Fernsehen, an die sich morgen niemand mehr erinnert.«

»Und so viel Arbeit für das Recherchieren über eine Burg, die seit tausend Jahren nicht mehr existiert!«

Dann hatten wir uns angelacht.

Ich dachte an unsere schwierigen ersten Jahre, in denen uns Vincent mit seinem schmalen Dozentengehalt durchgebracht hatte, während ich als Zweitbesetzung in miesen Theaterinszenierungen durchs Land tingeln musste. Erinnerte mich an all die Anfeindungen, denen wir ausgesetzt waren und die uns nur stärker machten. Diese Abscheu im Blick seines Vaters und die traurige Verzweiflung in den Augen seiner Mutter führten zu üblen Beschimpfungen und einem endgültigen Bruch mit seiner Familie. Es hatte Jahre gedauert, bis er damit abschließen konnte: Er hatte sich für mich entschieden, hatte alle Konsequenzen ertragen.

Doch für diese neuartige Situation hatte ich einfach keinen Plan, keine Lösung. Ich war schon immer eifersüchtig gewesen, so, wie ich es Elisabeth beschrieben hatte. Aber nun fürchtete ich ernsthaft, ihn zu verlieren und war vor Angst wie gelähmt. In meiner Umgebung hatte ich die Erfahrung gemacht, dass immer die neue Liebe gewann. All die noch uneingelösten Versprechen und neuen Möglichkeiten, all die Gefühle, die Achterbahn fuhren: Was gab es Schöneres, als frisch verliebt zu sein? Vince war ganz sicher kein Luftikus, der unsere gemeinsamen Jahre leichtfertig wegwerfen würde, das wusste ich. Aber konnte er diesen Verlockungen widerstehen?

Wie er Elisabeth angesehen hatte! Ich hielt die Erinnerung daran kaum aus. Ausgerechnet eine Frau forderte mich heraus und das war eine Gefahr, mit der ich nie gerechnet hatte. Als wir noch jung waren, hatten wir unsere Erfahrungen mit dem anderen Geschlecht gemacht, bis wir uns zu unserem jetzigen Leben und unserem Partner bekennen konnten. Keine Frau kam an das heran, was Vince mir bedeutete! Das konnte ich mir einfach nicht vorstellen. Und im Bett hatten wir noch nie Probleme: Ein liebevoller Blick von ihm und mir wurde heute noch so heiß wie vor zwanzig Jahren.

War das meine Chance, ihn zu halten? Nein, das würde nicht reichen. Ich musste mich verändern, wenn ich ihn nicht verlieren wollte, musste ihm viel öfter zeigen, dass er in meinem Leben das Wichtigste war. Wie hatte Elisabeth es geschafft, solch eine enge Beziehung zu ihm aufzubauen? Sie hatte ihm zugehört, ihn unterstützt und begleitet, war für ihn da gewesen, als er es so dringend brauchte. Sie hatte meinen Platz eingenommen, den ich leichtfertig frei gegeben hatte. Vielleicht konnte ich von ihr lernen?

Zunächst musste ich die Eifersucht bekämpfen, bei der mein klares Denken einfach aussetzte. Ein guter Vorsatz, leichter gesagt als getan: Ob sie in unserem Bett lagen? Oder hatten sie den Anstand, nach unten zu gehen? Wenn sie denn ein Bett brauchten! Die Sofas im Wohnzimmer hatten durchaus ihre Reize, das hatten wir schon oft festgestellt.

Ich schickte ihm eine Kurznachricht. Wie üblich erhielt ich keine Antwort.

Joseph sprach mich an, riss mich aus meinen dunklen Gedanken, während ich stupide die Autogrammkarten unterschrieb. »Nachdem Elisabeth jetzt wieder da ist: Wie hast du dir das vorgestellt? Hat sie die Erklärung nun unterschrieben?«

Ich schüttelte den Kopf. »Ich habe sie nicht gefragt.«

Ich sah die Sorge in seinen Augen. »Du weißt, dass du dich ihr vollkommen auslieferst? Und nicht nur dich? Sie hat uns alle in der Hand. Ein Wort am falschen Ort und wir sind erledigt! Wie kannst du das zulassen? Du trägst auch für andere die Verantwortung, nicht nur für Vince!«

Noch mehr Druck und kein Vince an meiner Seite. Vor meinem geistigen Auge lächelte er sie an.

Als ich am Wochenende wieder nach Hause kam, erfüllte mich eine bange Erwartung. Ich schloss die Tür hinter mir, rief nach Vince und hörte, wie er mit den Krücken auf mich zu kam. Mein erster Blick fiel auf rote Hausschuhe und ich holte tief Luft; versuchte, meine Panik zu bekämpfen.

»Hey, da bist du ja. Schön, dass du wieder da bist.«

Ich umarmte ihn kurz, sah mich suchend um.

Er lachte: »Entspann´ dich, Max, sie ist schon weg!«

»Wo ist sie denn?«

»Sie sagte uns doch, dass sie an den Wochenenden etwas unternehmen will. Sie ist zu Georg gefahren, murmelte etwas wie ‚Ich werde euch nicht belästigen'. Nun komm erst einmal; ich habe schon den Tisch gedeckt.«

Als wir uns an die Theke setzten, fielen mir die Zeitungen auf. »Was ist denn das?«

»Sie liest morgens gerne Zeitung, ich habe mich schon daran gewöhnt.« Während er sie weglegte, sah ich mich verstohlen um, in unserem eigenen Haus! Entdeckte die Kaffeekanne mit Filter obenauf und die Küche war eindeutig benutzt. Die Ordnung, unsere perfekte Ordnung, war gestört.

Vince bemerkte meinen Blick. »Ja, sie kocht gerne, das hat sie dir gesagt.«

»Und, kocht sie gut?«

»Du kannst nachher probieren; keine Angst, sie hat vorgekocht und ich muss es nur aufwärmen. Sie ist wirklich weg, Max.«

War da ein trauriger Beiklang in seiner Stimme? Aber nein, er freute sich tatsächlich, mich zu sehen. Ich war erleichtert.

Wir tranken Kaffee und unterhielten uns, wie meine Woche gewesen war und ich fühlte mich wie früher. Er berichtete von seinen Fortschritten, sagte, es ginge ihm etwas besser. Er hatte jeden Tag ein Gespräch mit der Psychologin, die er Rebecca nannte, geführt und war auch schon vor die Tür gegangen, zumindest bis in den Park. Das war erfreulich. Ich musste unbedingt später mit der Psychologin sprechen.

Ich fühlte mich ein wenig sicherer und fragte: »Wie ist es mit Elisabeth?«

Er ließ sich die Woche durch den Kopf gehen. »Den ersten Morgen haben wir mit hitzigen Diskussionen verbracht, sie nennt es den Zusammenstoß der Welten. Danach ging es leichter, auch wenn sie mich manchmal regelrecht auf die Palme bringt. Ich denke, wir haben uns ein wenig zusammengerauft.«

Das klang ja nicht nach einer heftigen Liebesgeschichte hinter meinem Rücken.

Wir standen auf, ich räumte das Geschirr in die Maschine. Als ich ins Wohnzimmer kam, fielen mir weitere Veränderungen auf: Überall lagen wieder seine Bücher, aber nun waren es Werke über die regionale Geschichte und Reiseführer. Das Schachspiel stand mitten auf dem Tisch, auf dem Sideboard lagen Briefumschläge und Briefmarken. Die Fernbedienung für den Fernseher war nirgends zu entdecken.

»Vince, wo ist denn die Fernbedienung?«

»Keine Ahnung, ich werde sie gleich suchen.«

Hieß das, sie hatten den Fernseher nicht angemacht? Wie hatten sie denn die Abende verbracht? Ich spürte die nächste Welle der Eifersucht bereits in mir aufsteigen.

Er sah mich an, kannte mich so gut. »Du hast es versprochen, Max. Du respektierst unsere Freundschaft, keine Eifersucht! Obwohl wir hier eine ganze Woche zusammengelebt haben, gab es keine körperliche Berührung zwischen uns. Ich werde jetzt nichts mehr dazu sagen!« Seine Warnung war unmissverständlich.

Ich atmete tief durch und wechselte das Thema. »Wie heißt sie noch, deine Psychologin?«

»Rebecca.«

Ich nickte wortlos, ging in mein Arbeitszimmer und rief sie an.

»Wie geht es denn mit Vince?«

»Mr. Llewellyn, ich bin mir nicht sicher. Ihr Partner nimmt alle Termine wahr, aber er spricht kaum etwas und berichtet nur zögerlich von Symptomen, wenn ich danach frage. Ich denke, wir haben den Beziehungsaufbau hinter uns und gestern hat er erwähnt, dass er sogar vor die Tür geht. Ein wichtiger Schritt in die richtige Richtung, aber erwarten Sie keine Wunder auf die Schnelle. Die Behandlung braucht Zeit.«

Mindestens zwei bis drei Monate, hatte sie gesagt. So lange? Ich war ernüchtert, aber immerhin hatte Vince erlaubt, dass sie mit mir darüber sprechen durfte.

»Ich tue das normalerweise nicht, aber er möchte, dass ich Ihnen die Fortschritte berichte. Damit Sie sehen, dass er daran arbeitet.«

Ich versprach, sie am nächsten Wochenende wieder anzurufen.

Wir verbrachten den Nachmittag zusammen und spielten sogar eine Partie Schach. Ich schlug vor, am Abend ins Kino zu gehen.

Er zuckte heftig zusammen. »Das kann ich nicht, auf gar keinen Fall.«

Wie hatte er nur so krank werden können! Und warum wollte er nicht mit mir darüber sprechen? »Vince, willst du mir nicht davon erzählen? Ich mache mir Sorgen!«

Er blickte starr an die Wand, schien mit sich zu kämpfen. »Max, ich kann kaum darüber sprechen, diese Angst hält mich im Griff. Ich will nicht vor die Tür, keine anderen Menschen sehen oder gar Auto fahren. Ich schlafe schlecht, habe Albträume und bin unausgeglichen, das alleine macht mir schon Angst. Bei Panikattacken kann ich mich gar nicht mehr rühren! Zumindest die sind seltener geworden und sie kommen nur nachts. Aber ich stehe morgens wieder auf und Rebecca sagte, das sei ein wichtiger Schritt. Belassen wir es dabei.« Er sah so hilflos aus wie ich mich fühlte.

Er ging in die Küche, startete die Mikrowelle und deckte den Tisch, trotz der Krücken. Es war ihm wichtig, sich zu bewegen, wichtig, etwas zu essen. Auch das war ein kleiner Fortschritt und dieses unbekannte Essen schmeckte tatsächlich gut. Den Abend gestaltete der Fernseher, er ging früh zu Bett. In der Nacht hörte ich, wie er im Schlaf etwas rief, dann stand er auf, schaute in den Garten, aufs Meer. Ich wagte nicht, ihn anzusprechen.

Vince war vor mir aufgestanden und saß schon in der Küche und las Zeitung. Aber er hatte den Tisch für uns beide gedeckt.

Er faltete die Zeitung eilig zusammen. »Die ist noch von gestern. Guten Morgen, Max, ich habe mit dem Frühstück auf dich gewartet.«

Wir überlegten zusammen, wie wir den Tag zusammen verbringen wollten.

»Wir könnten in den Park gehen«, schlug er vor.

»In den Park können wir sonntags nicht gehen.«

Er wollte aufbegehren, dann fiel es ihm ein. Nein, keine Fans, das schon gar nicht.

»Wollen wir irgendwo hinfahren?«

»Ich sagte es dir bereits, ich will nicht Auto fahren.«

»Vielleicht kommen Joseph und Thomas?«

»Nein, Max, ich will mit dir allein etwas unternehmen.«

Mir fiel sofort etwas ein, aber daran war im Moment wohl nicht zu denken. »Aber was möchtest du tun, Vince?«

»Das weiß ich auch nicht.« Da war sie wieder, unsere Ratlosigkeit.

»Nun, dann lass uns zumindest in den Garten gehen.«

Wir liefen bis zur Klippe und zurück. Zwanzig Minuten waren vergangen.

»Eine Runde Billard?«

»Soll ich etwa die Krücken als Queue benutzen?«

Wir spielten noch eine Partie Schach, dann füllte der Fernseher wieder die Stille zwischen uns. Ich bemerkte, wie er gegen Abend ruheloser wurde. Schon ab vier hatte er immer wieder verstohlen zur Uhr gesehen. Zählte er die Stunden, bis ich wieder fortging? Wartete er auf Elisabeth, würde sie etwa den Abend mit uns verbringen? Wir bestellten Pizza, aber sie schmeckte uns beiden nicht. Gegen neun hörten wir das Taxi vor der Tür anhalten. Sie sprach wohl noch kurz mit dem Fahrer, dann hörte ich die Tür zuschlagen. Ich wappnete mich schon für das Aufschließen der Haustür, aber sie kam nicht herein, sondern ging um das Haus herum nach unten. Wir sahen sie auch an diesem Tag nicht.

Vince stand wieder am Fenster und starrte in die Nacht hinaus. Warum konnte ich nicht mit ihm sprechen? Ich hatte Angst, dass dieser Abgrund, den er mir gezeigt hatte, mich ebenfalls herunterriss und verschlang. Er kam zurück ins Bett und schlief ein, aber meine Unruhe wuchs und wuchs. Ich brauchte etwas zu trinken. Leise stand ich auf, ging hinüber ins Wohnzimmer und schenkte mir einen Whisky ein. Würde es jetzt jede Nacht so sein: Einer von uns stand in der

Dunkelheit schlaflos am Fenster, vom anderen getrennt durch unsere Sprachlosigkeit?

Ich hörte ein Geräusch auf der Treppe, leise wurde die Tür geöffnet. Ein Schatten huschte in die Küche und ich hörte, wie der Kühlschrank geöffnet wurde. Ich beschloss, sie zumindest zu begrüßen.
»Guten Abend, Elisabeth.«
Das Glas in ihrer Hand schwankte, sie vergoss das Wasser. »Himmel, Maximilian, haben Sie mich erschreckt!« Sie schaltete das kleine Licht über dem Herd an und suchte nach Tüchern, um den Boden zu säubern.
Ich sah ihr dabei zu.
»Wie war Ihr Wochenende?«, fragte sie beiläufig.
»Ich kann es Ihnen nicht sagen. War es gut, war es schlecht? Er hat tagsüber mit mir gesprochen, aber ist zurückgezogen, fast ängstlich. Und nachts träumt er immer noch schlecht. Er wollte noch nicht mal mit ins Kino.«
Ich hörte, wie sie nach Luft schnappte und sie sah mich an, als hätte ich etwas Ungeheuerliches gesagt. »Ins Kino? Das haben Sie ihm vorgeschlagen? Sie haben immer noch nicht verstanden, was hier vorgeht!«
»Nein, ich verstehe es nicht. Was ist nur mit ihm geschehen?«
Sie schüttelte ungläubig den Kopf. »Max, ich werde es Ihnen erklären, sonst haben Sie nie eine Chance. Er ist starr vor Angst! Er hatte letztes Wochenende fast aufgegeben und Sie haben es gespürt, sonst hätten Sie nicht diesen Schock erlitten. Er konnte nicht mehr kämpfen, sah keinen Sinn mehr für einen Kampf. Das hat er Ihnen doch gesagt?«
»Ja, er hat es erwähnt, aber danach ging es ihm doch wieder besser. Sie sagten uns, er hatte zu wenig getrunken und eine Infektion gehabt?«
»Ja, das ist richtig, aber was war Ursache, was war Wirkung? Als ich ihn erreicht hatte, war seine Lebenskraft schon auf Sparflamme. Hatte er nicht mehr getrunken, weil er nicht mehr wollte? Wie war das mit dem Essen: Hat er es verweigert, weil er krank war?«, stellte

sie unangenehme Fragen in den Raum. »Er hatte kaum noch Kraft, aber es gab noch ein kleines Fünkchen in ihm, das leben wollte. Haben Sie sich nicht gewundert, dass er nicht aufgewacht ist, obwohl wir ihm so viel zu trinken gaben und sein Fieber senkten? Er hat ganz unbewusst nach einer Kraftquelle gesucht! Das war ein gutes Zeichen und daher habe ich Ihnen diesen Spaziergang erzählt. Dieses Bild von Max, ganz allein nur mit Max, hat ihm gezeigt, wofür es sich zu leben lohnt. Ich habe ihre Hände aufeinander gelegt, um diese Bilder zu verstärken. Sie wissen, ich durfte ihn nicht berühren, aber Sie konnten es, Sie haben ihm Kraft geschenkt und deshalb haben Sie auch so tief geschlafen. Ich denke, das war in Ihrem Sinne? Es könnte sein, dass Sie demnächst eine graue Haarsträhne bekommen. Jetzt schauen Sie nicht so entsetzt, es wird Ihnen stehen.« Sie war sehr nachdenklich. »Ich hätte nie gedacht, dass er am nächsten Tag aufstehen könnte, dieser Erfolg war erstaunlich. Hatten Sie ihn in der Nacht umarmt?«

Ich sagte nichts weiter dazu.

»Das hat ihn gestärkt. Sie haben ihm gezeigt, dass ihm das Leben noch etwas zu bieten hat. Er ist weiterhin äußerst labil, Max. Man findet nicht so schnell ins Leben zurück, das geht nur in kleinen Schritten. Ins Kino gehen? Wir haben es diese Woche kaum bis zum Park geschafft und allein das war ein fürchterlicher Stress für ihn. Aber er will jetzt kämpfen, das ist der wichtigste Schritt und ich bin froh, dass er die Termine bei Rebecca wahrnimmt.«

Geschockt sah ich sie an. Warum hatte sie nicht schon früher gesagt, wie schlecht es um ihn stand? Aber sie hatte ja darauf bestanden, dass er eine Therapie macht. Und ich hatte sie auch nicht nach ihrer Einschätzung gefragt, war mit meiner Eifersucht beschäftigt. Sie hatte es gesehen und ihn dazu gedrängt, mit der Psychologin zu sprechen. Natürlich hatte sie nie nachgefragt, was in diesen Therapiestunden wirklich besprochen wurde. Sie kannte ja die Regeln und ging davon aus, dass die Behandlung ihm helfen würde.

Sie sprach mich leise an: »Hat es Ihnen die Sprache verschlagen? Habe ich Ihnen wieder zu sehr zugesetzt? Ich will Sie nicht quälen, Max, aber Sie müssen wissen, worum es hier geht. Es ist die Aufgabe seiner Therapeutin, Ihnen seinen Zustand zu erklären. Sie sprechen doch mit ihr?«

Ich nickte langsam. »Ich bin froh, dass Sie es mir gesagt haben. Ich bin nur so entsetzt, mir war das alles nicht klar. In den letzten Wochen haben wir uns kaum gesehen. Ich konnte es einfach nicht ertragen, ihn so zu krank zu erleben. Deshalb hat Franca sich um ihn gekümmert. Aber ich werde mich weiter bemühen«, versprach ich. »Was kann ich tun?«

Sie dachte nach. »Hören Sie ihm zu, wenn er mit Ihnen spricht. Sollte er einen Wunsch äußern, versuchen Sie, ihm den zu erfüllen. Wünsche sind gut, das heißt, dass er sich für das Leben interessiert. Respektieren Sie es, wenn er etwas ablehnt und bedrängen Sie ihn nicht. Er kann vieles im Moment noch nicht, aber ich bin sicher, er wird wieder gesund.«

»Es ist gut, dass Sie hier für ihn da sind.« Diesmal meinte ich es auch so. »Ich habe noch eine Frage«, fuhr ich eilig fort. »In zwei Wochen feiern wir die Premiere meines neuen Films hier in der Stadt. Meinen Sie, dass er mich da begleiten kann?«

»Wird das so eine Show mit Blitzlichtgewitter, oberflächlichen Kommentaren und vielen Menschen?«

Ich schnaubte genervt. Wie abfällig sprach sie von meiner Arbeit! Musste sie mich immer provozieren? »Auch wenn ich es so nicht ausdrücken würde: ja, und eine Party danach.«

»Fragen Sie die Therapeutin nach ihrer Einschätzung. Warum ist es Ihnen wichtig, dass er mitkommt?«

»Wir haben nicht viel Zeit miteinander und ich möchte ihn nicht schon wieder allein lassen.« Ich zögerte. »Da ist auch noch etwas anderes. Auch wenn Sie es mir vielleicht nicht glauben: Ich fühle mich sicherer, wenn er bei mir ist.«

Abwägend schüttelte sie den Kopf. »Rufen Sie Franca an. Falls Vincent Sie doch begleiten will, können Sie auch zu dritt dort hingehen.«

Die Idee war nicht schlecht. Franca hatte mich schon öfter begleitet. Ob ich sie schon wieder um etwas bitten konnte? Ich wollte einmal vorsichtig nachhören.

Sie verabschiedete sich knapp. »Ich gehe jetzt wieder nach unten. Schlafen Sie gut, Max.«

»Gute Nacht, Elisabeth. Sehe ich Sie am nächsten Wochenende?«

»Ich denke, eher nicht.«

26

Vincent

Ich wartete sehnlich auf sie, aber sie kam nicht zum Frühstück; erst nach der Physiotherapie war sie endlich wieder da. Ich hatte gehört, wie sie das Fahrrad aus der Garage schob; anscheinend hatte sie es heute ‚eilig'. Das vertraute Bild von ihr, wie sie in der Küche sitzt, hatte ich am Wochenende vermisst. Weißt du, dass sie beim Lesen die Brille absetzt, während ich meine hervorkramen muss? Will sie aber etwas erkennen, das mehr als einen Meter entfernt ist, muss sie die Brille wieder aufsetzen. Sie brauchte sie also wieder, als sie mich kommen hörte.

»Guten Morgen, lieber Freund!«

»Seid herzlichst gegrüßt, my Lady.«

Sie lächelte, aber sie sah müde aus.

»Geht es dir nicht gut?«

»Doch, alles in Ordnung, ich bin nur etwas müde.«

»Hast du schlecht geschlafen?«

»Das Hotel vorgestern war so laut, das bin ich schon nicht mehr gewöhnt. Wie schnell man doch degeneriert...« Sie schüttelte nachdenklich den Kopf.

»Das Hotel?«

»Ja, das unten in der Stadt.«

»Du hast in einem Hotel geschlafen?« Das konnte nicht wahr sein! Erstaunt zog sie die Augenbrauen hoch. »Denkst du, ich teile das äußerst komfortable Wohnheimbett mit meinem Sohn? Natürlich hatte ich ein Hotel gebucht!«

»Du hättest doch fahren können!«

»So war es besser.«

Ich schüttelte den Kopf. »Ich finde dich manchmal so kompliziert!«

Sie lächelte. »Das sollte dich nach unserer ersten gemeinsamen Woche nicht mehr wundern.« Und sie überraschte mich gleich wieder. Scharf sah sie mich an. »Vince, tust du mir einen Gefallen?«

»Jeden!«

Sie seilte sich vom Stuhl herab, kam auf mich zu und stellte sich vor mich. »Bitte gib mir jetzt dieses völlig unnötige Teil.« Sie nahm mir eine der Krücken weg, lehnte sie an die Wand. »Für den Fall, dass du Angst hast zu laufen, darfst du dich auf mir abstützen. Dennis hat gesagt, du hättest schon letzte Woche darauf verzichten können. Nun gehen wir zusammen in die Küche. Nimm meine Hand, ich halte dich.«

Ich war gleichermaßen erschrocken wie gerührt, als ich sah, wie sie sich straffte, um mich zu stützen. Sie schloss kurz die Augen, um sich abzuschotten und streckte mir ihre Hand entgegen. Ich ergriff sie sofort. Wir gingen, Schritt für Schritt, langsam in die Küche. Als wir an den Stühlen angelangt waren, fragte ich sie, ob sie mir die andere Krücke nun wieder bringen würde.

Sie hangelte sich auf einen der Stühle hoch und grinste mich an: »Wenn du sie wirklich brauchst, hol sie dir selbst.«

Ich war wütend, aber sie zuckte mit den Schultern. »Das halte ich aus, Vince. Auch wenn ich es nicht mag.«

Wackelig drehte ich mich um, suchte die Krücke mit den Augen und natürlich stand sie am anderen Ende des Wohnzimmers. So weit entfernt! Die ersten Schritte fielen mir schwer, ich konnte kaum das Gleichgewicht finden.

Ich hörte ihre Anweisungen. »Halt dich einfach gerade und konzentriere dich auf deine Beine. Sie haben dich schon immer getragen. Dann ist es leichter.«

Ihr altkluger Kommentar brachte mich auf. Noch fünfzehn Meter, zehn, fünf; ich hatte es fast geschafft. Ich nahm die Krücke, drehte mich wütend zu ihr um. Sie stand genau hinter mir und ich hatte sie nicht gehört.

Aufmunternd lächelte sie mir zu: »Das hast du sehr gut gemacht, mein Freund, und ich habe dich nur zur Vorsicht begleitet. Nun entscheide selbst, wie es dir lieber ist. Ich danke dir, dass du mir den Gefallen getan hast.«

Sie ging wieder zurück, ließ mich allein.

Wollte ich wirklich auf mein viertes Bein verzichten? Dreibeinig, vollkommen instabil laufen und meinen Schutz aufgeben?

Sie flüsterte direkt in meinem Kopf: »Ich bin für dich da, mein Liebling!«

Ich drehte mich zu ihr um, aber sie war in die Zeitung vertieft. Hatte ich mich verhört? Doch diese Energie, die ich in mir spürte, war real. Und ich wollte zu ihr zurück, also versuchte ich es noch einmal. Wer baute denn so einen Riesenkasten, so weite Wege? Ich ärgerte mich, was mir zusätzliche Energie schenkte und nun ging es leichter.

Als ich endlich bei ihr war, schnaufte ich erschöpft.

»Ich weiß, ich setze dir zu, Vince, aber ich überfordere dich nicht. Bitte glaube mir.« Sie flüsterte fast.

Meine Wut auf sie klang ab.

Ich setzte mich, sie schob mir die Zeitung zu. »Nun schau dir mal an, wie man mit der Statistik lügt. Fallen die Menschen wirklich darauf herein?«

Das war ein Friedensangebot und ich nahm es an.

Aber die Frage blieb: Hatte sie in meinem Kopf geflüstert oder war es reines Wunschdenken - diese Nähe?

Rebecca kam und Elisabeth brach kurz zuvor auf. Heute stand Glasgow auf dem Programm und ich erklärte ihr den Weg. Welche Autobahnabfahrt sie nehmen müsse, welches Parkhaus günstig lag. Sie betrachtete die Karten zweifelnd.

»Schalt` doch das Navi ein! Ich kann es für dich programmieren.«
»Das macht mich nur zusätzlich nervös«, lehnte sie ab.

Ich sah ihr nach, als sie wegfuhr, fürchtete um Kupplung und Getriebe. Und um sie.

Als sie abends wieder da war, berichtete sie stolz, sie habe sich nur zweimal verfahren. »Vielleicht erhaltet ihr noch ein Knöllchen, ich habe keinen Parkplatz gefunden. Sieh mal, ich habe dir etwas mitgebracht.«

Sie überreichte mir feierlich einen antiken Blechorden mit der Inschrift: Für besondere Tapferkeit. »Den hast du verdient.«

27
Vincent

Ich veränderte mich. Langsam, zunächst fast unbemerkt.

Ich bin nicht der Typ Mensch, der seinem Innenleben allzu viel Aufmerksamkeit schenkt. Ich kam mit mir zurecht, hatte mich mit mir selbst im Einklang gefühlt. Und den Partner, den jeder Mensch braucht, hatte ich in Max gefunden. Nun fühlte ich mich verunsichert. Lag es an dieser psychischen Erkrankung, von der Rebecca sprach?

Da war diese neue Begeisterung für die Nacht: Stundenlang konnte ich den Geräuschen der Dunkelheit lauschen, mich dabei den existenziellen Fragen, die Elisabeth so beschäftigten, mit einer Besessenheit widmen, die gar nicht zu mir passte. Ich hatte auch versucht, das Thema mit Max zu besprechen. Aber er sah mich so hilflos an, dass ich es sofort wieder fallen ließ; es war einfach zu fremd für ihn. Das Streben nach Wissen war wichtig, insoweit hatte ich eine gemeinsame Basis mit Elisabeth gefunden.

»Aber ist das alles, Vince?«

Ich dachte weiter nach.

Die Einsamkeit, die Traurigkeit, die mich in dieser Nacht jedoch schlagartig überfielen, die mir fast den Atem nahmen, gehörten nicht zu mir. Sie waren eindeutig fremd.

Ich bemerkte einen Schatten unten im Garten: Elisabeth. Sie machte sich bereit, mein Warten war nicht umsonst gewesen. Während sie tanzte, bemerkte ich die Schönheit des Nachthimmels, hörte die Nachtvögel, fühlte das Rauschen der Brandung als Ausdruck einer Urkraft, die alles durchfließt. Diese fremdartige Traurigkeit wurde leichter, die Einsamkeit weniger schmerzhaft. Es war, als hätte ich mich einem Kampf gestellt und ihn zumindest unentschieden ausgefochten. Ich fühlte eine intensive Sehnsucht und konnte noch nicht einmal benennen, wonach ich mich sehnte. Ich sah, wie Elisabeth sich unten vor dem Meer verneigte und wieder ins Haus ging. All die ungewohnten Gefühle in mir kamen schlagartig zur Ruhe, als hätte ich hier im Dunklen nur geträumt.

Was war da geschehen, was hatte mich so unvermittelt und heftig überfallen? Noch eine Stunde sann ich darüber nach, setzte die Methode von Ockham ein. Er war ein schlauer Mann, schon im Mittelalter! Wenn also mehrere Erklärungen für ein unerklärliches Geschehen möglich waren, sagte er, dann ist die Einfachste die Richtige. Dann blieb nur noch eine Schlussfolgerung, so unglaublich sie auch war: Ich war mir ganz sicher, dass ich Elisabeths Stimmung in mir gefühlt hatte. Es konnte nur so sein. Doch wie konnte das sein?

Ich überlegte weiter.

Sie redete weiterhin nicht viel über sich. Sie war mir gegenüber freundlich, hilfsbereit, zugewandt – und abgeblockt. Nie sprach sie über ihr Leben in Deutschland oder über ihre Vergangenheit. Ich hatte einige Male versucht, ihr etwas zu entlocken, traf aber immer auf eiserne Ablehnung. »Ich habe es dir gesagt, Vince, ich spreche nicht darüber. Ich bin auf dieser Reise, um Klarheit für mich zu gewinnen, wie mein Leben in Zukunft aussehen soll. Und ich will mich nicht mehr mit Dingen belasten, die ich nicht ändern kann. Respektiere das bitte.«

Verletzt sah ich sie an, warum vertraute sie mir nicht?

Meine Enttäuschung fiel ihr auf und sie seufzte. »Bitte, Vince, ich habe in meinem Leben schreckliche Fehler begangen und habe einen hohen Preis dafür gezahlt, zahle ihn immer noch.« Sie fuhr sich gedankenverloren durchs helle Haar. »Ich hatte mich total verrannt und wäre aus der Geschichte fast nicht mehr herausgekommen. Seitdem habe ich mich verändert. Die frühere Elisabeth existiert nicht mehr. Warum also sollte ich davon erzählen? Kannst du mich nicht so annehmen, wie ich jetzt bin?«

Widerstrebend akzeptierte ich und blieb mit meinen Gedanken allein, die jetzt wieder Achterbahn fuhren.

Fühlte sie sich tatsächlich so, wie ich es gerade eben erlebt hatte? Sie schien einen inneren Kampf zu führen und das Tanzen hatte ihr ein wenig Erleichterung gebracht. Vielleicht war ihre Abblockung durchlässiger, wenn sie tanzte. Vielleicht hatte ich sie deshalb spüren können. Sie war eindeutig nicht glücklich, ließ aber niemanden an sich heran. Ich fragte mich, was dazu geführt hatte, dass eine Empathin, die für andere so viel tun konnte, selbst solche dunklen Momente durchlebte. Sie sagte, diese empathische Fähigkeit habe sie wieder erlernt und als sie davon sprach, hatte ich noch etwas anderes in ihren Augen gesehen: Eine Spur von Schrecken oder gar Grauen? Was war in ihrem Leben geschehen, das sie so hartnäckig verbarg?

Sonst war sie nicht ängstlich. Ich hatte doch in der vergangenen Woche miterlebt, dass sie sich anderen ohne Vorurteile näherte und ganz leicht Kontakte aufbaute. Aber immer wieder beobachtete ich, wie sie zusammenzuckte und manche Menschen regelrecht zweifelnd ansah. Spürte sie, was sie zu verbergen hatten?

Sie war Max in London gefolgt, weil er keine Theaterrolle gespielt hatte. Hatte sie es nicht so genannt? Wenn sie spürte, dass die Menschen so starke negative Emotionen erlebten, zog sie sich zurück und vermied weiteren Kontakt.

Vor mir schützte sie sich kaum noch. Wir konnten viele Stunden am Tag gemeinsam verbringen und trotzdem war sie abends nicht erschöpft. Eine Stunde in Gesellschaft anderer, und sei es nur im Park, belastete sie dagegen so sehr, dass sie manchmal vor Anstrengung regelrecht grau aussah.

28

Vincent

Was geschah mit uns? Eine interessante Frage und ich beschloss, ihr nachzugehen. Sobald sie zu ihrem nächsten Ausflug aufgebrochen war, nutzte ich die Zeit für eine Recherche über das Phänomen der Empathie.

Zunächst beschäftigte ich mich mit den theoretischen Grundlagen und fand eine Fülle von Informationen, allein auf den seriösen Wissenschaftsseiten. Empathie war die Fähigkeit, die Gefühle anderer zu erkennen und zu verstehen, das war mir bekannt. Sie spielte in vielen Bereichen eine Rolle, nicht nur in der Psychologie, sondern auch in der Medizin, der Pädagogik, sogar in der Kriminalistik und im Marketing. Wie weit wurde die Empathie missbraucht, um Menschen Dinge zu verkaufen, die sie nicht brauchten?

Ich schüttelte den Kopf. Andere Fragen waren interessanter: War Empathie in der Psychotherapie hilfreich oder störend? Ich wollte morgen nach Rebeccas Meinung fragen, dann hatte ich zumindest ein Thema für eine Stunde. Aber der Begriff schien verschiedene Aspekte zu umfassen, die häufig nicht klar getrennt wurden: Was unterschied Empathie von Mitgefühl, Gefühlsansteckung oder Einfühlungsvermögen?

Anscheinend wurde in diesem Bereich intensiv und auch konträr geforscht, Elisabeth hatte es ja kurz erwähnt: War die Fähigkeit zur Empathie angeboren oder anerzogen? Allein diese Frage ließ sich nur schwer beantworten, denn Versuche an Babys und Kleinkindern verboten sich selbstverständlich. Anderes faszinierte mich regelrecht: Die Neuronen bei Affen reagierten ähnlich, egal ob sie eine Handlung ausführten oder nur beobachteten? Oyxtocin konnte die Empathiefähigkeit verstärken?

Schon nach kurzer Zeit des Lesens bemerkte ich, dass meine Konzentration nachließ, mir der Kopf von den vielen Theorien und Fachbegriffen schwirrte. Doch abgesehen von Spiegelneuronen oder Oyatocin: Was Elisabeth beschrieb, ging weit über den Stand der Wissenschaft hinaus. Sie konnte die Gefühle anderer nicht nur nachvollziehen, sondern erleben und sogar beeinflussen, auf Gefühlsebene kommunizieren. Über dieses Phänomen hatte ich keinerlei Informationen gefunden. Hier kam ich nicht weiter, ich musste wohl selbst untersuchen, was mit mir geschah.

In den nächsten Tagen achtete ich darauf, diese neuen und ungewohnten Gefühle in mir zu erkennen.
Sie traten häufig auf, wenn Elisabeth in meiner unmittelbaren Nähe war. Plötzlich durchströmten mich dann positive Emotionen wie Freude, Glück, Freundschaft und rissen mich aus dunklen Gedanken. Ich freute mich über jeden Sonnenstrahl, der durch die graue Wolkendecke brach: Seit wann registrierte ich denn das Wetter? Blaue Hyazinthen im Park fielen mir auf und die Hummeln waren dieses Jahr schon früh aktiv: Hatte ich mir jemals Gedanken über Hummeln gemacht? Dieser Ärger über die Ungerechtigkeit in der Welt, den ich fühlte, war mir dagegen unbekannt, denn Politik interessierte mich doch seit zwanzig Jahren nicht mehr.
Nach einer neuen Gewohnheit kontrollierte ich die Qualität des Olivenöls beim Kochen. Ich stellte ihre Kaffeekanne immer in der Minute auf die Theke, in der ich sie unten auf der Treppe hörte und hatte das Schachspiel schon aufgebaut, bevor sie eine Partie vorschlug. Alles Fremde in mir, das ich in der ersten Woche unserem ungewohnten Zusammensein zugeschrieben hatte, fiel mir jetzt auf. Was davon entstand durch ihren Einfluss?

Bei anderen Menschen ging es mir eindeutig nicht so. Ich mochte Claire, unsere Haushälterin. Aber die Gedanken und Gefühle, die sie bewegten, wenn sie wegen meiner Unordnung dramatisch schnaubend den Kopf schüttelte, die erriet ich eher, als dass ich sie fühlte. Ansonsten hatte ich nur wenige Kontakte: Dennis, mein Physiotherapeut, war immer so gut gelaunt, dass ich es kaum ertrug. Meine Therapeutin Rebecca war so emotional wie ein Spiegel. Max´ Gefühle und Reaktionen konnte ich oft vorhersagen, weil ich ihn so gut kannte. Es gab nur eine schmale Datenbasis, und dennoch wurde mir schnell klar, dass Elisabeth diese fremdartigen, neuen, oft auch reizvollen Emotionen in mir verursachte. War Empathie doch ansteckend?

Als ich sie vorsichtig fragte, lachte sie kopfschüttelnd. »Nein, Vince, zum Glück nicht! Sonst könnte ich nicht bei dir bleiben. Solch eine ständige Nähe hält niemand auf Dauer aus, glaub es mir!«

Was meinte sie damit? Würde sie mich dann verlassen?

Sie fühlte mein Erschrecken, aber sie deutete es falsch. »Mach dir wirklich keine Sorgen!«

Deshalb sprach ich nie mit ihr über meine Beobachtungen. Ihr Kampf, sich ständig zu verstecken, kostete viel Kraft und ich wollte es ihr nicht noch schwerer machen, indem ich sie damit konfrontierte. Ich genoss es, mit ihr zusammen zu sein, denn ihre lebensfrohe Einstellung gab mir von Tag zu Tag die Energie, wieder gesund zu werden. Tagsüber spürte ich sie ganz anders als in dieser Nacht, in der sie so traurig gewesen war. Sie konnte sich an Kleinigkeiten so sehr freuen und ich fragte mich, wo sie die Kraft hernahm, so hoffnungsvoll zu denken. Warum hatte ich ihre dunkle Seite nur nachts gefühlt?

Dann wurde es mir klar: Aufbauende Gefühle spürte ich also leichter. Ihre Lebensfreude steckte mich an. Ich genoss ihr Wohlbehagen, wenn wir zusammen kochten und liebte ihr Vergnügen, wenn ich bei unseren hitzigen Diskussionen eines ihrer Argumente nicht stichhaltig widerlegen konnte. Wenn ich sie zum Lachen brachte, spürte ich sogar einen Hauch von Glück. Glücklich war ich schon lange nicht mehr gewesen und ich war so dankbar, dass sie dieses Gefühl mit mir teilte.

Konnte ich nicht etwas davon zurückgeben, indem auch ich meine positiven Gefühle aussandte und mit ihr teilte? Aber mit meinen positiven Gefühlen, da gab es ein Problem. Ich war nicht unglücklich, aber zu den Optimisten der Welt zählte ich sicher nicht. Worüber freute ich mich wirklich, wann war ich glücklich? Früher war es so bei Max gewesen. Wir ergänzten uns so gut, auch wenn es kaum jemand verstand. Bei ihm hatte ich mich geborgen gefühlt und er wollte mich auch heute noch beschützen, mir ein schönes Leben ermöglichen. Wie oft fragte er nach meinen Wünschen und das war seine Art, mir zu zeigen, wie sehr er an mir hing. Ich hatte immer nur einen Wunsch geäußert: »Sieh zu, dass du zumindest am Wochenende hier bist.« Und so kämpfte er jedes Wochenende darum, nach Hause zu kommen, brachte manchmal länger im Flugzeug zu als die wenigen Stunden, die er dann mit mir zusammen war. Er war so glücklich gewesen, als in mir der Wunsch nach diesem Haus wuchs: »Was du dir auch vorstellst, wir bekommen das hin!« Danach arbeitete er so viel, dass ich es schon bedauerte, davon gesprochen zu haben. Die große Einweihungsparty, die ihm vorschwebte, strich er mir zuliebe wieder und ich lächelte bei dem Gedanken: Wir hatten zu zweit einen viel schöneren Abend verbracht als mit hundert Fremden um uns herum.

Er war damals erschüttert gewesen, als meine Eltern uns aus ihrem Haus jagten. »Vince, ich wollte meine Familie auf keinen Fall verlieren! Ich könnte es verstehen, wenn du mich verlässt«, hatte er gestanden.

Aber ich hatte mich für ihn entschieden und es nie bereut. Seine Familie akzeptierte mich sofort und mit seinen Eltern verstand ich mich manchmal besser als er selbst. Durch seine unvoreingenommene Art, die Dinge anzugehen, fühlte ich mich sicher genug, auch Erfahrungen zu machen, die ich mir alleine nie zugetraut hätte. Ohne ihn wäre ich sicher irgendwann in der Bibliothek verstaubt. Er versuchte, mich in seine Welt zu integrieren und war glücklich, wenn ich ihn auf seinen Reisen begleitete. Aber er hatte mir auch den Freiraum gelassen, mein akademisches Leben weiterzuführen.

Auch er hatte wohl gespürt, dass wir etwas ändern mussten. Sein Kampf für das Engagement hier in der Stadt war ein Zeichen gewesen, dass er wieder mehr Zeit mit mir verbringen wollte und ich hatte mich darüber gefreut. Doch nun waren wir uns so fremd geworden.

Nein, ich suchte eine andere Quelle für die positiven und aufbauenden Gefühle, die ich mit Elisabeth teilen wollte und zermarterte mir den Kopf. Elisabeth war wieder unterwegs und ich wartete auf sie. Die Stunden zogen sich fast wie im Krankenhaus und ich langweilte mich. Ich versuchte, mich zu konzentrierten und korrigierte Studienarbeiten meiner Studenten, aber der platte Inhalt zog mich regelrecht runter und machte mich nur zusätzlich nervös. Ich konnte auch nicht laufen gehen, was mir immer gut getan hatte. Die Krücke nervte mich. Ich war einfach unausstehlich; wo sollten da freudige Emotionen herkommen? Dann hörte ich endlich, wie das Garagentor hochfuhr und ich ging erleichtert zu ihr hinüber.

Sie stellte die Einkauftüten ab, lächelte. »Hallo Vince, magst du Kartoffelauflauf?«

Und urplötzlich überfiel es mich: das Glücksgefühl. Sie war wieder da, einfach nur da. Ich war so dankbar, denn endlich hatte ich es verstanden und die Lösung gefunden. Sie war es!

Elisabeth drehte sich zu mir um. »Freust du dich so auf den Kartoffelauflauf? Probier ihn erst einmal!«

Ich fühlte ihre Unsicherheit, als suche sie die Ursache meiner Freude, dann sah sie mich überrascht an. »Du machst mich ganz verlegen!«

Das war der letzte Hinweis, den ich brauchte. Sie spürte meine Gefühle auch ohne Berührung! Ich entschuldigte mich, humpelte zurück ins Arbeitszimmer. Auf keinen Fall wollte ich bei meiner kleinen Studie erwischt werden. Ich rekapitulierte die Fakten: Meine neue und lebensfrohe Emotionalität verursachte Elisabeth. Nachts, wenn sie tanzte, und wenn sie geschwächt war, war ihre Abblockung geringer. In diesen seltenen Momenten spürte ich eine dunkle, konfliktreiche Seite in ihr, die ich mir nicht erklären konnte. Positive Gefühle dagegen saugte sie auf wie ein Schwamm und ihr Glück teilte sie mit mir. Meine neue Fähigkeit, Emotionen anderer zu spüren, war nur auf Elisabeth beschränkt. Andere Menschen konnte ich nicht spüren, während sie oft darunter litt.

Ich versuchte, die Störeinflüsse bei Studien zu überdenken, aber alle theoretischen Überlegungen ließen nur einen weiteren, sehr konkreten Schluss zu. Sie machte mich glücklich. Hatte ich mich etwa verliebt?

Diese Erkenntnis traf mich wie ein Schlag! Konnte das wirklich sein? Ich liebte doch Max, auch wenn wir es im Moment schwer hatten. Wir hatten so viele Krisen durchgestanden, fast die Hälfte unseres Lebens miteinander verbracht. Und er war der Partner, auf den ich mich verlassen konnte, dem ich vertraute. Ein Leben ohne ihn konnte ich mir nicht vorstellen.

Nun rief mich die Quelle meines neuen Glücksgefühls zum Kartoffelschälen und riss mich aus meinen Grübeleien.

Welch eine skurrile Situation, konstatierte ich und verschob das Thema auf später.

29

Vincent

Um Elisabeth helfen zu können, um ihr etwas von der Last, die sie mit sich herumschleppte, abzunehmen, musste ich noch viel genauer beobachten, wie sie mit anderen umging.

Ein Selbstversuch schien mir der richtige Weg: Wie veränderte sich meine Stimmung, wenn sie bei mir war? An einem Abend war sie erst spät nach Hause gekommen und ich war ärgerlich. Sie warf mir nur einen kurzen Blick zu, wandte sich ab. Dann hatte ich den Eindruck, dass sie meine Nervosität ganz allmählich ausglich. Ganz vorsichtig ging sie vor, als würde sie einen Schatten von meinem Gemüt nehmen und die entstandene Leere mit neuem Mut und Zuversicht füllen. Sie bewerkstelligte es ganz unauffällig und beiläufig, während sie die Einkäufe verstaute, als wollte sie nicht, dass ich es bemerkte. Hatte sie das in der vergangenen Woche auch schon getan?

Vorausgesetzt, dass sie meine Gefühle wahrnahm und ich deshalb in ihrer Nähe so glücklich war, musste doch eine Art von Rückkopplung möglich sein? Das war die nächste logische Hypothese meines Experimentes.

In den nächsten Tagen begann ich meine Versuche, ihr zu helfen. In Situationen mit anderen Menschen, die sie belasteten, konzentrierte ich mich auf die Liebe, die ich für sie empfand. Und das Glücksgefühl, das sie in mir erzeugte. Ich verließ mich darauf, dass sie mich spüren würde, beobachtete sie heimlich und sah, wie sie sich tatsächlich entspannte. Ab und zu konnte ich kurz eine Irritation auf ihrem Gesicht erkennen. Sie schien zu überlegen, was mit ihr geschah. Dann nahm sie es einfach hin und ich war sicher, dass sie diese plötzliche Erleichterung nicht mit mir in Verbindung brachte. Ich spürte jedoch die Dankbarkeit und die unbändige Freude in ihr, die uns beiden wiederum so gut tat und wünschte, ich könnte sie vor allem, was sie belastete, schützen.

An einem Morgen hörte ich, wie sie mit jemandem telefonierte.

»Ja, bis irgendwann. Genießen Sie den schönen Tag.« Sie legte auf und wandte sich zu mir um. »Das war Max. Er hatte gerade eine Pause, er ruft später noch einmal an.«

»Wollte er etwas Besonderes?«

»Nein, er wollte nur wissen, wie es dir geht.«

Max rief an, ohne Anlass? Ich freute mich darüber.

»Ich bin erst ans Telefon gegangen, als sich der Anrufbeantworter eingeschaltet hat, war das okay?«

»Du kannst hier telefonieren, mit wem auch immer, solange du willst«, versicherte ich.

Sie nickte nachdenklich. »Ich traue es mir nun auch eher zu. Weißt du, wie schwer es ist, mit jemandem in einer Fremdsprache zu telefonieren?«

»Du machst es doch von Tag zu Tag besser. Mir fallen deine Fehler gar nicht mehr auf.«

Sie sah mich erstaunt an. »Sie sind aber da, Vince, glaub mir.«

Am Tag darauf wollten wir in den Park und mussten uns daher morgens nicht mit der Zeitungslektüre beeilen.

»Vince, darf ich dich etwas fragen?«

»Natürlich, aber meine zweite Krücke bekommst du nicht.«

Sie lachte. »Ich weiß, dass das nur einmal funktioniert. Und dann natürlich auch nur bei Männern.« Meinem spielerischen Klaps wich sie aus. »Nein wirklich, Vince, ich wollte dich etwas fragen.«

Druckste sie etwa herum? Das hatte sie ja noch nie getan. Ich sah sie über den Rand meiner Lesebrille an.

»Da hinten in der Garage, unter der Abdeckung, da steht doch noch etwas anderes?«

Ich winkte ab. »Das sind nur die Motorräder.«

»Darf ich sie mir anschauen?«

Nun ließ ich die Zeitung sinken. »Du willst dir die Motorräder anschauen?« fragte ich überrascht.

»Nur mal sehen, was für Kisten das sind.« Was für eine Wortwahl war das denn?

Wir gingen hinüber, ich schlug die Planen zurück und sie war regelrecht entzückt. »Laufen die noch?«

»Wir sind schon lange nicht mehr gefahren. Aber ja, sie werden gewartet und sind zugelassen.«

Sie kontrollierte die Bremsflüssigkeit, steckte den Schlüssel ein, sah nach dem Öldruck und in die Tanks. »Darf ich die Kleinere hier einmal ausprobieren? Solch ein Motorrad hatte ich mir schon immer gewünscht. Hast du noch einen Helm?«

Entsetzt sah ich sie an. »Willst du damit etwa fahren? Du hasst doch das Autofahren.«

»Aber Motorrad, Vince, das ist doch etwas ganz anderes. Ich fahre auch nie schnell, sonst wird mir der Winddruck zu stark.«

Ich konnte es kaum glauben, sie meinte das tatsächlich ernst. »Die Maschine ist viel zu schwer für dich, die wiegt dich mindestens viermal auf!«

Sie verdrehte die Augen: »Ich will sie fahren, Vince, nicht tragen!«

Ich gab es auf, denn wenn sie sich etwas in den Kopf gesetzt hatte, hatte ich keine Chance. »Die Helme liegen dort hinten.«

»Ich zieh mir schnell etwas Passendes an.« Ihre Augen leuchteten.

Ich betrachtete die schweren Stiefel, die Lederhose, die dick gefütterte Regenjacke. Zur Not konnte sie wohl damit fahren.

»Gibst du mir einen Schubs zum Abbocken?«

Die Sitzhöhe kam hin, trotz ihrer zierlichen Gestalt hatte sie doch erstaunlich lange Beine. »Darf ich?«

Ich nickte immer noch total überrumpelt. Sie setzte meinen Helm auf, stellte die Spiegel ein und fuhr ein wenig schlingernd aus der Einfahrt. Ich blieb zurück und verfluchte die Krücke.

Als sie nach einer Stunde zurückkam, fuhr sie sicher. Sie hielt an und klappte den Seitenständer aus. Lachend setzte sie den Helm ab. »Was für ein Spaß! Die Maschine hat eine gute Straßenlage, aber an die Kupplung muss ich mich noch gewöhnen. Und der Griff muss eingestellt werden. Darf ich am Wochenende, wenn Max kommt, damit eine Tour machen? Bitte!«

Was sollte ich sagen: Ich habe eine Todesangst um dich? Sie hätte mich nur ausgelacht.

Sie bemerkte meine Bedenken und machte einen Rückzieher. »Sicher hängt ihr sehr daran. Ich habe meine Maschine auch nicht gerne verliehen.« Sie sprach leise, wandte sich ab.

Ich schüttelte den Kopf. »Das ist es nicht, natürlich kannst du sie haben.«

Glücklich lächelte sie mich an. »Wirklich? Dann kaufe ich mir einen Helm und Handschuhe, während du mit Rebecca sprichst. Danke!« Sie drückte meinen Arm, zuckte aber gleich wieder zurück.

Warum ging sie mir nur so durch Mark und Bein? Bei der Berührung fühlte ich mich, als könnte ich schweben. Doch sie inspizierte schon die Motorradkoffer.

»Wie komme ich am schnellsten in die Berge? Ich brauche mal eine andere Aussicht.« Ihr Blick wanderte über die flache, graue See hinweg.

»Am schönsten ist es am Loch Lomond, aber ich wage zu bezweifeln, dass du bei diesem Wetter eine gute Aussicht hast.«

Sie überlegte. »Das ist noch hinter Glasgow, nicht? Ich hasse diese Autobahn und den Verkehr dort. Kann ich das Motorrad nehmen?«

Ich wies zum Fenster. »Es regnet, my Lady.«

»Ich nehme eine eurer Regenkombis.«

Ich lachte schon bei der Vorstellung. »Willst du etwa tauchen gehen? Du ertrinkst doch darin.«

Den Einwand akzeptierte sie, aber sie wirkte traurig. »Und wenn du mir das Navi einstellst?« Es schien ihr wirklich wichtig zu sein.

»Es ist ein ziemlich komplizierter Weg, schaffst du das?«

»Muss ich wohl, denn ich kann diese eintönige Platte da draußen heute nicht ertragen.«

Ich programmierte ihr das Navi, dann setzte sie rückwärts aus der Garage und rammte dabei fast die Mauer. Wollte ich noch einen Tag ohne sie verbringen? Ich humpelte hinter ihr her, winkte mit der Krücke.

Sie hielt an. »Habe ich noch etwas vergessen?«
Ich nahm all meinen Mut zusammen. »Ja, mich!«
»Du kommst mit mir? Wirklich? Das wäre so toll.« Sie strahlte.
Aber als ich dort im Auto saß, war sie wieder da, die Angst.
Sie spürte es sofort. »Hast du Angst vor meinem Fahrstil oder vor dem Auto?«
»Vor beidem.«
Sie legte mir die Hand auf den Arm und schloss die Augen. Ich spürte, wie ich leichter atmete, sah plötzlich den Tapferkeitsorden vor mir, den sie mir geschenkt hatte. Warum nur?
»Können wir?«, bat sie aufmunternd.
Ich nickte beklommen und meine Bedenken wurden bestätigt. Sie fuhr wirklich so schlecht, dass ich der Versuchung widerstehen musste, mich an der Tür festzuklammern. »Warum nimmst du immer dieses kleine Auto, das für Claire gedacht war? Willst du den Schaden minimieren?«
Sie lächelte. »Hier drin kann ich noch meine CDs hören.«
Ich schaltete den Player ein, aber ich spürte ihr Zögern.
»Hast du heute nicht schon genug Stress? Willst du dir tatsächlich auch noch meine Musik antun?« warnte sie. »Und ich weiß nicht, ob mir im Moment der Sinn nach Berlioz steht.«
»Hast du denn nichts anderes dabei?« Ich nahm den CD-Stapel aus dem Handschuhfach, las die Titel. »Hier steht Reisemusik. Was ist denn da drauf?«, fiel mir eine einzelne CD auf, die nicht mit dem Namen eines großen Komponisten geschmückt war. »Lass mal hören!«
Ich schob die CD in den Schlitz. Zweiundzwanzig Titel las der Spieler ein, immerhin.
»Vince, das sind nur Oldies!«
»Na wunderbar, die lenken mich von der Lebensgefahr ab, in der ich mich befinde.« Ich klammerte mich an den Griff über dem Seitenfenster, als sie an einer Kurve die Wendigkeit des kleinen Wagens testete. Doch die Songs weckten Gefühle aus meiner Kindheit und wie lange hatte ich schon nicht mehr die Monkees, die Beatles, die

Kinks gehört! Und natürlich hörte sie auch 'Paint it black' von den Stones! Ich spürte die Entspannung, die von ihnen ausging. Einmal summte ich sogar mit.

»Den nächsten Song überspringen wir besser.« Sie suchte hastig nach dem richtigen Knopf.

»Warum? Ich mag deine Musik.«

Da lief er auch schon, ihr Lieblingssong. Ich konnte nicht anders, ich musste sie so anschauen.

»Vince, hat uns das nicht schon genug Ärger eingebracht? Ich darf gar nicht daran denken.«

»Nein, lass es doch laufen! Ich habe den Song schon ewig lange nicht mehr gehört.«

Sie hörte das Gefühl in meiner Stimme und blickte starr geradeaus. Ich ließ mich hinreißen und überließ mich meinen Phantasien. Ein Landgasthaus, ein gutes Essen, ein schöner Abend, eine Flasche Wein. Vielleicht würde ich sogar mit ihr tanzen und sie dann zärtlich küssen. Ich hörte fast ihr überraschtes Keuchen, spürte, wie sie auf mich reagierte und genoss diese Vorstellung, sie zu umarmen, sie in mein Bett zu tragen. Langsam und unwiderstehlich wollte ich sie verführen. Stellte mir vor, wie sie bebend vor Leidenschaft mein Hemd aufknöpfen würde, während meine Hand auf ihrer Hüfte lag und ich sie unter ihrer Bluse langsam nach oben wandern ließ.

Ihr Atem ging heftig. »Ich muss unbedingt aus diesem Auto raus!«

Unvermittelt fuhr sie auf den nächsten Parkplatz, stieg wortlos aus und knallte die Tür zu. Sie lief vom Wagen weg, hatte die Arme fest um ihren Körper geschlungen und trat sogar einen Stein aus dem Weg. Dann blieb sie stehen und ich sah, wie sie tief einatmete.

Ich war verwirrt, war das wieder eine neue Macke: Autoflucht? Oder waren meine Gefühle zu heftig gewesen? Ich wurde ganz unruhig. Sie blockte sich doch immer ab? Mir wurde heiß, denn ich wusste doch, dass positive Gefühle ihre Blockade einfacher durchdrangen. Und Lust war wohl eindeutig ein schönes Gefühl. Jetzt brauchte ich einen Stein zum Wegkicken.

Nach ein paar Minuten stieg sie wieder ein, hatte sich beruhigt. Ich betrachtete sie vorsichtig, aber sie ignorierte meinen Blick. Hatte ich mich geirrt? Der Regen hatte zugenommen und es war wirklich eine trostlose Stimmung.

Sie seufzte. »Es tut mir leid, dass ausgerechnet unser erster Ausflug so danebengeht. Wollen wir wieder zurückfahren?«

»Nein, ich will noch nicht zurück. Hier in der Nähe gibt es ein Einkaufszentrum, wollen wir dorthin fahren?«

»Auf gar keinen Fall!«

Ich war erstaunt. »Alle Frauen gehen gerne einkaufen, sagt man doch.«

Jetzt war sie wütend. »Was sind denn das für Stereotypen, Vince? Und wer sagt, dass ich wie andere Frauen bin? Du schaust mich doch auch gerade an, als wäre ich ein Alien.«

Ich lachte. »Tu´ ich das?«

»Ja, Vince, es erinnert mich an die Blicke von Max. Für ihn gehöre ich eher zur Kategorie der Monster.« Sie lächelte traurig.

So landeten wir in einem Pub.

Sie sah sich um. »Ich liebe diese Läden. Wollen wir heute auch hier essen?«

Ich zog die Augenbrauen hoch. »Nanu, kein Grünzeug?«

Sie schüttelte den Kopf. »Ich weiß auch nicht, irgendwie bin ich heute deprimiert.«

Wieder fragte ich mich, woher die Traurigkeit in ihr kam und was sie vor mir versteckte.

»Wie kann ich dich denn aufheitern?« Ich sandte positive Gefühle aus und sie reagierte sofort, lächelte mich an. »Indem du bei mir bist. Du hast dir heute wieder einen Orden verdient und hast gleich zwei Feinde bezwungen. Lass uns das feiern.«

Wir bestellten das Essen und sprachen über ihre Tour am Wochenende.

»Welche Route möchtest du denn nehmen?«

»Die Küste entlang, Richtung Aberdeen, aber nur auf den kleinen Straßen. Ich werde ja sehen, wie weit ich komme und habe mir schon mögliche Hotels angeschaut; einige sind wirklich hübsch.«

Ich stimmte zu, denn die Tour hatte ich früher mit Max einmal unternommen. »Die Strecke ist wunderbar, es wird dir gefallen. Aber als du gestern mit Max telefoniert hast, ist mir aufgefallen, dass ihr immer noch so distanziert miteinander umgeht.«

Sie schien sich zu fragen, wohin dieses Gespräch führen sollte. »Wir haben uns bisher ja kaum gesehen. Meist standen wir beide unter Strom, es hat sich nichts anderes ergeben.«

»Aber könnten wir das nicht ändern? Es ist mir wichtig, dass ihr euch kennenlernt: Meine Freundin und mein Partner.«

Sie reagierte zurückhaltend. »Ich will mich nicht wieder mit ihm streiten.«

»Warum tut ihr das immer? Max ist ein wunderbarer Mensch, du kennst nur die gute Seite an ihm noch nicht.«

»Seine gute Seite!« Sie fuhr unvermittelt zusammen und lachte fragend. »Nacht-Max?«

»Genau!«

»Ich habe ihn bisher fast nur bei Nacht gesehen, erinnerst du dich? Es funktioniert bei uns nicht«, machte sie mir keine Hoffnung. »Max und das Monster, das klingt ja schon wie ein Horrorfilm.«

So leicht gab ich nicht auf. »Wie wäre es mit einem gemeinsamen Abend am Freitag? Er kommt etwas früher zurück und ihr könntet einen Neuanfang versuchen: Du triffst den Partner deines Freundes.«

Skeptisch zuckte sie mit den Achseln. »Frag ihn, ob er das möchte. Wir haben ja beide Fluchtmöglichkeiten, wenn es nicht klappt. Einen Abend werde ich überstehen.«

Als ich abends Max den Vorschlag machte, hörte ich die gleichen Argumente noch einmal. »Ich weiß nicht, Vince. Einmal abgesehen von meiner Eifersucht, verunsichert sie mich und ich will nicht wieder im nächsten Schlammloch landen.«

»Schlammloch?«

Er zögerte. »Das hatte ich Franca so beschrieben, ich fühle mich bei ihr wie im Sumpf: Unsicherer Grund, Nebel, das nächste Wasserloch finde ich garantiert, wenn sie mich nicht schon vorher hineinstößt.«

Ich lachte. »Ich verstehe, was du meinst, aber es gibt auch sichere Wege im Moor.« Ich machte eine Pause. »Es ist mir wichtig, Max.«

Ich hörte ihn fast seufzen. »Nur einen Abend?«

»Ja, nur einen Abend.«

»Ich werde darüber nachdenken.«

30

Vincent

Ich erzählte es ihr am nächsten Morgen.
Sie akzeptierte seine Zusage ebenfalls mit einem leichten Seufzen.
»Wollen wir für ihn kochen? Ein schönes Essen hilft manchmal als Eisbrecher.«
Ich schüttelte ratlos den Kopf. »Warum sprecht ihr immer in diesen Bildern übereinander: Sumpf, Arktis? Wie wäre es mit Sommerwiese, Party am Strand?«
»Mit einem Tanz?« Sie lächelte wehmütig. »Verführerische Vorstellung, aber besser nicht.«
Warum konnten sie nicht miteinander auskommen?

Sie verließ das Haus wie jeden Morgen, ohne zu sagen, wohin sie ging. »Ich bin um zwei zurück. Überlegst du dir, wo wir heute hinfahren?«
Ich wusste, dass sie keinerlei Kontrolle zuließ, aber ich fragte mich, was sie in den Stunden, in denen ich meine Therapie hatte, unternahm. Wir waren jetzt fast den ganzen Tag zusammen und ich genoss jede Minute mit ihr. Aber ihr Drang nach Unabhängigkeit war ungebrochen. Letzte Woche war sie noch allein unterwegs gewesen, konnte ohne Rechenschaft abzulegen tun, was sie wollte. Nun verschwand sie morgens.

Am Nachmittag hatte sich der Nebel aufgelöst und ich wollte nicht im Auto sitzen, obwohl mir das immer besser gelang. Deshalb schlug ich ihr vor, nur die kurze Strecke zum Hafen in der Nähe zu fahren.
Sie freute sich. »Das ist eine gute Idee. Ich liebe das Gefühl der Grenzenlosigkeit, das von den Schiffen ausgeht.«

So saßen wir wenig später entspannt auf einer Bank und genossen das rege Treiben.

»Kann ich dich etwas fragen, my Lady?«

Sie zog fragend die Augenbrauen hoch. »Die offizielle Einleitung lässt schon nichts Gutes erahnen, oder?« Sie zog mich auf, aber ich spürte ihre Zurückhaltung.

»Wohin gehst du morgens, wenn ich meine Therapien habe?«

»Ich fahre in die Stadt.«

»Triffst du dich mit jemandem?«

Sie wollte einschätzen, was ich meine. »Woran denkst du? Ein kleines Schäferstündchen?«

Ich zuckte bei dem Gedanken zusammen. »Kannst du denn mit anderen schlafen?« Es fiel mir so schwer, diese Frage zu stellen.

Sie seufzte. »Ach, Vince, natürlich kann ich Kontakte haben. Ich heiße nicht Maria, ich habe auch meinen Sohn auf dem üblichen Weg bekommen. Meine Fähigkeiten sind erst im Laufe der Jahre gewachsen. Aber es ist schwierig für mich: Wenn ich den Menschen überhaupt vertrage, muss ich mich oft so abblocken, dass ich kaum noch fühlen kann. Und was bleibt mit all diesen abgeblockten Gefühlen? Es läuft nur auf Technik hinaus.«

Ich schwieg betroffen. »Was ist, wenn du jemanden liebst?«

»Wenn ich den anderen nicht abblocken müsste, wenn ich es in Sicherheit erleben könnte?« Sie sah sehnsuchtsvoll aus. »Das wäre unvorstellbar schön. Aber wie oft trifft man so einen Partner im Leben? Du hast so ein Glück mit Max, ich beneide euch darum.«

Wir schwiegen, doch das Thema ging mir nicht aus dem Kopf. Ich fragte leise: »Könntest du mit mir schlafen?«

Sie drehte ruckartig den Kopf. »Was soll das, Vince, ist das eine Einladung?« Sie war sofort kampfbereit, aber als sie bemerkte, wie schwer mir das Thema fiel, atmete sie aus, wurde eher nachdenklich. »Ja, das könnte ich wohl, ich würde mich bei dir sicher fühlen», flüsterte sie. »Aber ich kann dich kaum berühren, Vince, ich spüre dich jetzt schon so intensiv in mir, als würde ich regelrecht in Flammen stehen. Es ist verlockend, aber diese Intensität macht mir auch Angst. Ich habe das Gefühl, zu verschwimmen, meine Grenzen lösen sich auf. Als ich dich wiedertraf, hatte ich den Eindruck schon einmal, erinnerst du dich? Dieses Gefühl, zu zerfließen? Wenn ich andere Menschen berühre und mich auf sie konzentriere, spüre ich ihre Emotionen, doch wenn du in meiner Nähe bist, ist es anders. Ich fühle deine Emotionen ohne Anstrengung, besonders wenn sie positiv sind. Das schenkt mir eine ungeheure Energie, aber ich frage mich, woher sie kommt! Unsere Verbindung wird jeden Tag stärker, bemerkst du das nicht auch?« Verzweifelt wandte sie sich wieder ab. »Davon abgesehen gibt es da wohl noch andere Punkte. Du liebst Max und man wird ja auch nicht so eben zum Hetero. Ich spüre dein Verlangen, aber gilt es wirklich mir? Schlaf wieder mit Max, Vince. Ihr seid beide so ausgehungert nach Liebe, tut euch etwas Gutes und lass uns diese theoretische Diskussion jetzt bitte vergessen.« Sie wirkte so verletzlich.

Ich hatte solche Sehnsucht nach ihr und wollte sie so gerne in den Arm nehmen.

Warnend sah sie mich an. »Vince, die Bilder, die du aussendest, machen es mir nicht gerade leichter.«

Erschrocken fragte ich nach. »Ich sende Bilder aus?«

Sie nickte. »Ich spüre dich nicht nur, ohne dich zu berühren, ich kann regelrecht ganz reale Bilder sehen, die du aussendest.« Sie zog die Beine hoch, legte den Kopf auf die Knie.

Um Himmels Willen! »Kannst du mich nicht einfach abblocken, so wie alle anderen auch?«

Sie schüttelte den Kopf, wandte den Blick ab, sprach nur zögernd weiter. »Es funktioniert bei dir nicht mehr und ich weiß nicht, warum es so ist. Es ist, als seist du ein Teil von mir; manchmal höre ich dich sogar in meinem Kopf! Was ich da höre, ist so schön, aber normal ist das nicht, selbst für mich.«

Was war mit mir? Von Normalität konnte auch bei mir keine Rede mehr sein und das war die Gelegenheit, ehrlich zu sein. »Ich habe dich auch gehört! Am Montag, als du mir die Krücke weggenommen hattest.«

Abrupt richtete sie sich auf. »Was sagst du da?«

»Ich hatte den Eindruck, du sprichst mir Mut zu.«

Sie wirkte konsterniert. »Das habe ich nur gedacht. Ich habe gehofft, dass du loslassen kannst und wollte dir helfen.«

»Hast du ja auch, danach konnte ich das dumme Ding stehen lassen.«

Erschrocken sah sie mich an. »Was passiert mit uns, Vince?«, fragte sie alarmiert. »Du sagst, du hattest noch nie empathische Fähigkeiten. Woher kommt diese Verbindung zwischen uns und wie gehen wir damit um, wie viel Nähe können wir ertragen? Macht es dir keine Angst?«

Ich sah ihr in die Augen, wollte ihr so viel sagen. »Nein, my Lady. Im Gegenteil, wenn ich dich sehe, freue ich mich und wenn ich dich fühle, bin ich glücklich.«

Sie zuckte zurück. »Was redest du da, Vince? Du kennst meine Geschichte nicht! Und sie würde dich nur zusätzlich belasten! Du trägst schon genug mit dir herum. Du musst nur gesund werden.«

Ich spürte ihre Panik. Wollte sie mich ausschließen, mich nicht mehr teilhaben lassen? »Bitte, Elisabeth, ich will nicht, dass du noch höhere Blockaden aufbaust. Lass es doch einfach zu, teile es mit mir!«

Entschlossen schüttelte sie den Kopf. »Im Gegenteil, ich muss mich von dir fernhalten und noch größere Distanz schaffen. Wenn wir im Auto fahren, bin ich so eng mit dir verbunden, dass ich schon fühle, was du sagen möchtest. Du brauchst gar nicht mit mir zu sprechen.«

Entsetzt schloss ich die Augen, ich hatte es doch schon geahnt! Ich konnte nur flüstern: »Du hast das gespürt, vor Glasgow, bei deinem Lied?«

Sie überlegte, was sie antworten sollte. »Ja, ich habe es mitbekommen. Ein wunderbarer Traum, den wir nie erleben werden.« Wehmütig blickte sie aufs Meer hinaus.

Ich hatte sie doch traurig gemacht. »Elisabeth, es tut mir leid!«

»Wofür willst du dich entschuldigen? Für das, was du denkst, was du fühlst? Das war so wunderbar, Vince, ich habe es geliebt!« Sie lächelte mich unsicher an. »Meinem Fahrstil war es ganz sicher nicht zuträglich. Belassen wir es dabei? Ich versuche, dich noch stärker abzublocken. Und keine Phantasien mehr beim Autofahren?«

Ich nickte widerstrebend.

31

Max

Ich hörte das leise Klappern aus der Küche. Hörte, wie der Tisch gedeckt wurde. Ich war nach meiner Ankunft noch unter die Dusche gegangen; eine kleine Gnadenfrist vor diesem Abend. Hatte Elisabeth das klug eingefädelt? Mir zu sagen, ich sollte seinen Wünschen entgegen kommen, um eine Gelegenheit zu finden, uns nun den gemeinsamen Abend zu verderben? Allerdings hatte Vince erwähnt, er habe sie dazu überreden müssen. Sie sei von der Idee auch nicht begeistert gewesen und habe ihm zuliebe zugestimmt.

Ich dachte über die Alternative nach: Ein Abend nur für uns zwei. Das hatte am vergangenen Wochenende nicht funktioniert, die Zeit hatte sich wie Kaugummi gezogen. Diese unangenehme Langeweile mit der Sprachlosigkeit zwischen uns hatte mich belastet.

Als ich ankam, war er guter Laune gewesen und zeigte mir, dass er jetzt nur noch einen Stock benutzte. Ich war erleichtert, allein das schleifende Geräusch der Krücken hatte ich kaum mehr ertragen können. Er war sogar mit Elisabeth Auto gefahren, hatte sich dieser Herausforderung gestellt. Vielleicht konnte man nächstes Wochenende Jo und Tom einladen? Das wäre fast wie früher.

»Kommst du, Max? Wir sind soweit.«

Schon dieses `Wir´ machte mich fertig. Ich atmete tief durch und versuchte, mich zu beruhigen. Ich hatte es ihm versprochen.

Sie standen neben dem Tisch, den sie so schön gedeckt hatten, die Kerzen waren schon angezündet. Elisabeth hatte zur Feier des Tages Lederhose und Pullover gegen eine Jeans und eine Bluse getauscht, natürlich alles in Schwarz. Sie trug sogar Schuhe und ersparte mir den entsetzten Blick auf die roten Modelle. Vince reichte uns die Champagnergläser.

»Max, darf ich dir meine Freundin Elisabeth vorstellen? Elisabeth, das ist mein Partner Maximilian Llewellyn.«

Fragend sah ich ihn an.

»Ich habe gehört, dass eure bisherigen Treffen immer belastend waren«, erklärte er. «Und ich hätte gerne, dass ihr euch heute mir zuliebe vorstellt, es sei euer erstes Zusammentreffen.«

Er hatte Elisabeth wohl genauso überrascht, aber sie fing sich zuerst. »Na, dann. Mr. Llewellyn, ich bin sehr erfreut, endlich den Partner von Vincent kennenzulernen.«

»Ganz meinerseits, Mrs. Brücken…« Ich bekam das einfach nicht hin!

Sie lachte. »Sagen Sie einfach Elisabeth zu mir!«, wiederholte sie ihre Standardantwort, die ich schon in London gehört hatte.

»Ich bin Max«, brachte ich heraus.

Sie erinnerte sich. »Das erste Mal war ganz schön kompliziert für uns beide, nicht wahr? Ich wusste nicht, was der Portier von mir wollte. Ich war erst am Vortag angekommen und nun wollten mich zwei Herren sprechen? Ich legte meine Notizen beiseite, zog mir schnell etwas über und als ich unten war, fiel mir auf, dass ich noch meine Hausschuhe trug – war das peinlich!«

Die roten Hausschuhe waren ein Versehen? Aber auch ich war damals aufgeregt. »Ich habe eine Ansprache geübt, wie man eine Ausländerin nachts in ein Krankenhaus locken konnte. Ich hatte noch nicht mal ein Bild von Ihnen gesehen.«

Sie lächelte. »Sie haben eine Ansprache geübt?«

Ich nickte zweifelnd. »Ich war nicht sehr erfolgreich.«

Jetzt wirkte sie verschmitzt. »Ich mochte es, wie Sie da etwas verlegen gestanden haben, der große Llewellyn ohne Worte! Ich hätte es gerne auf meinen atemberaubenden Auftritt bezogen. Netterweise hatten Sie sich gut unter Kontrolle und haben mich nicht ausgelacht; das hätte ich kaum fertig gebracht.«

Ich dachte an die Situation zurück. »Nein, nach Lachen war mir nicht.«

Ernst stimmte sie zu. »Ja, ich habe Ihre Besorgnis gespürt.«

»Zum Glück für mich, für Vince.« Ich sah zu ihm und fand den Schrecken dieser Nacht in seinen Augen.

»Wollen wir uns nicht setzen und über anderes sprechen?«
»Gerne.«

Wir setzten uns, Vince hatte den ersten Gang schon serviert. »Wir haben alles selbst gekocht und ich hoffe, es schmeckt dir.«

Der erste Schritt war nicht so schwierig gewesen; man konnte tatsächlich ganz unbelastet mit ihr sprechen. Sie fragten nach meiner Woche und ich erzählte ihnen eine witzige Situation, in die ich geraten war.

Sie lachte herzlich. »Sie sind wirklich ein umwerfender Entertainer, das war richtig komisch!«

Vince zog die Augenbrauen hoch. »Irgendetwas stört mich.«

»Was, Vince?« Ich ahnte es schon.

»Diese Distanz zwischen euch. Als würdet ihr euch siezen!«

Verlegen wandten wir beide den Blick ab. Wollten wir es wirklich ändern und die erwähnte Distanz, in der wir uns so gut eingerichtet hatten, aufgeben? Doch Vince sah hoffnungsvoll von mir zu ihr.

Sie seufzte. »Wann sind Sie geboren, Max?«

Was war das jetzt?

»Ich will nicht unhöflich sein, aber ich möchte wissen, wer hier der oder die Ältere ist.«

Ich sagte es ihr.

»Gut, dann bin ich älter als Sie und damit obliegt es mir, Ihnen das Du anzubieten.«

Ich war überrascht über diese Förmlichkeit.

Bei meinem Blick lächelte sie und setzte entschuldigend hinzu: »So macht man das in Deutschland.«

Und da sagte man, die Briten seien steif? Ich hob mein Glas. »Gerne, Elisabeth! Danke für das Angebot, ich nehme es gerne an.«

Wir stießen mit den Gläsern an. Vince war erleichtert und danach fiel uns eine lockere Unterhaltung nicht mehr so schwer.

»Warum spielst du lieber Theater als Filme zu drehen?«

»Was studiert dein Sohn, wie kommt er hier zurecht?«

»Wie habt ihr euch kennengelernt?«

Sie fragte, ob sie für ihren Ausflug am nächsten Tag auch meine Erlaubnis habe, das Motorrad zu benutzen.

»Wohin möchtest du denn fahren?«

»Eine Tour die Küste entlang.«

Ich wandte mich an Vince: »Die Tour haben wir doch auch einmal unternommen, erinnerst du dich?«

Er erwiderte meinen Blick und mir wurde ganz warm dabei. »Ja, das waren wundervolle Tage.« Sehnsucht lag in seinem Blick. »Das sollten wir wiederholen, wenn du wieder fit bist.«

Er lächelte, nickte.

Wir hatten das Essen beendet. »Und nun? Ein wenig Musik? Elisabeth mag leider die Musik nicht, die du machst.«

Sie sah ihn mahnend an. »Musste das jetzt sein, Vince?«

Ich versuchte, nicht gekränkt zu reagieren. »Was hörst du denn gerne?«

»Das ist nicht böse gemeint, Max, ich höre lieber Klassik.«

»Nun, da kann ich nicht mithalten!«, gab ich zu.

«Aber du hast doch auch Oldies«, merkte Vince an. «Auf ihrer CD im Auto sind ein paar schöne Titel«, erwähnte er, weil er den Abend noch nicht enden lassen wollte.

»Ja, die kann ich mal holen. Aber die muss man laut spielen!«, bot sie an und kurz darauf ließ die Musik unser Haus erbeben. Sie lachte. »Ich hatte euch gewarnt! Jetzt du, Vince, was gefällt dir?«

Wir tranken eine Flasche Wein und wechselten uns mit unseren Musikwünschen ab. Dieser Musikmix war so unterschiedlich wie die Charaktere.

Ich bemerkte, dass ihr ein Oldie besonders gut gefiel. »Möchtest du tanzen, Elisabeth?«

Sie schluckte. »Lieber nicht.« Warum fuhr sie denn so zusammen?

»Nun komm, zusammen bekommen wir das schon hin. Du entschuldigst uns, Vince?«

Er streifte mich mit einem Blick, den ich nicht deuten konnte.

Also nahm ich ihre Hand, zog sie vom Sofa hoch. Nur zögernd nahm sie Tanzhaltung an, schien plötzlich abgelenkt. Und ich fürchtete ihr Summen. Doch es blieb aus und nach ein paar Schritten hatten wir erstaunlich schnell zueinander gefunden, so dass wir es ein zweites Mal versuchten und richtig Spaß dabei hatten.

Vince applaudierte. »Das sah aus, als hättet ihr es schon einmal geübt! Ihr seid ein ideales Tanzpaar!«

Sie lachte. »Ich gebe zu, Jungs, zum Tanzen ist euer großzügiges Wohnzimmer genial!«

»Was meinst du mit Jungs?«

»Das ist das deutsche Wort für ‚Boys'. Darf ich euch so nennen?«

»Sicher.«

Sie hielt die Weinflasche hoch und schwenkte sie. »Die ist leer, wollen wir noch eine öffnen?«

»Ja, klar.«

Sie ging in die Küche, suchte den Korkenzieher.

Vince flüsterte. »Es war sehr nett, dass du mit ihr getanzt hast. Du hast dich wirklich bemüht; ich danke dir.«

Ich hatte den heiseren Tonfall gehört. War es das endlich, das Zeichen, auf das ich so lange gewartet hatte? Ich war unsicher.

Elisabeth kam mit der Flasche zurück, erfasste die Situation. Sie machte mir dann ein Zeichen, dass sie nach unten gehen würde und blinzelte mir aufmunternd zu, bevor sie die Tür schloss.

Ich spürte seine Hand auf meinem Arm und seufzte. Wie sehr hatte ich ihn vermisst!

Der Weg ins Schlafzimmer war eindeutig zu weit.

Er stand am Fenster.

»Vince, hast du wieder schlecht geträumt?«

»Nein, zum Glück nicht.«

»Kommst du wieder ins Bett?« Er drehte sich zu mir um, kam zurück und ich war glücklich.

»Wir haben uns von Elisabeth gar nicht verabschiedet. Was mag sie von uns gedacht haben?«

Ich beruhigte ihn. »Sie hat uns gespürt und hat mir noch zugenickt, ist nach unten gegangen. Das war sehr rücksichtsvoll.«

Er strich mir über den Arm. »Ja, sie ist eine einfühlsame Frau und nein, ich will dich nicht eifersüchtig machen. Ich fände es wirklich schön, wenn du sie noch besser kennenlernen würdest. Du hast das heute Abend richtig gut gemacht, Max«, lobte er.

Ich schwieg und dachte nach. »Ich fand den Abend schön und sie hat sich sicherlich auch bemüht.«

Er seufzte. »Sie sagte, sie will nicht mit dir streiten. Warum habt ihr das immer getan? Ich habe es bis heute nicht verstanden und sie hat mir nichts darüber erzählt.«

Endlich erzählte ich ihm von dem Abend in London und ihrer Reaktion auf die Schweigepflichterklärung.

Er riss vor Überraschung die Augen auf und dann lachte er doch tatsächlich. »Ich kann es mir so gut vorstellen! Sie kann ganz schön bissig sein, nicht wahr? Ich stelle mir gerade dein Gesicht dabei vor; zu schade, dass ich das verpasst habe. Deine Menschenkenntnis müssen wir wirklich verbessern! Warum hast du mich nicht gefragt?« Er lachte immer noch.

Ich ließ mir die Situation durch den Kopf gehen und musste über mich selbst grinsen. Wie hatte ich wohl da gesessen? Ich nahm ihn in den Arm. »Wie wunderbar, dass du wieder mit mir lachst! Das hatte ich so vermisst.«

Er fuhr mir durchs Haar, zog spielerisch daran.

Ich überlegte, ließ mir eine Idee durch den Kopf gehen. »Diese Motorradtour, erinnerst du dich, wie viel Spaß wir damals hatten?«

»Natürlich.«

»Meinst du, sie nimmt uns mit? Und traust du dir das schon zu?«, fragte ich vorsichtig. Er hatte doch Angst vor dem unberechenbaren Verkehr, den Autos. Als er schwankend wurde, bot ich an: »Ich fahre.«

Er drehte sich zu mir um und sah mich erstaunt an. »Du würdest tatsächlich mit Elisabeth die Tour machen?«

»Warum nicht? Es wäre sicher besser als wieder hier herumzusitzen.«

Nachdenklich stimmte er mir zu. »Ja, das vergangene Wochenende war schrecklich. Ich hatte solche Angst, dass wir uns nicht mehr verstehen, dass wir uns verloren hätten.«

»Was für eine Horrorvision, Vince! Ich bin so froh, dass du mir meine Fehler immer wieder verzeihst. Nun, was hältst du von dem Vorschlag? Wollen wir sie morgen fragen?«

Er zögerte, lächelte dann so glücklich. »Welch ein Traum.«

32

Max

Wir hatten so fest geschlafen, dass wir sie fast verpassten. Einer der Motorradkoffer war ihr aus der Hand geglitten und das laute Geräusch weckte uns.

»Schnell, Max, du musst sie aufhalten.« Vince versuchte eilig aufzustehen, aber er war einfach noch so ungelenk. Ich zog mir schnell etwas über und traf sie in der Garage.

»Entschuldige Max, dass ich dich geweckt habe. Ich will gleich losfahren. Schau dir das tolle Wetter an!« Sie wirkte glücklich.

»Guten Morgen, Elisabeth, zum Glück haben wir dich gehört. Elisabeth, dürfen wir dich heute begleiten auf deiner Tour?«

Erstaunt riss sie die Augen auf. »Was sagst du da? Ihr wollt mit mir fahren?«

Würde sie ablehnen? »Wäre es dir so unangenehm? Ich weiß, du brauchst deine Unabhängigkeit. Aber vielleicht wird es ganz schön?«

Bei der Anspielung lächelte sie. »Ich freue mich riesig, wenn ihr mitkommt!«

Erleichtert atmete ich auf.

»Und Vince will auch mitfahren?«, hakte sie nach.

»Ja, klar«, versicherte ich. »Vince fährt bei mir mit. Meinst du, er kann das schon?«

Sie sah mich fast liebevoll an. »Er schafft alles, wenn du bei ihm bist.«

Wir gingen hinüber in die Küche, wo Vince bereits den Kaffee gekocht hatte. »Dürfen wir mit?« Er warf ihr einen fragenden Blick zu und sie nickte wortlos. »Wo willst du übernachten, my Lady? Wir sollten noch ein Zimmer vorbestellen.«

Da war sie wieder, die unglaubliche Vertrautheit zwischen ihnen. »Darf ich euch mal fragen, was dieses Mylady bedeutet?«, konnte ich mich nicht zurückhalten.

Sie sahen mich an, als hätten sie mich vergessen. Vince lachte. »Es heißt my Lady, Max. Nach dem alten Song, Lady in Black.«

Plötzlich war es mir klar. »LiB?«

»Genau.«

In die Eifersucht, dass er einen Kosenamen für sie hatte, mischte sich ein wenig Scham. Das war alles gewesen, was hatte ich ihm unterstellt?

Sie rief im Hotel an und berichtete, es gäbe nur noch ein freies Zimmer, allerdings mit Blick auf den Parkplatz. Aber wir konnten nicht wählerisch sein und stimmten zu. Dann packten wir schnell, verstauten Vince´ Stock in einem Rucksack und brachen eine halbe Stunde später auf. Ich spürte, wie er seine Arme fest um mich legte. War er wieder ängstlich? Ich strich beruhigend über sein Bein.

Wir fuhren ganz entspannt, hatten keine Eile. Nur einmal überkam Elisabeth ein Geschwindigkeitsrausch. Rasant zog sie an uns vorbei und ich hörte Vince hinter mir kichern. Es schien ihr unheimlich Spaß zu machen.

In St. Andrews gab es ein verspätetes Frühstück und wir kauften ein paar Zutaten für ein Picknick am Nachmittag. Dundee ließen wir aus, sie wollte sich lieber die Castles an der Strecke anschauen. Wie konnte man sich an jedem alten Backstein so freuen?

»Ich habe mich schon immer für Geschichte interessiert. Doch seit ich hier bin, bin ich regelrecht begeistert. Vielleicht hat Vince mich infiziert?« Sie lachte.

Vince drehte sich ruckartig zu ihr um und betrachtete sie forschend, aber sie bemerkte es nicht.

Er war in seinem Element, hatte zu jedem Ort eine Anekdote auf Lager.

Ich drängelte ein wenig, denn ich sah die Wolkenwand kommen. Zunächst fuhren wir dem Regen davon und konnten einen wunderbaren Regenbogen beobachten, der sie anhalten ließ, um das Schauspiel zu bewundern. Wir versuchten, es zu fotografieren und dort auf diesem Parkplatz entstand ein schönes Foto von uns Dreien. Ich hatte es später an Franca geschickt, vielleicht hat sie es noch? Dann traf uns der nächste Schauer mit voller Wucht.

Statt schnell den Helm wieder aufzusetzen, legte diese Frau doch den Kopf in den Nacken und lachte. »Ich mag das so!«

Es waren immer noch fast zwanzig Meilen bis zu unserem Hotel und ich fand es jetzt ungemütlich. Ich brauchte eine heiße Dusche. Auch Vincent wurde unruhig, er drehte sich ständig nach ihr um.

Als wir auf den Parkplatz gefahren waren, wartete er kaum, bis ich angehalten hatte. »Was ist, Vince?«

»Da stimmt etwas nicht.« Er humpelte eilig auf sie zu.

Sie hatte den Seitenständer ausgeklappt, stieg aber nicht ab.

»Alles in Ordnung mit dir?«

Sie schüttelte den Kopf, rührte sich nicht. Er zog ihr den Helm vom Kopf und wir bemerkten ihre Blässe.

»Schnell Max, sie ist unterkühlt. Ich hole die Schlüssel, kannst du sie tragen?« Er wandte sich an sie. »Darf er?«

Angestrengt brachte sie ein Nicken fertig.

Ich hob sie vom Motorrad und da war es wieder, das leise Klingeln, das mir durch den Körper fuhr. Aber dieses Mal war es nicht so unangenehm; ich konnte es gut ertragen. Es war, als rege sich ein unerwartetes Gefühl in mir, doch ich schüttelte es ab. Sie war vor Erschöpfung ganz weggetreten.

Vince kam mir mit den Schlüsseln entgegen. »Ein Zimmer hat eine Badewanne, lass sie uns dort aufwärmen.« Er lief voraus, ließ heißes Wasser in die Wanne laufen, während ich sie auf dem Bett ablegte. Sie zitterte, rührte sich kaum und Wasser tropfte immer noch unten aus den Hosenbeinen.

Vince kam zurück und wir sahen uns fragend an. »Was tun wir jetzt? Wir können sie doch nicht in voller Montur ins Bad setzen!«

Vince war besorgt, ich seufzte. »Na, dann müssen wir wohl.«

Vorsichtig zogen wir ihr die schwere Jacke aus, den dicken Pullover, die tonnenschwere Lederhose und hielten vor Überraschung inne. Unter der schwarzen Kleidung trug sie zarte Unterwäsche, in einem dunklen Rotton!

»Ich glaube, das reicht jetzt, Max. Trägst du sie hinüber?«

Ich hörte den rauen Ton in seiner Stimme, aber als ich aufsah, hatte er sich abgewendet. Wir setzten sie vorsichtig ins Wasser, stützten sie, damit sie nicht abrutschte.

Nach fünf Minuten war sie wieder wach, sah an sich herunter und uns dann fragend an.

»Du warst unterkühlt und wir mussten dich irgendwie aufwärmen.« Vince sprach stockend.

Sie suchte seinen Blick, verstand. »Ach so.« Was ging zwischen ihnen bei diesen Blicken vor? Doch sie lenkte mich ab. »Es geht jetzt wieder, Jungs.«

Eine Stunde später war sie wieder ganz die alte.

Wir aßen zusammen im Restaurant und sprachen über den Rückweg. Noch mehr Schlösser? Ich stöhnte innerlich, doch es war ja unser Wunsch gewesen, sie zu begleiten. Das nächste Wochenende würde hoffentlich anders verlaufen. Ich wollte mehr Zeit mit Vince verbringen und unser altes Leben wieder aufnehmen. Ich fragte ihn, ob er mich zur Premiere begleiten wollte, aber er lehnte entschieden ab.

»Das will ich nicht, Max.«

»Und wenn Elisabeth mitkommt?«

Aber sie reagierte ebenso entgeistert. »Ich kann das nicht, Max! Du weißt doch, warum.«

»Wollt ihr es euch nicht noch überlegen? Franca kommt auch mit und sie kann mit mir den offiziellen Teil absolvieren, die Fotos, die Interviews. Ihr könntet euch ganz im Hintergrund halten, aber ich wäre so froh, wenn ihr dabei wärt. Es ist unser letzter Abend mit Elisabeth, wir könnten doch dort unseren Abschied feiern.«

Sie sahen sich an, als hätten sie den Gedanken, dass sie sich irgendwann wieder trennen müssten, vollständig verdrängt. Das Bedauern in ihren Augen sprach Bände: Sie berührten sich nie, aber die wortlosen Blicke zwischen ihnen hatten wieder zugenommen.

Ich versuchte, sie zu ignorieren und ruhig durchzuatmen. Vielleicht würde es leichter, wenn sie nicht ständig zusammen waren? »Wie wäre es, wenn Joseph und Thomas uns nächstes Wochenende besuchen und wir mal wieder einen Männerabend verbringen würden? Du hast so gute Fortschritte gemacht, Vince, und sie haben dich schon lange nicht mehr gesehen. Wenn der Abend gut geht, klappt es vielleicht auch mit der Premiere.« Ich versuchte, in einem Blick auszudrücken, was ich empfand: Bitte gib mir eine Chance.

Zögerlich stimmte er zu. »Ich werde Rebecca fragen, wie sie es sieht.«

Konnte er denn keine Entscheidung mehr alleine treffen? Ich dachte nach: Ich hatte vergessen, seine Psychologin anzurufen. Vielleicht konnte ich sie überzeugen, dass Joseph und Tom unsere besten Freunde waren und hoffte, dass sie ihm zuriet.

Den Rest des Abends verbrachten wir damit, ein kompliziertes deutsches Kartenspiel zu lernen. Als wir es verstanden hatten, glänzten Elisabeths Augen vor Freude. »Jungs, ich danke euch für den schönen Abend. Ich bin doch ziemlich müde. Ich wünsche euch eine liebevolle Nacht.« Sie zwinkerte uns zu und ich fragte mich, wie sie es fertigbrachte, nie eifersüchtig zu reagieren. Keiner von uns hatte die Situation im Badezimmer erwähnt. Auch das leise Klingeln, das ich gespürt hatte, verschwieg ich.

Das Zeitungsritual am nächsten Morgen erlebte ich nun mit, sie integrierten mich ganz selbstverständlich. Was für ein ungewohntes Gefühl, wieder Papier zwischen den Fingern zu halten! Aber es war gemütlich und es gab immer etwas zu besprechen, zu fragen, zu klären. Ein erneuter heftiger Regenschauer hielt uns länger auf, so dass mir auf dem Rückweg der eine oder andere Steinhaufen erspart blieb.

Als wir wieder zuhause waren, verabschiedete sie sich sofort.

»Kommst du nicht mehr hoch?«

»Nein, natürlich nicht. Es ist doch euer letzter Abend.«

Ich rief die Psychologin an und sie berichtete mir von den Fortschritten, aber ich hörte auch Skepsis. »Ihr Partner erholt sich erstaunlich schnell. Ich würde diesen Fortschritt gerne meiner Therapie zuschreiben, aber eine gesunde Selbsteinschätzung sagt mir, dass noch anderes im Gange ist. Er spricht jetzt etwas mehr mit mir, wenn ich ihn frage, was er am Vortag getan hat. Sagen Sie, die Freundin, die da bei Ihnen wohnt: Vincent erwähnte, sie sei auch Psychologin?«

»Ja, ist sie, aber sie hatte seine Behandlung abgelehnt; sagte, man könne Freunde nicht behandeln.«

»Ja, das ist korrekt.«

Ich besprach mit ihr meine Pläne für das nächste Wochenende. Sie zögerte, lenkte dann aber ein. »Gut, wenn es Ihre besten Freunde sind und Sie sich schon lange kennen, versuchen Sie es.«

33

Vincent

Welch ein unangenehmes Gefühl!
Diese Ruhelosigkeit, die es auslöste, diese Skepsis, dieses Misstrauen. Ich war noch nie eifersüchtig gewesen, das wusste ich jetzt. Dieses Bild, als Max mit ihr tanzte, beschäftigte mich. Er hatte es mir zuliebe getan und wollte mir damit zeigen, dass er meine Freundin akzeptierte und sich ernsthaft bemühte. Er konnte ja nicht wissen, wie sehr ich mich an seine Stelle wünschte, um sie im Arm zu halten und herumzuwirbeln: Warum durfte er es, mir dagegen verwehrte sie die leichteste Berührung?

Ich dachte an diese Szene vor dem Hotel, als er sie einfach tragen konnte und es eher widerwillig zu tun schien. Aber die Überraschung in seinem Blick, als wir sie ausziehen mussten, die hatte ich wahrgenommen. Mir hatte es fast die Sprache verschlagen. Ihre weinrote Unterwäsche wirkte so zart, so betörend. Das Begehren hatte mich von einem Moment auf den nächsten überfallen und mir fast den Atem genommen. Selbst Max hatte die Luft angehalten. Sicher war ihm auch aufgefallen, was für eine hübsche Figur sie hat. Sie schien mir perfekt. Was war nur mit mir los? Ich war eifersüchtig auf Max, der sich gar nicht für sie interessierte.

Die Nacht mit Max war wundervoll gewesen. Wir waren ausgehungert nach der Liebe des anderen, die wir nun wieder erlebt hatten. Jede seiner Berührungen hatte ich genossen, jedes Streicheln aufgesogen und trotzdem musste ich schauen, ob Elisabeth vielleicht dort im Garten tanzte. Ich sah sie um die Ecke kommen, sie schlich wie ein dunkler Schatten. Sie wirkte erschöpft und es gab auch keine Verbeugung vor der Nacht.

Der Vorschlag von Max, die Tour mit ihr gemeinsam zu unternehmen, hatte mich glücklich gemacht. Ich wusste, er schlug es aus Liebe zu mir vor. Hätte ich besser ablehnen sollen? Ich konnte es einfach nicht, obwohl ich mich fühlte, als würde ich ihn hintergehen. Die Aussicht, noch zwei Tage zusätzlich mit ihr, mit beiden gemeinsam zu verbringen, war zu verlockend. Sogar meine Ängste konnte ich in Schach halten.

Die wortlosen Blicke zwischen uns waren ihm sicher aufgefallen. Hatte er verstanden, was mit uns geschah? Erst als sie es ausgesprochen hatte, wurde es mir bewusst: Ich konnte ihre Stimmung nicht nur fühlen, unsere Verbindung wuchs täglich.

Ich spürte ihr Lachen, als sie uns einmal überholte und lachte mit; fühlte die Kälte, die in mir aufstieg, als sie in dem Schauer hinter uns herfuhr, um jede Bewegung willentlich kämpfend. Wie gerne hätte ich sie aufgewärmt, mich zu ihr ins Bett gelegt, sie beruhigend gestreichelt, bis sie sich zu mir umgedreht hätte, mir tief in die Augen sah…

Zum Glück war sie noch nicht wach, denn ich hatte ihr versprochen, diese Phantasien für mich zu behalten. Liebte sie mich auch? Sie hatte es nie gesagt, es nur vielleicht letzte Woche gedacht. Seitdem blockte sie sich noch stärker ab. Aber ich wusste ja, dass die Blockade nicht immer funktionierte und starke Emotionen sie mühelos durchbrachen. Sie hatte auf jede Art versucht, meine Beziehung zu Max wieder zu stärken und es gab nur kleinste Anzeichen für eine Zuneigung zu mir: Ein wehmütiger Blick, ein etwas trauriger Scherz, oder war sogar das mein Wunschdenken? Sie verhielt sich lediglich freundschaftlich, jede noch so zufällige Berührung vermied sie und hielt mich auf Abstand. So wie sie es Max versprochen hatte.

Ich hörte sie auf der Treppe und widerstand der Versuchung, meine Gedanken aus dem Raum zu wedeln. Hoffentlich bemerkte sie nicht, worüber ich nachgedacht hatte. Was waren das für Ideen, hielten sich etwa Gedanken wie Rauch in einem Raum?

Sie legte die Zeitung auf den Tisch. »Guten Morgen, lieber Freund!« Wie immer: Mein Freund, mein Lieber, aber nie mein Liebling. »Wann müssen wir heute los?«

Einen Arzttermin hatte ich heute noch vor mir, danach war ich hoffentlich auch von der anderen Krücke erlöst. »Ich denke, nach Rebeccas Stunde. Bleibt es dabei, dass wir uns mit Georg treffen?«

Ich hatte sie schon zigmal gebeten, ihn mir vorzustellen und verstand ihr Zögern nicht.

Doch nun lächelte sie. »Ja, fünf Uhr, zum Tee – very british!«
»Na dann, auf zur Lektüre.«

Der Arzt befreite mich tatsächlich von der Krücke und ich war erleichtert. Meine neue Freiheit wollte ich genießen und so bog ich mit ihr zur Innenstadt ab.

»Wo willst du denn hin, Vince?«
»Ich möchte noch zu unserem Schneider, neue Smokings bestellen. Es dauert nicht lange, die haben schon unsere Maße.«

Sie ließ sich mit der Aussicht erweichen, danach zur Burg hoch zulaufen. Ich wusste ja, wie sehr sie den Blick von dort oben liebte. Und ich hatte einen Plan, den ich unauffällig umsetzen musste.

Max hatte mich am Morgen darauf hingewiesen: »Vince, wenn Elisabeth uns zur Premiere begleitet, braucht sie ein Kleid. Ich glaube nicht, dass sie etwas Passendes dabei hat.«

Ich überlegte kurz. »Wie ich sie kenne, wird sie sich von Franca etwas leihen wollen. Ich wüsste schon, was ihr stehen würde, aber ob es ihr auch gefiele? Ich lass mir etwas einfallen, auch wenn sie um jedes Geschäft ein Bogen macht, als könne sie sich dort mit tödlicher Kaufsucht infizieren.«

Wir liefen langsam durch die Stadt, von Buchladen zu Buchladen näherten wir uns dem Ziel, das ich heimlich anstrebte.

»Schau mal, das hier ist doch ein Geschäft für dich.«
Staunend zeigte sie auf die Schaufenster des Gothic-Shops. »Was für eine Auswahl! Wenn ich dieses Geschäft zuhause hätte, bräuchte ich nur einmal im Jahr einkaufen zu gehen. Das wäre wirklich praktisch.«

»Komm, wir schauen mal rein.«
Sie zögerte. »Vince, ich will mich nicht mit Gepäck belasten.«
»Aber das T-Shirt dort würde Max gefallen.«
»Also gut«, seufzte sie.

Wir suchten nach den T-Shirts, bei einem lachte sie. »Das wäre was für Georg. Vor einem Monat hätte ich den Witz noch gar nicht verstanden. Du bist ein guter Lehrer, weißt du das?«

Ich legte es zu meinen Einkäufen und wie zufällig gerieten wir in die Damenabteilung. »Schau mal, du trägst immer nur die schweren Sachen. Die Gothic-Kleider sind doch sehr hübsch.«

»Klar, ich werfe die sinnlosen Sachen wie Regenjacke und Schach aus meinem Rucksack, damit ich auf der nächsten Wanderung auch angemessen gekleidet bin? Obwohl, wenn du eines in Handygröße findest: den Platz habe ich frei.« Sie grinste mich an.

Ich nahm den ersten Kleiderbügel und zeigte ihr das Kleid.

»Die Träger sind zu schmal.«

Das nächste: »Zu nuttig.«

»Nicht bei meiner Oberweite.«

»Der Rock ist schön, aber eine Korsage mit Reißverschlüssen? Auch ich habe meine Grenzen.«

»Ich bin doch nicht Schwarzkäppchen!«

»Aus dem Alter bin ich raus.«

»Zu offenherzig.« Das war ja echt schwierig.

»Vince, lass es gut sein. Schau dir mal die Qualität an, das juckt und kratzt doch schon beim Anschauen. Gehen wir jetzt?«

Wir verließen das Geschäft und ich lächelte. Jetzt wusste ich doch ziemlich genau, was ihr gefiel!

Wir trafen Georg in einem Café oben in der Old Town. Er war schon vor uns da und stand zur Begrüßung auf.

»Guten Tag, Herr Professor«, grüßte er förmlich. Natürlich, er war Student und hielt den nötigen Abstand. Trotz einer starken Brille ähnelte er ihr sehr, schien mir auf seltsame Art sofort vertraut. Ein zurückhaltender junger Mann. Er irritierte mich, ich kann es nicht anders beschreiben.

Wir unterhielten uns über allgemeine Themen und seine Ansichten, die er auch vehement verteidigte. Sie entsprachen absolut nicht der gängigen Meinung. Ab und zu warf er uns erstaunte Blicke zu, als verstehe er nicht, was zwischen uns vorging.

Als ich einen Kollegen traf und mich kurz mit ihm unterhielt, konnte ich hören, wie er aufgeregt mit ihr sprach und sie irritiert antwortete. Leider verstand ich sie nicht, aber fast schien es mir, als sprächen sie über mich!

Überrascht drehte sie sich zu mir um.

Zwei Stunden waren schnell vergangen und ich war müde von der ungewohnten Anstrengung. Wir verabschiedeten uns.

Nach dem Abendessen warf sie mir einen Blick zu, bei dem mir ganz warm wurde. »Vince, ist dir etwas aufgefallen?«

Ich sah an mir herab, stimmte etwas nicht?

Sie lachte. »Nein, etwas anderes. Wir waren heute Nachmittag vier Stunden in der Stadt, waren in verschiedenen Geschäften und in einem überfüllten Café. So viele Menschen und ich habe sie kaum gespürt.«

»Und das heißt was?« Ich wollte mich auf keinen Fall verraten.

»Ich kann es sonst höchstens eine Stunde in Gesellschaft anderer Menschen aushalten, danach bin ich erschöpft. Heute hatte ich keinerlei Probleme, habe kaum bemerkt, wie schnell die Zeit verflogen ist.«

Hatte sie mich ertappt?

»Bist du dir überhaupt im Klaren, was du da getan hast? Du hast mich den ganzen Nachmittag über geschützt und das kann sonst nur Georg. Er hat es auch bemerkt und hat gefragt, was mit uns passiert. Ich hatte noch nie jemanden, der mich so schützen konnte, Vince! Ich habe einen ganz normalen Nachmittag verbracht wie alle anderen Menschen auch. Du hast mir ein riesiges Geschenk gemacht, ganz unerwartet – ich danke dir dafür!« Bei ihrem liebevollen Blick blieb mir fast das Herz stehen.

»Ich habe nichts getan, my Lady.«

»Doch Vince, das war unglaublich!«

»Na dann, jederzeit gerne wieder!« Ich war glücklich und hatte noch etwas auf dem Herzen. »Wenn ich dich, wie auch immer, schützen kann: Meinst du, wir könnten Max am Sonntag doch begleiten?«

Mit einem Seufzen stimmte sie zu. »Vielleicht schon. Wir sind es ihm schuldig, nicht wahr? Er hat sich bisher richtig gut gehalten und hat seine Eifersucht tapfer bekämpft. Ich werde darüber nachdenken.«

Als sie später hinunterging, begann ich mit einem Entwurf. Ich ließ mir Zeit, änderte noch hier und da eine Kleinigkeit, machte Anmerkungen, äußerte meine Wünsche und schickte ihn los. Die zweite Bestellung war wesentlich einfacher; ich wusste genau, was ich wollte. Georg war sehr hilfreich gewesen.

34

Vincent

»Vince, das war gestern so schön. Hättest du etwas dagegen, das nochmal mit mir auszuprobieren? Es gibt so viele Dinge, die ich seit Jahren nicht mehr tun konnte!«, bat sie beim Frühstück.

Hieß das, sie würde meine Hilfe annehmen? Konnte ich ihr etwas zurückgeben von der unglaublichen Zuwendung, die sie mir entgegen gebracht hatte?

»Ich weiß, dass du dich in Gesellschaft der Menschen noch nicht wieder wohlfühlst, würdest du es trotzdem für mich versuchen?«

Ich lächelte sie an. »Du sagst mir doch immer: Zusammen schaffen wir das. Natürlich werden wir es versuchen.«

Wir starteten das Projekt ‚Menschen üben'. Mir waren die Begegnungen mit anderen Menschen immer noch unangenehm und für sie waren sie kaum erträglich, aber zusammen konnten wir tatsächlich immer mehr Zeit in Gesellschaft anderer verbringen. Wir kauften auf dem Markt ein, nahmen an einer Führung durch Holyrood Palace teil, besuchten die Universität und ein Konzert in St. Giles. Wenn einer von uns sich dabei schlecht fühlte, reichte es, den Blick des anderen zu suchen und ich fühlte dann die Entspannung, die mich durchfloss. Ging es ihr ebenso?

Die größte Freude machte ich ihr, als wir ins Kino gingen. »Kino, wie sehr hatte ich das vermisst!«

Sie bestand darauf, dass ich nun Auto fahren solle: »Bitte Vince, tu uns beiden den Gefallen.«

Bei meiner anfänglichen Unsicherheit schloss sie die Augen und ich spürte die Kraft in mir, weiterzumachen. Früher hatte sie mir noch die Hand auf den Arm gelegt, wenn ich Angst hatte. Jetzt vermied sie es, sehr zur meiner Enttäuschung. Aber sie lächelte: »Sieh es mal so, wir sind einen Schritt weiter.«

Was meinte sie damit? Ich vermisste die körperliche Nähe, die ich mir so wünschte, von Tag zu Tag mehr. Und unsere gemeinsame Zeit lief ab. Der Abschied hing wie ein drohender Schatten über uns. Wie sollte es denn nächste Woche weitergehen?

»Bitte, Vince, sei nicht so traurig, nicht jetzt schon, ja? Ein paar Tage bleiben uns ja noch, lass sie uns genießen.«

»Bist du nicht traurig?«

»Du ahnst ja nicht, wie sehr.« Sie schaute aus dem Fenster. »Aber wir wussten ja, dass es ein Arrangement auf Zeit ist, bis wir in unser altes Leben zurück müssen. Und Telefone, diese Dinger mit der Schnur dran, die gibt es auch in Deutschland.«

»Das ist doch kein Ersatz!«

»Nein, ist es nicht.«

Wir sahen uns in die Augen und sie konnte es nicht schnell genug abblocken: Sie sehnte sich ebenso nach mir wie ich mich nach ihr.

Am nächsten Morgen würde Max nach Hause kommen und für den Abend war der Männerabend geplant. Ich hatte keine große Lust dazu, wollte Max jedoch nicht enttäuschen.

Elisabeth hatte sich eher zurückhaltend geäußert. »Wie sind sie so, eure Freunde?«

Ich überlegte. »Wir kennen sie schon seit Ewigkeiten. Ich mag sie, auch wenn es eher Max´ Freunde sind«, schränkte ich ein.

Nachdenklich betrachtete sie mich. »Traust du dir ein Treffen mit den Freunden schon zu? Ich sehe immer noch diese kleinen Anzeichen von Unsicherheit bei dir.«

»Rebecca meinte, wenn der Abend mit Jo und Tom gut verläuft, könnte ich zur Premiere und du gehst mit. Darauf freue ich mich.«

Sie schien vorsichtig. »Überfordere dich nicht, Vince. Du willst Max einen Gefallen tun, weil er es letztes Wochenende auch mit mir ausgehalten hat. Aber er ist gesund und du wirst es gerade erst wieder. An der Premiere liegt mir nichts, ich gehe nur dahin, damit du es leichter hast.«

»Das wird ist unser letzter Abend. So können wir ihn gemeinsam verbringen.«

Am folgenden Tag wollten wir unseren verpatzten Ausflug zum Loch Lomond nachholen. Ich hatte eine Überraschung vorbereitet, packte den alten Picknickkorb, steckte den Champagner in die Kühlmanschette. Die Decke legte ich obenauf und trug alles zum Oldtimer. Es war ein warmer Tag, seit langer Zeit der erste, der nach draußen lockte.

Unsere Zeitungslektüre fiel sehr kurz aus, weil sie gleich losfahren wollte. Sie genoss die Fahrt, bewunderte die Landschaft. Ich teilte ihre Begeisterung über die vielen Kleinigkeiten, die sie beobachtete.

Als wir den Loch erreicht hatten, machten wir um das Besucherzentrum einen großen Bogen und suchten uns einen ruhigen Platz oberhalb des Sees mit herrlicher Aussicht. Wir stellten den Picknickkorb zwischen uns. Sie freute sich über das stilvolle Mahl, das wir auf der Decke auspackten.

Doch als ich nach dem Essen Champagner in die hohen Gläser füllte, zog sie erstaunt die Augenbrauen hoch. »Habe ich etwas verpasst? Wird das ein Date, Vince?«

Ich reichte ihr eines der Gläser, stieß mit ihr an. Dann sah ich ihr in die Augen und traute mich endlich zu antworten: »Wenn du es zulässt?«

Sie ließ das Glas sinken. »Ach, mein Freund, mein Lieber.«

Hatte ich mich geirrt? Ich spürte ihre Ablehnung und wollte ihr die Bedenken nehmen. »Ich habe früher schon mit Frauen geschlafen«, platzte es verzweifelt aus mir heraus. »Ich weiß durchaus, wie das geht!«

Sie lächelte und hob die Hand, fast als wolle sie mich berühren. Und zuckte wieder zurück. »Ich erinnere mich an unser Gespräch über die Technik! Das bekämen wir bestimmt hin. Nein, es ist etwas anderes. Wie du weißt, könnte ich dich schwer verletzen«, lehnte sie mit Nachdruck ab, obwohl ihre Stimme vor Traurigkeit fast verklang.

Ich stöhnte auf. »Du denkst an die Kollision unserer Gehirne?«, wusste ich sofort. »Das ist doch gar nicht möglich, my Lady! Weil es dieses Phänomen nicht gibt!«, beschwor ich sie hilflos.

Aufgebracht schien sie mir widersprechen zu wollen, doch dann schloss sie die Augen und atmete tief durch. Sie drehte sich zum See um und sprach langsam und zögerlich weiter. »Das ist es nicht allein, Vince«, ließ sie meinen Einwand unkommentiert stehen. »Ich habe auch andere Bedenken. Ich fürchte, dass ich dir nicht gerecht werden kann. Was du mit Max fühlst, das kann ich dir nie geben: Diese Zärtlichkeit, diese Hingabe, die euch verbinden. Du bist ein wunderbarer Liebhaber und glaube mir, ich habe mich an seine Stelle gewünscht. Aber an eure Liebe darf niemand rühren. Sie ist ein einmaliges Geschenk!«

Ich war betroffen, woher wollte sie das wissen?

Sie bemerkte meinen Blick, sah zum See hinunter. »Was Max in dir auslöst, das kannst du mit mir nie fühlen! Zumindest nicht in körperlicher Hinsicht. Ich war gnadenlos eifersüchtig auf Max, dass er dir diese Liebe geben kann.« Das hörte sich so traurig an.

Ich war starr vor Schreck, was hatte sie mitbekommen? Ich wusste doch, wie abgeblockt sie in meiner Nähe war und welche Kraft sie das kostete. Wie konnte das sein?

»Ich weiß es nicht, Vince, ich fühle dich immer intensiver«, flüsterte sie auf meine unausgesprochene Frage.

Ich ließ mich auf die Decke zurückfallen. »Spürst du uns jedes Mal?«, fragte ich entsetzt.

Verzweifelt nickte sie. »Unsere Verbindung wird von Tag zu Tag stärker! Ich kann dich kaum mehr abblocken, wenn du leidenschaftliche Gefühle hast; ich habe alles versucht. Wenn das so weitergeht, weiß ich bald, wie sich ein Kuss von Max anfühlt.« Sie lachte traurig: »Wenn ich daran denke, was er in dir auslöst, sollte ich es vielleicht auch einmal probieren?«

Machte sie etwa einen grausamen Scherz? Ich drehte mich zu ihr um und bemerkte den Schmerz in ihren Augen.

Doch aus ihr sprach die reine Ratlosigkeit. »Vince, es ist, als seist du ein Teil von mir! Wie konnte es soweit kommen? Wo kommen die Gefühle in dieser Intensität her? Ich bin ihnen regelrecht ausgeliefert. Ich wünsche mir die Nähe zu dir, möchte dich spüren, fühlen, und weiß zugleich, ich darf dich nie haben. Was soll ich tun? Was würdest du tun? Ich suche schon lange nach einem Weg! Aber mir ist keine

Möglichkeit, kein Mittel eingefallen, die uns diese Nähe erlauben würden, ohne dass Max darunter zu leiden hätte.«

»Was würde passieren, wenn wir uns ohne Blockierung berühren würden?« Ich konnte den Gedanken daran nicht aufgeben.

»Ich weiß es nicht, Vince.«

»Dann lass es uns doch einfach versuchen!«

Entschlossen nahm ich ihre Hand und spürte die Kraft, die sich sofort zwischen uns aufbaute, als sie ihre Blockade langsam senkte. Ein brausender Klang erhob sich und ich fühlte die enorme Energie, die ich schon einmal erlebt hatte: An dem Sonntagmorgen, nachdem sie zu mir zurückgekehrt war. Es schien, als risse sie uns mit. Wir flogen über den See, tauchten durchs Wasser, wirbelten umeinander, drehten uns mit den Windströmungen, durchstießen die Wolkendecke und schwebten darüber hinweg. Ein unglaublicher, entfesselter Sturm, der uns die Luft zum Atmen nahm, geradezu bedrohlich in seiner Unaufhaltsamkeit. Ich war so elektrisiert, dass ich das Gefühl hatte, meine Hand sei in Flammen gesetzt, die sich über den ganzen Körper ausbreiteten.

Im letzten Moment zog sie ihre Hand zurück und wir fielen auf die Decke, keuchten. Verzweifelt rang ich nach Luft und versuchte, die Panik in mir zu unterdrücken.

Auch ihre Augen waren vor Schreck weit aufgerissen. »Das bringt uns um, Vince, das halten wir physisch nicht aus. Warum nur, Vince, warum können wir uns nicht berühren? Ich habe eine solche Macht noch nie gespürt. Es ist, als dürften wir es nicht tun!«

Meine Hand brannte noch immer wie Feuer und am liebsten hätte ich sie im Seewasser gekühlt. Ich lächelte sie bedauernd an. Das war wirklich knapp gewesen. Wie konnte denn eine Berührung solch eine Wirkung haben? Ich war genauso ratlos wie sie.

Dann lagen wir in der Sonne, genossen die Wärme. In mir rumorte die Erinnerung an das, was wir gerade erlebt hatten. Was verband uns so sehr, dass es diese Reaktion auslöste? Ich wollte sie so gerne im Arm halten und durfte es nicht.

Sie war vor Erschöpfung eingeschlafen. Ich konnte nicht widerstehen, strich ihr vorsichtig, ohne ihr Gesicht zu berühren, eine Haarsträhne aus der Stirn, um sie im Schlaf besser beobachten zu können. Und bemerkte erneut die starke Verbindung zwischen uns, die wir nicht leben konnten.

Ich setzte mich auf und sah über den See hinweg. Fast schien es mir, als könne ich durch ihre Augen die Schönheit dieses Ortes erst richtig wahrnehmen, die Sonne über dem Wasser, das Spiel des Lichtes auf den Hügeln. War meine monochrome Phase endlich vorbei?

»Ja, dieses Land ist einfach unglaublich, mein Liebling«, flüsterte Max neben mir und ich zuckte vor Schreck zusammen. Mein Partner, meine Liebe seit langer Zeit, was tat ich ihm an? Er hatte sich mustergültig verhalten, sich selbst überwunden, mir zuliebe seinen größten Fehler bekämpft. Und ich verriet ihn! Wie kamen wir aus dieser Geschichte ohne Schaden wieder heraus? Und konnte ich nicht beide lieben?

Elisabeth bewegte sich, wachte auf. »Bin ich eingeschlafen, Vince? Keine gute Idee mit dem Champagner am frühen Nachmittag, nicht wahr?«

Ich lächelte sie liebevoll an. »Du sahst so friedlich aus, hast perfekt in diese Stille gepasst.«

Sie richtete sich auf und schnaubte. »Ja, und so handlich! Endlich hattest du mal Ruhe vor mir!«

Ich verdrehte die Augen.

Wieder waren wir im Alltag angekommen.

35

Vincent

Max war wieder da und sie war verschwunden wie an jedem Morgen. Ich hatte sie gehen sehen: Ohne nach oben zu schauen hatte sie mir zugewinkt, als fühlte sie genau, wo ich stand. Dann kam sie nicht wieder zurück. Ich war nervös, sah ständig aus den Fenstern und fragte mich, wo sie blieb. Sonst war sie doch nach zwei Stunden wieder zuhause.

Max registrierte es: »Was hast du, warum bist du so unruhig?« Die Sorge um mich stand in seiner Miene. »Geht es dir wieder schlecht?«

»Nein, alles okay.« Ich versuchte, mich auf die Zeitung zu konzentrieren, aber meine Gedanken schweiften ab.

Wie würde ich damit umgehen, wenn ihr etwas zustoßen würde? Ich hatte so einen Tag schon einmal im Krankenhaus erlebt, doch jetzt war es noch hundertmal schlimmer. Mein Leben, wenn sie nicht mehr da wäre, konnte ich mir nicht vorstellen.

Sie kam erst gegen zwei wieder, lief die Treppe herauf, klopfte und schwenkte zwei Tüten. »Jungs, ich habe euch etwas mitgebracht.«

Sie war einkaufen gegangen, das war alles? Während sie in den Tüten kramte, hielt sie plötzlich inne, drehte sich zu mir um. »Oh, Vince, es tut mir leid!«

Max horchte auf. »Stimmt etwas nicht?«

Hatte er unsere Verbindung bemerkt? Ich suchte ihren Blick, aber sie schüttelte kaum merklich den Kopf und lenkte ab. »Seht mal hier, diese T-Shirts: Die Sprüche darauf sind so dumm, dass man nur darüber lachen kann!« Sie nahm sie aus der Tüte, hielt sie hoch.

Wir grinsten. »Was ist in der anderen Tüte? Dumme Unterwäsche für uns?«

»Nein, das ist für mich.«

Sie zog eine Bluse heraus, einfach und doch raffiniert geschnitten, hinten geknöpft. Und doch tatsächlich in Hellgrau!

»Die willst du tragen?« Wir sahen sie so erstaunt an, dass sie ganz unsicher wurde.
»Meint ihr, sie ist zu gewagt?«
Max lachte. »Nein, überhaupt nicht. Was hast du denn vor?«
»Ich gehe mit Georg essen und danach noch zu einer Vernissage. Da werde ich überprüfen, ob das Gerücht stimmt, dass es in Schottland auch nette Männer gibt.«
Spielerisch warf ich das T-Shirt nach ihr.
Sie lachte: »Siehst du? Es wird höchste Zeit.«
Dann war sie auch schon wieder nach unten verschwunden, kam später nur noch einmal kurz hoch, um ein Glas Wasser zu trinken. »Besser jetzt, dann störe ich später nicht.« Sie prostete uns zu. In der neuen Bluse, die perfekt zu ihrem Haar passte, sah sie umwerfend aus. Selbst Max machte ihr ein Kompliment und sie lachte glücklich.
»Danke, Jungs. Wann kommt Franca morgen, Max? Wollen wir dann zusammen frühstücken?«
Wir nickten.
»Gut, ich geh dann, viel Spaß beim Männerabend.« Sie stellte das Wasserglas in die Spülmaschine und wandte sich an Max. »Pass schön auf ihn auf!«
Er sah mich groß an, ich zuckte mit den Schultern.

Sie kamen um acht und es war ein Abend, wie wir ihn schon hundertmal zusammen verbracht hatten. Wir sprachen über die neuen Pläne, über Max´ nächstes Engagement, einen Auslandsaufenthalt im Herbst. Sie fragten nach meinen Fortschritten und äußerten die Hoffnung, dass nun bald alles wieder beim Alten sei.
Und dann ging es los, ganz unvermittelt.
Jo wandte sich an Max. »Nun, wenn du jetzt wieder hier bei Vince bist, wirfst du dann das deutsche Hausmädchen raus?«
»Hausmädchen?«
»Na, Elisabeth! Sie hat sich schon lange genug hier bei euch eingenistet und schmarotzt. Du sagtest, dass sie für Vince kocht. Immerhin hat sie ihn noch nicht vergiftet! Ich hoffe, du bezahlst ihr nicht zu viel für ihre Dienste. Und Sonderzulagen kann sie bei euch ja nicht

erwirtschaften.« Er lachte unangenehm. »Wo wohnt sie eigentlich?« Joseph sah sich suchend um.

»Sie wohnt unten.«

»Na, da hast du zumindest ein wenig Sicherheitsabstand«, ätzte er. »Dann musst du ihren schwarzen Anblick ja nicht so oft ertragen, was? Gegen die ist ja mein Schrubber eine Schönheit, der hat wenigstens einen roten Stiel. Du müsstest sie einmal sehen, Tom, sie weiß noch nicht mal, wie man eine Tube benutzt.«

»Eine Tube?« Tom verstand genauso wenig wie ich.

»Ja, eine Tube für Haarfarbe. Das wäre doch ein passendes Abschiedsgeschenk für sie! Ihr würdet ihr damit echt einen Gefallen tun. Man kennt ja die Attraktivität der deutschen Frauen! Aber dass du so ein Flintenweib hier zulässt, Vince, liegt weit unter deinem Mindestniveau.«

Max unterbrach ihn, aber Joseph war nicht zu bremsen: »Wisst ihr, dass ich sie zweimal in der Stadt gesehen habe? Da ging sie in das Haus, in dem die Callboys ihr Revier haben. Was sind das für bedauernswerte Geschöpfe! Ob die ihr erst einen Eimer über den Kopf ziehen, bevor sie die anfassen können? Manche Menschen verdienen ihr Geld doch echt hart.« Er lachte über seinen Witz.

Max knallte sein Glas auf den Tisch, beugte sich vor und zischte wütend: »Das reicht jetzt, Jo, halt dich zurück! Du kennst sie doch gar nicht! Sie war uns hier eine große Hilfe und ich will nicht, dass du so über sie sprichst!«

Sie gerieten in Streit, aber ich war schon nicht mehr dort.

Ich spürte, wie ich wieder vereiste. Es rauschte in meinen Ohren. Die Hitze, die bei den ersten Sätzen in mir aufgestiegen war, verwandelte sich in einen Blizzard.

Ich war sprachlos über diese Gemeinheiten, diesen Hass, diese Aggression gegen einen Menschen, der mir so viel bedeutete. Warum hatte Max nicht früher eingegriffen? Er hatte sie doch kennengelernt und zwei Abende mit ihr verbracht, hatte mit ihr getanzt und gelacht. Wie konnte er zulassen, dass man so über sie sprach?

Aber was konnte ich ihm vorwerfen? Ich war selbst nicht in der Lage, sie zu verteidigen, sie in Schutz zu nehmen. Ich saß nur da und hörte, wie man diese schrecklichen Sachen über sie sagte und sie in den Dreck gezogen wurde. Jeder dieser Sätze traf mich bis ins Herz, grub sich tief in meine Seele. Ich war ihnen wehrlos ausgeliefert, konnte in meinem Schock nicht reagieren. Die beiden waren unsere besten Freunde: Welche Ungeheuer umgaben mich da? Was sagte es über mich aus, wenn ich sie als Freunde betrachtete? Ich war doch kein Deut besser als sie! Ich hatte meine Freundin auch verraten! Nie wieder konnte ich ihr unter die Augen treten. Nie könnte ich mir, würde sie mir diesen Abend verzeihen. Ich würde sie verlieren.

Der schwarze Abgrund war wieder da, aber dieses Mal wünschte ich mir, er würde mich augenblicklich verschlingen, damit ich diese entsetzliche Scham nicht spüren müsste. Ich stand auf, schwankte ein wenig vor Übelkeit.

»Ist alles in Ordnung, Vince?«, fragte Max besorgt.

Ich hob die Hand und flüchtete aus dieser schmutzigen Umgebung ins Bad, als könnten mich ein paar Meter von meiner Schuld distanzieren. Diesen schmierigen Schlamm konnte ich niemals wieder abwaschen. Nein, es war aus und vorbei, ich selbst hatte mir den größten Schaden zugefügt. Ich fühlte mich so hilflos wie damals nach dem Unfall, aber nun gab es einen gravierenden Unterschied: Dieses Mal war ich schuldig.

Ich hatte Elisabeth nicht verteidigt, hatte kein einziges Wort herausgebracht. Ich würde sie durch meine Schuld verlieren und nun hatte doch alles keinen Sinn mehr. Diese Kälte in meinem Inneren nahm unerbittlich zu, meine Gefühle froren ein. Nie wieder etwas spüren, wäre das nicht gnädig?

Und dann sah ich sie.

36

Max

Ich hörte, wie unten die Tür zugeschlagen wurde und ärgerte mich, dass sie nicht pfleglicher damit umging. Schnelle Schritte auf der Treppe. Wollte sie etwa hochkommen?

Dann stand sie auch schon da, überblickte die Szene, nickte Jo und Tom nur kurz zu. »Wo ist er, Max, wo ist Vince?«

Ich wusste nicht, was ich von ihrem Auftritt halten sollte. »Willst du dich nicht erst einmal vorstellen?« Sie hörte doch sicher den irritierten Tonfall in meiner Stimme. »Er ist im Bad. Es ist alles in Ordnung.«

Sie sah mich ungläubig an, schüttelte wütend den Kopf. »Hast du ihn wirklich verdient?«

Was war los, warum war sie so besorgt?

Sie ignorierte mich und lief Richtung Bad. Wir hörten sie an die Tür klopfen, leise rufen. »Vince? Geht es dir gut?«

Jo lachte. »Die hat euch echt gut im Griff! Darf er noch nicht einmal alleine ins Bad?«

Wollte er etwa weiterstreiten? Ich blitzte ihn warnend an.

Thomas wirkte erschrocken. Wie lange war Vince schon dort, eine halbe Stunde, noch länger? War ihm doch übel geworden? Er hatte blass ausgesehen, ich erinnerte mich.

Ich stand auf und folgte ihr durch den langen Flur. Sie klopfte weiter an die Tür, ich hörte Wasser in der Badewanne laufen. »Warum läuft denn das Wasser?«, fragte ich überrascht.

Aufgebracht funkelte sie mich an. »Das fragst du mich? Was ist hier passiert, Max? Wie konnte er in einen solchen Zustand geraten?« Verständnislos schüttelte sie den Kopf, rief dann wieder nach ihm.

Ich wollte die Tür öffnen, doch er hatte abgesperrt. »Vince, was ist los, warum antwortest du uns denn nicht? Elisabeth will sich davon überzeugen, dass es dir gut geht.« Keine Reaktion, kein Geräusch außer dem Rauschen des Wassers. Musste alles so schwierig sein? Sie sah mich immer noch fragend an.

»Hier ist gar nichts passiert, wir haben uns nur unterhalten«, verteidigte ich mich.

Sie schnaubte abfällig und fragte nach: »Gibt es noch einen anderen Schlüssel für die Tür?«

»Übertreibst du es nicht ein wenig?«, versuchte ich sie zu beruhigen, aber mir wurde es nun doch mulmig. Zur Hysterie neigte sie ja nicht. Es musste einen Grund geben, warum sie so in Sorge war. »Es gibt keine Zweitschlüssel, wir sperren die Türen nie ab.«

Sie zog die Augenbrauen hoch. Richtig, das hatte er getan, hatte sich im Bad eingesperrt.

Sie lief unruhig vor der Tür auf und ab und schien zu überlegen, was zu tun war. Dann setzte sie sich auf den Boden, sagte warnend: »Rühr mich auf keinen Fall an!« Sie schloss kurz die Augen, konzentrierte sich.

Ich beobachtete, wie sich Erstaunen in ihrer Miene ausbreitete und in Entsetzen überging.

Sie hielt sich die Hand vor den Mund, schaffte es noch bis zum nächsten Mülleimer und erbrach sich. »Schnell Max, öffne die verdammte Tür!« Sie keuchte.

Ich versuchte es ein letztes Mal. »Vince, mach´ jetzt die Tür auf oder ich tue es!«

Jo und Tom waren uns inzwischen gefolgt und wir untersuchten die Tür aus massivem Glas mit ordentlichem Schloss. »Die können wir höchstens einschlagen.«

Ich suchte nach einem geeigneten Werkzeug und fand im Wohnzimmer den schweren Filmpreis. Ich nahm eine Serviette, wickelte sie mir um die Hand und schlug zu. Beim dritten Versuch erschienen die ersten Risse, beim vierten Schlag zerplatzte das Glas und die Scherben verteilten sich auf den Boden.

Er saß in der Ecke neben der Badewanne am Boden, hatte den Kopf auf den Knien und sah unbewegt zu, wie das Blut aus seinen Armen rann und kleine Pfützen auf dem Boden bildete. Elisabeth zog Handtücher aus den Regalen, warf sie über die Scherben, lief zu ihm hin und ging neben ihm auf die Knie. Sie hob vorsichtig seinen

Kopf, nahm sein Gesicht in ihre Hände. Er drehte er den Kopf weg und vermied ihren Blick.

Sie fühlte seinen Puls am Hals. »Wir brauchen Desinfektionsmittel, Verbandsmaterial, Eis, beeilt euch!« Vorsichtig begann sie, seine Arme zu untersuchen.

Jo sprach mich betroffen an. »Soll ich einen Krankenwagen rufen?«

Ratlos hob ich die Schultern, war starr vor Entsetzen.

Elisabeth antwortete. »Keinen Krankenwagen, die Schnitte sind nicht tief. Holt ihr mir jetzt die Dinge, die ich hier brauche?«, forderte sie ungeduldig.

Thomas kam zurück. Er hatte als Erster reagiert und den Verbandskasten aus dem Auto geholt.

Ich trat zu ihr, ging in die Hocke. »Sollen wir ihn nicht erst hier rausholen?«

Sie schüttelte den Kopf. »Zuerst die Verbände. Halt ihn fest.«

Ich beobachtete, wie zügig und ruhig sie arbeitete, die Schnitte inspizierte und säuberte. Sie desinfizierte sie, legte Klammerpflaster an und verband sie, sprach kein Wort. Sie wusch seine Wangen, legte ein feuchtes Tuch auf seine Stirn. »Ich brauche die Blutdruckmanschette, Max.«

Ich nahm sie aus dem Schrank und reichte sie ihr.

Sie kontrollierte, ihre angespannten Schultern sanken erleichtert herab. Dann hob sie sein Gesicht, und bei ihrem Blick wurde es mir endgültig klar, noch bevor sie es aussprach. »Vince, bitte sieh´ mich an! Es ist nichts Schlimmes passiert. Niemand kann uns treffen, Vince, niemand kann uns trennen, verstehst du das?«

Er nickte mechanisch.

»Gut, Max, du kannst ihn jetzt ins Bett bringen.« Erschöpft sank sie an die Wand zurück.

Wir nahmen ihn vorsichtig hoch, damit er sich an den umher liegenden Scherben nicht verletzte. Er konnte gehen, bewegte sich jedoch mit starrem Blick und nahm uns kaum wahr.

»Willst du bei ihm bleiben, Elisabeth?« Wie schwer mir diese Frage fiel!

Sie schüttelte den Kopf. »Er braucht nur dich, Max.«

Wir legten ihn aufs Bett und Tom fragte leise: »Können wir noch etwas tun?«
Ich schüttelte den Kopf.
»Dann gehen wir jetzt besser.« Er zog Jo aus dem Zimmer.

Nun war es wieder geschehen, ich hatte wohl den nächsten Fehler gemacht. Nur hatte ich noch immer nicht verstanden, was hier stattgefunden hatte. Alles war so schnell gegangen! Aber das Ergebnis war eindeutig verheerend: Mein Partner lag hier auf dem Bett, die Arme verbunden, kaum ansprechbar.
Als ich mit ihm sprechen wollte, hatte er sich von mir weggedreht. »Lass mich in Ruhe.«
Ich saß neben ihm auf dem Boden und ließ mir den Abend noch einmal durch den Kopf gehen. Zunächst war es doch ein Treffen wie jedes andere gewesen: Der Wein, die Unterhaltung, das Essen, alles in Ordnung. Ich wusste, dass Vince noch nicht belastbar war, aber er hielt sich gut und wir hatten ihn für seine Fortschritte gelobt. Die Pläne für den Herbst hatte ich vorher noch nicht mit ihm besprochen, aber es waren ja nur Möglichkeiten; nichts, was jetzt zu entscheiden war. Ich ging unsere Gespräche Schritt für Schritt durch und verfluchte, dass ich mit dem Wein im Kopf nicht richtig klar war. Nein, ihm war niemand zu nahe getreten.
Josephs aggressiver Ausbruch hatte mich auf dem falschen Fuß erwischt. Ich fühlte mich von seinen Anfeindungen völlig überfahren. Warum sprach Joseph so übel über eine Frau, die er kaum kannte? Fühlte er sich immer noch von ihr bedroht? Das war eindeutig weit über die derben Männerwitze hinaus gegangen, zu denen er manchmal neigte.
Aber diese Kurzschlussreaktion von Vince hatte ich nicht kommen sehen. Wie mussten ihn diese Worte über seine Freundin verletzt haben! Wenn er früher mit Jo gestritten hatte, hatten meist ein oder zwei seiner bissigen Kommentare genügt, um ihn zum Schweigen zu bringen. Ich wusste, dass Joseph sich dann unterlegen gefühlt hatte.

Aber heute hatte Vince nichts gesagt und die Wut, die er sicher empfunden hatte, gegen sich selbst gewandt. Die schnellen Fortschritte in den letzten Wochen hatten mich geblendet. Ich hatte seinen Zustand weit überschätzt! Wie er da gesessen hatte und apathisch zusah, wie sein Blut auf den Boden lief.

Er identifizierte sich so sehr mit Elisabeth, dass es mir richtig wehtat. Sie hatten drei Wochen zusammen gelebt, aber nach meinen Beobachtungen war es tatsächlich eine freundschaftliche Beziehung. Bis auf diese intensiven Blicke zwischen ihnen hatte ich keinen Hinweis auf eine Liebesgeschichte wahrgenommen. Er war doch zu mir zurückgekommen, erst vergangenes Wochenende! Nun gab es schon wieder die nächste Krise.

Ich fuhr mir mit den Händen übers Gesicht. Konnten wir denn keine Ruhe mehr finden?

Und wo war sie so plötzlich hergekommen? Sie hatte doch gesagt, sie wolle lange ausgehen. Sie war zu uns nach oben gestürmt und hatte nicht wie üblich erst angeklopft, sondern sofort nach ihm gefragt. Wie hatte sie von seinem Zustand wissen können? Diese starke Verbindung zwischen den beiden konnte ich mir nicht erklären. Das ging über eine normale Liebesbeziehung weit hinaus. War in dieser Nacht, als Elisabeth zurückgekommen war, doch mehr geschehen, als ich wahr haben wollte?

Ich drehte mich zu ihm um. »Vince, was geht hier zwischen dir und Elisabeth vor? Bitte, rede mit mir!«

Er zog sich die Decke über den Kopf.

Nein, nicht schon wieder! Ich stand auf, wollte mir etwas zu trinken holen. Ich kam am Bad vorbei und da saß sie immer noch, in der anderen Ecke, den Kopf in den Armen versteckt, die Beine angezogen. Ich hatte sie komplett vergessen.

»Elisabeth? Ist alles in Ordnung, kann ich dir helfen?«

Sie hob den Kopf, ihr Gesicht war noch beschmiert. Sie sagte nichts, winkte nur ab. Weinte sie etwa? Sie schüttelte den Kopf. »Es sind seine Tränen, nicht meine.«

Dann versteckte sie sich wieder. Wie erbarmungswürdig wirkte sie: Die Bluse, über die sie sich am Morgen noch so gefreut hatte, war eindeutig ruiniert; Arme und Hände blutig, auf der schwarzen Jeans sah man nur feuchte Flecken.

Ich konnte sie unmöglich dort sitzen lassen. Doch zuerst begann ich aufzuräumen. Holte einen großen Besen, fegte die Glasscherben zusammen und füllte sie in einen Karton. Entsorgte sie in den Mülleimer, wischte den Boden. Es schien mir wie eine meditative Übung. Fast war ich froh, etwas tun zu können.

Sie rührte sich nicht. Als ich fertig war, versuchte ich es noch einmal. »Darf ich jetzt?«

Unendlich traurig schaute sie mich an, erlaubte es dann.

Ich holte Handtücher, wusch ihr das Gesicht, die Arme, die Hände. Sie ließ es wortlos mit sich geschehen.

»Die Bluse ist wohl hin, kann ich dir beim Ausziehen helfen?«

Sie sah an sich hinab, nickte und beugte sich nach vorne. Ich öffnete die vielen Knöpfe, langsam einen nach dem anderen und legte ihr einen Bademantel um. Zog ihr die Stiefel aus, die Strümpfe und sie rutschte aus der Hose.

Ich säuberte vorsichtig ihre Beine, fragte dann leise: »Kann ich dich hinunter bringen?«

Wortlos nickte sie noch einmal und ich half ihr beim Aufstehen. Sie trug nun keine Schuhe mehr und ich wollte nicht, dass sie sich an einer vergessenen Scherbe verletzte. Also hob ich sie hoch und da war es wieder, das Klingeln. Es fühlte sich anders an, ruhiger, geradezu bezaubernd. Als würde es mir ein wenig Mut machen, mir neue Energie geben. Ich trug sie durchs Haus, die Treppe hinunter, in die Suite, legte sie aufs Bett und löschte das Licht. Es fiel mir fast schwer, sie loszulassen. Auf dem Weg nach oben hatte ich das Gefühl, es fehle mir die Erinnerung an etwas – Wichtiges.

37

Vincent

Rief sie mich?

»Vincent, bist du wach, geht es dir gut? Ich bin in der Küche, ich muss mit dir reden. Kannst du aufstehen, mein Freund? Ich warte auf dich.«

Ich versuchte, mich zu orientieren: War das ein Traum, war ich schon wach?

Ich öffnete die Augen, Max schlief neben mir. Was hatte ich ihm angetan? Er war letzte Nacht verzweifelt gewesen und ich hatte nicht die Kraft gehabt, ihn zu trösten. Keine Kraft, mir selbst zu helfen, keine Kraft, die Situation zu ertragen. Diese Lösung war mir so einfach erschienen: Keine Fragen, keine Sehnsucht, keine Vorwürfe, keine Probleme mehr. Der Wein in meinem Kopf hatte mich zusätzlich benebelt, den Fatalismus verstärkt und die Hilflosigkeit schier unerträglich gemacht.

»Vince, bist du wach? Ich warte auf dich.«

Elisabeth, was dachte sie von mir? Sie hatte mich getröstet und es waren nur zwei kurze Sätze gewesen, die mir so viel Mut gemacht hatten: »Niemand kann uns treffen, niemand kann uns trennen.« Dennoch war die Scham in mir unermesslich, denn ich hatte meine Freundin, meine Seelenpartnerin nicht verteidigen können. Was wollte sie mit so einem Waschlappen wie mir anfangen?

Ich stand auf, ging ins Bad, registrierte die zerstörte Tür. Jemand hatte die Spuren beseitigt. Max?

Sie saß an der Küchentheke und sah nachdenklich aufs Meer hinaus.

»Da bist du ja.« Es war eher eine Feststellung als der übliche Morgengruß. Ich stockte und sie versuchte ein Lächeln. »Nun komm schon her, mein Freund. Ich bin dir nicht böse, ich mache mir nur

Sorgen.« Sie schenkte mir einen Kaffee ein, wies auf den Platz gegenüber. »Was ist gestern passiert, Vince?«

Eine einfache Frage, keine Vorwürfe. Nur ein besorgter Blick traf mich. Musste ich alle Menschen, an denen mir etwas lag, so traurig machen? Es fiel mir schwer, ihr von meinem Versagen zu berichten und ich versuchte, die Worte genau abzuwägen. Wie war es dazu gekommen, was hatte ich gefühlt?

Bevor ich mit meiner gut formulierten Rede beginnen konnte, antwortete sie schon nachdenklich. »So ähnlich hatte ich es mir gedacht, mein Lieber. Welch eine schreckliche Situation! Und die einfachste Lösung ist dir nicht eingefallen: ‚Lass sie doch reden, ich weiß es viel besser?'«

Ich sah sie überrascht an. Wie viel hatte sie verstanden, ohne dass ich ein Wort gesagt hatte?

Sie lächelte mich entschuldigend an. »Vince, ich gestehe, ich folge dir mittlerweile fast leichter in Gedanken als im gesprochenen Wort. Die Bilder in dir kann ich nun schon so klar interpretieren, als würdest du mit mir sprechen. Aber deine Reaktion mit der Schere habe ich nicht verstanden. Diese unglaubliche Verzweiflung! Bitte Vince, tu mir, tu Max das nie wieder an. Joseph wollte dich in eine Klinik bringen und ich hätte fast zugestimmt. Aber dann habe ich deinen Lebenswillen gespürt. Du hattest dich nicht aufgegeben! Du verfügst über die Kraft, dich den Problemen zu stellen und weitere Krisen zu überwinden. Dein Lebenswille, wenn auch schwach, hat dich schon zweimal gerettet; du musst nur darauf vertrauen.«

Ich suchte nach Worten. »Es tut mir entsetzlich leid, Elisabeth, es war eine Kurzschlussreaktion«, entschuldigte ich mich. »Dieser Zwiespalt, in dem ich mich befinde, raubt mir die Fähigkeit zum klaren Denken. Liebe ich Max oder liebe ich dich? Dieses Entweder - Oder mit allen Konsequenzen überfordert mich. Ich will mit dir zusammen sein, dich einfach nur anschauen und dich glücklich machen. Ich ertrage es nicht, wenn du in zwei Tagen aus meinem Leben verschwindest! Meine Liebe zu Max kann ich leben und genau diese Momente schaden dir so, dass du noch nicht einmal mehr tanzen kannst.«

Ihre großen Augen weiteten sich: »Was sagst du da? «

Zu spät, ich musste wohl Farbe bekennen. »Ich habe nachts zugeschaut, my Lady, wenn du allein im Garten tanzt. Zuerst dachte ich, du bist traurig, aber dann habe ich das Glück und die Befriedigung gespürt, die es dir bereitet. Wenn du nicht mehr tanzen kannst, weil du auf der Flucht vor der Liebe zwischen Max und mir bist, was tun wir dir damit an?«

Sie hatte regelrecht die Luft angehalten, atmete langsam aus. »Du hast mich also gesehen. Manchmal hatte ich das Gefühl, ich sei nicht allein. Als hätte ich einen Partner und dieses Gefühl war wunderschön. Du hast mir schon so unglaublich viel gegeben und du bist dir dessen gar nicht bewusst.« Sie lächelte mich liebevoll an. »Wir müssen nun schauen, wie es hier mit dir weitergeht, mein Lieber. Du musst mir versprechen, solche Dummheiten nicht wieder zu machen, sonst bleibt die Klinik die einzige Lösung«, warnte sie und ich schüttelte mich. Eindringlich sprach sie weiter und ich spürte den Ernst ihrer Worte wie eine besorgte Wolke in meinem Geist. »Ich bin sicher, wenn Max für dich da ist, kannst du deine Krise überwinden! Und ich werde dir nicht wieder verloren gehen, ich brauche dich mehr als du ahnst. Ich habe jetzt schon Angst, wieder in mein altes Leben zurückzukehren. Ein Leben, das ich ohne dich mit großen Einschränkungen leben muss. Aber für uns gibt es keine Alternative. Es war von Anfang an ein Arrangement auf Zeit, das Max uns ermöglicht hat. Ich werde seine Liebe, Treue, Leidensfähigkeit, die er für dich bewiesen hat, nicht weiter auf die Probe stellen. Ich sehe es jetzt wie du: Er ist ein wunderbarer Mensch; großherzig und bereit, über seinen Schatten zu springen. Weißt du, dass er mich in der vergangenen Nacht ins Bett getragen hat? Und wie viel Überwindung ihn das gekostet hat? Das wird hier zu seiner meist verhassten Übung: Mich einmal am Wochenende durch die Gegend zu tragen. Er hat es für dich getan und ich bewundere ihn dafür!« Sie schüttelte den Kopf. »Ihr gehört zusammen und niemand darf daran rühren!«

Und ich spürte, ihre Entscheidung war gefallen.

38

Max

Als ich aufwachte, war er schon aufgestanden. Ich hörte leise ihre Stimmen aus dem Wohnzimmer, beide klangen sehr angespannt. Überlegten sie, wie sie es mir am besten sagen konnten, dass er mich verlassen würde, weil er sich in eine Frau verliebt hatte? Ich schloss die Augen und versuchte, gegen die Verzweiflung anzukämpfen. Sie brauchten mich nicht, hatte Elisabeth es nicht klar gesagt? »Niemand kann uns treffen, niemand kann uns trennen.« Sie waren über die Phase der Unsicherheit hinaus, waren zu einer Einheit geworden. Was sollte ihn bei mir halten?

In seinen Augen hatte ich ihn verraten, mich auf die andere Seite gestellt. Und nun waren sie nur noch fester aneinander gebunden, weil ich die Gefahr noch nicht einmal wahrgenommen hatte. Ich hatte seine Freundin beleidigt. Weil ich sie nicht verteidigt und diese üblen Witze über sie nicht unterband. Warum hatte ich es nicht getan?

Ich hatte ihre Verbindung unterschätzt, mich sicher gefühlt, dass die Phase Elisabeth hier bald überstanden war. Nur noch zwei Tage und sie wäre wieder aus unserem Leben verschwunden. Diese Blicke zwischen ihnen wollte ich nicht wahr haben und hatte sie lieber ignoriert, statt um Vince zu kämpfen.

Sie hatte ihn erkannt: Seine Liebenswürdigkeit, seinen Charme, seinen Witz, seinen wachen Geist. Wer würde sich nicht in ihn verlieben? Und wie weit waren sie bereits gegangen? Hatte sie seine unglaubliche Zärtlichkeit schon gespürt, die für mich das Lebenselixier schlechthin war?

Jetzt hätte ich mir am liebsten die Decke über den Kopf gezogen, aber ich wollte wissen, woran ich war.

»Was wird aus uns, Elisabeth?«, hörte ich ihn fragen, als ich den Flur betrat. Ich blieb stehen.

Ihr Seufzen drang bis zu mir. »Wie ich es schon gesagt habe, wir müssen einen anderen Weg finden. Aber zunächst brauchen wir noch mehr Abstand. Ich habe immer noch nicht verstanden, was mit uns geschehen ist, wie unsere intensive Beziehung zustande kommen konnte. Ich habe dich letzte Nacht gespürt, obwohl ich meilenweit entfernt war!«

Oh nein! Ich fuhr mir über die Stirn und lauschte weiter. Dann verstand ich plötzlich ihre Worte nicht mehr. Was sagte sie da?

»Emotionen im gleichen Raum zu erfassen, bin ich gewöhnt, aber warum nehme ich dich so klar in mir wahr, wenn wir getrennt sind? Es wird immer schwerer für mich, zu unterscheiden, was zu dir gehört und was zu mir. Ich weiß, dass es dir ähnlich geht! Du hörst mich mehr in deinem Kopf, als dass du darauf achtest, was ich sage. Meine Sprachfehler fallen dir nicht mehr auf, nicht wahr? Weil du auch meinen Gedanken folgen kannst. Ist dir aufgefallen, dass ich gerade deutsch mit dir gesprochen habe? Natürlich nicht, du gehst mit dieser Situation genauso selbstverständlich um wie ich.«

Sie wechselte wieder ins Englische und ich trat näher, um ihre leise Stimme zu verstehen. »Ich habe es auch erst bemerkt, nachdem mich Menschen auf meinen walisischen Akzent angesprochen haben: Wo kommt der wohl her und was geschieht mit uns, wenn sich unsere Persönlichkeiten immer weiter verbinden? Esse ich dann auf einmal Haggis, weil du es magst?« Sie schüttelte verzweifelt den Kopf. »Ich erzittere vor Sehnsucht nach Max! Doch das ist deine Leidenschaft, nicht meine. Ich kann dich sogar in Gedanken rufen, das Experiment ist eben auf Anhieb gelungen. Ich nutze diese empathischen Fähigkeiten äußerst selten, weil ich die Gefahren kenne. Aber irgendwo habe ich unglaublich geschlampt und bin total verunsichert, kann nicht mehr arbeiten. Ich habe mit all meinen Kollegen und Lehrern gesprochen und alle sagen das Gleiche: Solche Verbindungen kann es geben, wenn auch sehr selten. Aber sie finden nie spontan statt! Sie kommen nur bei intensivem körperlichem Kontakt zustande, wenn die Kanäle geöffnet oder noch nicht ganz geschlossen sind. Aber diesen Kontakt gab es bei uns nie, wir haben uns nie länger als ein paar Sekunden berührt – das stimmt doch? Ich traue mir selbst nicht mehr, wie könnte ich sonst so eine Frage stellen?« Hilflos ließ sie die

Schultern sinken und drehte sich dann unvermittelt um. »Wie lange stehst du da schon, Max?«

Ich hatte ihre letzten Worte noch gehört. Ich war es gewesen? Ich hatte uns in diese Situation gebracht, das konnte doch nicht wahr sein! Sie wussten immer noch nicht, was geschehen war, stellten sich Fragen und kämpften dagegen an. Hatten sich wirklich ihre Persönlichkeiten verbunden, konnten sie sich tatsächlich fühlen? Und ohne miteinander zu sprechen, so klar kommunizieren? Sie brauchten sich gar nicht zu verlieben. Ich hatte sie verbunden, sie gegen ihren Willen in diese Situation gebracht, die ich am meisten fürchtete. Nein, noch viel schlimmer, in eine Lage, von der ich nicht mal ahnen konnte, dass es sie gibt. Vince sah mich an und ich spürte, wie meine Welt zusammenbrach.

Vince verstand meine Reaktion falsch. »Was ist mit dir, Max?«, fragte er doch tatsächlich um mich besorgt. »Ich bedaure, was ich gestern getan habe, ich wollte dir nicht noch mehr Ärger bereiten. Kannst du mir das verzeihen? Ich stand wirklich neben mir.« Er kam auf mich zu und ich fühlte mich, als sei es das letzte Mal, dass er sich um mich sorgte. Was ich getan hatte, das konnten sie mir niemals verzeihen. Ich hob den Arm, wich ihm aus, ließ mich aufs Sofa fallen.

Elisabeth sprach mich leise an. »Max, ich muss dir das erklären«, begann sie entschuldigend. »Wie viel hast du eben mitgehört? Wir wollten dich nicht betrügen! Du hast uns vertraut und wir haben auch nicht miteinander geschlafen«, versicherte sie mir eindringlich. »Aber hier ist etwas geschehen, das ich nicht begreifen kann. Ich bin mit deinem Partner verbunden, in einer Art und Weise, die du dir nicht vorstellen kannst. Ich liebe Vince und das Bedürfnis, ihn zu berühren, ihn zu umarmen, ihm nahe zu sein, ist übermächtig in mir. Mit ihm kann ich ein Leben führen, das ich mir schon gar nicht mehr vorstellen konnte! Aber ich werde ihn dir nie wegnehmen. Ich werde euch verlassen, damit ihr endlich wieder in Ruhe leben könnt.« Erschöpft wandte sie sich ab.

Vincent wollte sie aufhalten, nahm sie bei der Hand.

Jetzt, ich musste es jetzt hinter mich bringen. »Bitte, bleibt beide hier. Ich weiß nicht, wie ich es euch sagen soll, wie ich euch erklären soll, was hier geschehen ist. Kannst du nicht auch meine Gefühle lesen, Elisabeth, und mir das ersparen?« Sie hatten sich zu mir herumgedreht, hielten sich weiter an der Hand, als wollten sie sich gegenseitig vor meinem nächsten Wutausbruch schützen. Wie weit war ich davon entfernt, konnten sie das nicht sehen?

Ich sprach schnell, wandte bei meiner Beichte den Kopf ab. »Ich kann es euch erklären, aber wie? In der Nacht, als du wiedergekommen bist, warst du sehr müde. Du warst vor Erschöpfung so geschwächt, dass ich dir helfen wollte. Du bist fast im Stehen eingeschlafen. Erinnerst du dich?« Ich sah kurz zu ihr, bemerkte ihr alarmiertes Nicken. »Ich habe dich hochgehoben und wollte dich zu dem Bett bringen, das Franca für dich vorbereitet hatte. Aber da war dieses Summen, dieses Klingeln in dir. Ich fand es so erschreckend und deshalb habe ich dich sofort wieder hingelegt. An den nächsten Ort, der möglich war: Ich habe dich auf unser Bett gelegt.«

Sie waren zu erschüttert, als könnten sie verstehen, was ich ihnen zu sagen versuchte.

Ich schloss die Augen, ich konnte nicht weitersprechen.

Vincent sprach leise und angespannt. »Und dann, Max, was ist danach passiert?« Er hielt den Atem an.

Ich brachte es kaum fertig, zu flüstern. »Ich habe Franca gesucht, wollte wissen, welches Zimmer sie für Elisabeth vorbereitet hatte.« Dann holte ich tief Luft. »Als wir zurückkamen, hattest du dich umgedreht, Vince, sie in deine Arme genommen. Ihr habt beide fest geschlafen, deshalb erinnert ihr euch nicht.«

Geräuschvoll atmete er aus. »Habe ich das richtig verstanden? Du hast sie in mein Bett gelegt?«

Ich nickte. »Ich konnte es doch nicht wissen«, stöhnte ich verzweifelt.

Sie sahen sich an und waren völlig erstarrt. Nur langsam erfassten sie die Bedeutung meines Geständnisses.

Vince schüttelte ungläubig den Kopf. »Weißt du, Max, das ist so verquer! Wenn es nicht so tragisch wäre, müsste ich jetzt tatsächlich lachen.«

39

Franca

Ich öffnete die Tür mit meinem Schlüssel, nachdem mir niemand nach meinem Klingeln geöffnet hatte. Den Schlüssel wollte ich endlich loswerden. Ich hatte nach dem aufreibenden Geschehen vor drei Wochen einfach vergessen, ihn zurückzugeben. Wie sie wohl zurechtgekommen waren?

Ich hatte nicht viel von ihnen gehört, aber ich hatte mich über das Foto von ihrem Motorradausflug gefreut. Da wirkten sie glücklich und ich hoffte, dass es doch 'schön' geworden war. Max hatte mir nur gesagt, dass es Vince besser gehe, aber er ihm noch keinen Abend in der Öffentlichkeit zumuten wolle. Er hatte mich gefragt, ob ich ihn begleiten wolle.

Warum nicht? Wir hatten schon Übung darin und ich wusste, dass er nicht gern allein zu diesen Veranstaltungen ging. Für Vince war es sicher noch zu anstrengend und Elisabeth konnte große Menschenmengen nicht ertragen.

Ich spürte die angespannte Atmosphäre sofort. Sie standen sich gegenüber und alle drei sahen deutlich mitgenommen aus. Wo kamen die Verbände an Vince Armen her?

»Hallo Ihr drei?«

Elisabeth nahm mich erst jetzt wahr, grüßte kaum und ging wortlos auf die Veranda. Sie schien fassungslos. Vince ging zu Max, küsste ihn aufs Haar und folgte dann Elisabeth nach draußen. Ich beobachtete, wie er von hinten seine Arme um sie legte und sie sich an ihn lehnte.

»Hallo, Franca.« Max klang so erschöpft.

Ich weiß nicht, warum, aber ich ahnte sofort, was geschehen war. »Hast du es ihnen endlich gebeichtet?«

Er nickte.

»Gerade eben?«

Ein weiteres, wortloses Nicken.

Ich seufzte. »Dann werden sie erst mal Zeit brauchen. Warum hast du es ihnen denn jetzt noch gesagt?«

»Elisabeth hatte sich Vorwürfe gemacht, weil sie dachte, es sei ihr Fehler gewesen. Sie konnte sich die starke Verbindung zu Vince nicht erklären.«

»Ist sie denn so stark?«, fragte ich erstaunt.

Hoffnungslos ließ er den Kopf sinken. »Ach Franca! Sie sehen sich in die Augen und sprechen ohne Worte miteinander. Elisabeth spricht mit dem gleichen Akzent wie Vince! Und er kann sie vor anderen abschirmen, so dass sie sogar zusammen unter Menschen gehen können. Mal ganz abgesehen von der Tatsache, dass Vince jetzt auch Deutsch versteht! Sie sind so miteinander verbunden, dass der eine nun isst, was er bisher immer verabscheut hat, nur weil der andere es mag. Sie spürt es sogar, wenn Vince und ich miteinander schlafen! Und sie hat eben gesagt, dass sie ihn liebt. Ich würde sagen, das ist durchaus eine enge Verbindung.«

Entgeistert starrte ich ihn an. »Max, das gibt es doch gar nicht.«

»Anscheinend doch, du kannst sie ja selbst fragen.« Er wies nach draußen.

»Was wollt ihr jetzt tun?«

»Elisabeth will uns verlassen. Aber ich fürchte, das wird mein Part werden, nachdem sie nun Bescheid wissen. Sie brauchen niemand anderen mehr in ihrer perfekten Zweisamkeit.« Er klang nur noch resigniert.

»Haben sie verlangt, dass du gehen sollst?«

»Nein, sie haben noch gar nichts gesagt. Elisabeth sagte, sie wolle mir Vince nicht wegnehmen, aber sieh sie dir doch da draußen an: Es sieht aus, als wollten sie sich nie wieder loslassen.«

»Gib ihnen erst mal Zeit, Max.« Ich sah zu ihnen hinaus.

Was für eine verfahrene Situation! Ich war ehrlich betroffen.

40

Vincent

Ich nahm sie in den Arm und spürte das leichte Zittern.
Sie war stark abgeblockt und kämpfte um Selbstbeherrschung.
»Wie konnte er das tun, Vince?«
»Er hat nicht nachgedacht, er hat nur reagiert. So wie du, so wie ich.« Ich war ratlos. Max hatte nichts Böses im Sinn gehabt und ich wollte sie nicht verlieren. »Bitte geh heute noch nicht, Elisabeth.«
»Vince, wir machen es nur noch unerträglicher für uns. Du siehst es doch selbst! Wir nähern uns Tag für Tag einer Konstellation, von der ich nicht weiß, wohin sie uns noch führt.«
Ich konnte das nicht so stehen lassen. »Aber wir haben doch so viel zusammen erreicht!«
Sie lachte hilflos. »Ich wollte Ruhe und Klarheit auf dieser Reise gewinnen und nicht die schönste Liebesbeziehung, die ich kenne, zerstören. Ich wollte mich nicht in einen Mann verlieben, den ich nie berühren kann. Du solltest doch nur gesund werden und nicht in einen Zustand von Verwirrung und Hilflosigkeit versinken, der dich an den Rand deiner Existenz bringt. Max wollte nur für dich da sein und befürchtet nun, dass du ihn verlassen wirst. Wir haben in der Tat viel erreicht.«
»Du siehst die andere Seite nicht, my Lady. Ich habe die Frau kennengelernt, die mir der Himmel geschickt hat, die mich aus der Finsternis gerettet hat. Du hast den Partner gefunden, der dir ein normales Leben ermöglicht.«
Sie schnappte nach Luft. »Ein normales Leben, mit dir?« Sie klang verzweifelt. »Schön wäre es! Wie stellst du dir das vor? Ich bleibe einfach hier, mit euch beiden? Was würde Max wohl dazu sagen, was ist mit meinem Leben in Deutschland? Und selbst wenn du frei wärst: Ich kann dich nicht berühren, ohne um dein und mein Leben zu fürchten. Zumindest das hat Max unabsichtlich richtig gemacht: Ich werde nie eine Gefahr für euch darstellen. Das konnte er für euch

retten mit dem Ergebnis, dass ich mich konsequent von dir fernhalten muss. Nein, Vince, ich muss hier weg.«

Meine Gedanken rasten. »Lass uns doch erst einmal nachdenken, ob es nicht noch eine andere Möglichkeit gibt. Du hast mir versprochen, du findest eine Lösung. Lass es uns zu dritt versuchen, nur noch zwei Tage. Bitte, nur heute und morgen? Ich will so gerne mit dir zu diesem Abend gehen! Schenk ihn mir zum Abschied!«

Sie fuhr sich über die Augen. »Was bleibt für mich, Vince?«, flüsterte sie.

Ich hörte die Hoffnungslosigkeit in ihrer Stimme und nahm sie noch fester in den Arm.

Sie lehnte sich kurz an mich, atmete tief durch. »Ich werde darüber nachdenken. Geh zu Max. Er braucht dich so sehr, dass ich es selbst hier draußen noch spüre. Ich brauche jetzt ein emotionales Vakuum, kann keine Gefühle mehr ertragen.«

Bevor ich sie losließ, spürte ich das zarte Klingen der Melodie, die ich so vermisst hatte. Sie beobachtete, wie ich darauf reagierte. »Es klingt wie in unserem Traum.«

Traurig nickte sie und ging über die Außentreppe in den Garten.

41

Franca

Elisabeth war hinunter gegangen, Vince stand allein auf der Veranda. Ich sah, wie er sich straffte und ich erwartete das Urteil fast so angstvoll wie Max. Er kam herein, ließ sich neben Max aufs Sofa fallen. Ein guter Anfang?
»Bitte, Max, ich habe es immer noch nicht verstanden. Ich nehme mal an, dass du mich nicht zum Hetero umerziehen oder meine Grenzen testen wolltest? Wäre ich wach gewesen, hättest du es vielleicht geschafft. Weißt du eigentlich, worum du mich gebracht hast?« Er machte eine Pause, schien zu überlegen, wie viel er noch sagen wollte. »Ich liebe diese Frau, aber ich kann sie nicht berühren und werde wohl nie mit ihr schlafen können. Sie will noch heute gehen, aber ich will sie hierbehalten und überlegen, welche Möglichkeiten wir haben. Ich will kein Entweder-Oder mehr, ich will euch beide hier haben! Und wenn sie noch bleibt, haben wir zwei Tage, um herauszufinden, wie wir damit umgehen.« Vince schüttelte ratlos den Kopf. »Ich kann in diesen beiden Tagen nicht mit dir schlafen. Ich nehme mal an, du willst ihr auch nicht noch mehr von dir offenbaren? Sie sagt, beim nächsten Kontakt weiß sie, wie ein Kuss von dir schmeckt! Verstehst du das Ausmaß des Problems?«

Max starrte ihn so entsetzt an, dass ich die Luft anhielt.

Vince drehte sich zu mir um. »Und du, Franca, warum hast du uns nichts gesagt? Auch nicht, als du wusstest, dass sie Empathin ist?«

Sein direkter Blick war mir unangenehm.

Max verteidigte mich. »Ich wollte nicht, dass ihr davon erfahrt, wollte es nicht noch schlimmer machen. Und wir konnten ja nicht wissen, was geschehen war. Franca wollte es euch sagen! Sie hat keine Schuld.«

Vince stöhnte. »Den Schaden begrenzen?«, schnaubte er. »Durch eure Verhaltensweise ist er doch erst maximal geworden! Weißt du, wie es ist, wenn man keine Ahnung hat, was mit einem geschieht? Sich einer Sache ausgeliefert fühlt, ohne sich zur Wehr setzen zu können? Sie kämpft schon drei Wochen damit! Ich habe die Auswirkungen erst vor zehn Tagen verstanden. Sie hat eine unglaubliche Kraft in einen Kampf investiert, bei dem sie noch nicht einmal wusste, wogegen sie ankämpft. Bis wir akzeptieren konnten, dass wir ihn nicht gewinnen können. Und selbst dann noch hat sie jede Berührung vermieden in der Hoffnung, sie könne eine Entwicklung aufhalten, die schon längst abgeschlossen war. Den einzig positiven Effekt, nämlich dass ich sie schützen kann, haben wir erst letzte Woche durch Zufall entdeckt.« Er wandte sich an unseren Bruder. »Ich bin ihr viel schuldig, Max. Bist du einverstanden, dass sie noch bleibt? Und wollen wir es nochmal versuchen, wie auf unserer Tour? Doch jetzt werde ich sie berühren und falls das zu schwer für dich wird, kann ich es verstehen. Dann werde ich meinen Koffer suchen in der Hoffnung, dass ich sie begleiten darf.«

Max nickte und Vince nahm ihn in den Arm, flüsterte ihm etwas ins Ohr, was ihn lächeln ließ. Liebevoll strich er ihm mit dem Handrücken über die Wange.

Ich war erleichtert.

Rick, es war einfach die seltsamste Situation, die ich bisher erlebt hatte. Elisabeth kam zurück, tauschte einen Blick mit Vince und beide verstanden gleichzeitig.

Dann wandte sie sich an mich. »Entschuldige, Franca, ich habe dich noch gar nicht richtig begrüßt. Schön, dass du wieder da bist. Du hast sicher Lust auf ein zweites Frühstück?«

Jetzt fiel es auch mir auf: Sie sprach wie Vince und bemerkte es nicht einmal. Nicht ein einziger Sprachfehler lag in ihren Sätzen. Fasziniert starrte ich sie an.

Sie spürte wohl meine Verwunderung. »Ach ja, das ist der Vince-Effekt« , gab sie zu.

»Das hört sich sehr schön an, Elisabeth.«

Ihr Lächeln sprach Bände. »Ja, welch ein Geschenk, nicht wahr?«

Vince verabschiedete sich kurz und kam mit Zeitungen zurück. Anscheinend hatten sie beschlossen, dass sie Routine brauchten. Max erklärte nur kurz: »Es ist tatsächlich ganz interessant.«

Wir setzen uns an die Küchentheke, die drei mit jeweils einem Meter Abstand voneinander. Wir füllten die Kaffeetassen. Max und Vince setzten ihre Brillen auf, während Elisabeth ihre zur Seite legte, dann schob Max mir einen Zeitungsteil zu. »Was dir auffällt, darfst du sofort kommentieren.«

Noch ehe ich verstanden hatte, was er damit meinte, legte Elisabeth gleich los. »Nun hört euch das mal an, Jungs, wie kann denn das sein?« Sie las ihnen eine kurze Passage vor.

Mal gab es kurze Kommentare, dann auch wieder längere Erklärungen, einmal eine heftige Diskussion zwischen den Dreien. Dazwischen kehrte immer wieder Ruhe ein. Ich beteiligte mich kaum und beobachtete sie nur. Sie wirkten trotz ihrer Unterschiedlichkeit so vertraut miteinander.

Nach dem Zeitungsfrühstück sprach Elisabeth Vince an, deutete auf seine Arme. »Das müssen wir uns jetzt noch einmal anschauen.«

Ich sah fragend zu Max, aber er schüttelte nur warnend den Kopf.

Nach einer halben Stunde kamen sie wieder zurück, die Verbände waren erneuert. »Morgen braucht er nur noch ein Pflaster.«

Danach räumte Elisabeth gemeinsam mit Vince die Küche auf. Sie waren ein gut eingespieltes Team. Ich hörte sie miteinander sprechen. Elisabeth auf Deutsch, er antwortete auf Englisch. Max´ Vorschlag, man könne ein Mittagessen bestellen, statt selbst zu kochen, quittierten beide mit einem entsetzten Blick.

Sie kochten gemeinsam. Ich ruhte mich aus, Max telefonierte mit Joseph. Jo wollte wohl auch mit Vince sprechen, aber der schüttelte nur den Kopf. Die zerstörte Badezimmertür war mir inzwischen auch aufgefallen, aber keiner der drei ließ sich zu einer Erklärung herab. Sie hielten untereinander dicht.

Einen Spaziergang zum Park machten wir am Nachmittag gemeinsam, begrüßten auf dem Rückweg einen Nachbarn mit seinem Hund. Am Abend wollten sie mir ein Kartenspiel erklären, aber es war mir zu kompliziert und ich sah nur zu. Sie kamen doch anscheinend gut miteinander zurecht, hatten zumindest für den Moment einen Burgfrieden geschlossen.

Ich sah Elisabeth und Vince später auf der Veranda stehen. Vince fragte sie etwas, sie schüttelte traurig den Kopf. Als sie sich verabschiedeten, beobachtete ich, wie sich ihre Hände kurz berührten.

42

Vincent

Er hielt sich erstaunlich gut.

In der vergangenen Nacht hatte er mir in aller Ruhe seine Gefühle geschildert und mich gebeten, ihm einfach zuzuhören. Wie es dazu kam, dass er eine fremde Frau in mein Bett gelegt hatte. Er schilderte eine Sorge um mich, seine Erschöpfung. Und hatte sogar davon gesprochen, dass er sich so hilflos gefühlt hatte, dass ihm eine Klinikeinweisung richtig erschienen war. »Du hättest dich selbst einmal sehen müssen, Vince! Du wirktest wie ein Gespenst und hast nicht mehr mit uns gesprochen. Ich sah dich entweder unten an der Klippe liegen oder verhungert hier in unserem Bett.«

Ich hörte den unterdrückten Tonfall in seiner Stimme und nahm ihn fest in die Arme. »Aber warum hast du es uns danach denn nicht gesagt, Max?«

Er seufzte in der Dunkelheit. »Ich hatte doch schon solche Angst, dich zu verlieren. Ich habe sie immer noch und ich wusste einfach nicht, wie ich es sagen sollte. Ich dachte, zum Glück ist nichts geschehen von dem, was Elisabeth erwähnt hatte. Kein Zerplatzen der Gehirne! Was für eine grausame Vorstellung allein! Ich wünschte mir so sehr, dass es gut gegangen war, wollte es einfach glauben. Und diese Blicke zwischen euch sind für mich unerträglich. Bedeuten sie das, wonach sie aussehen?« Er hörte sich so angstvoll an.

Doch was sollte ich ihm darauf antworten? »Max, ich weiß selbst nicht, was mit mir, mit Elisabeth, mit uns geschieht. Ich weiß nun zumindest, was vorgefallen ist.« Ich wollte ihn nicht verletzen, und doch musste ich die Verhältnisse klarstellen. »Aber ich habe noch keine Vorstellung, ob es weitergeht oder wie es weitergeht. Ich will ehrlich sein, ich erwidere diese Liebe, von der Elisabeth gesprochen hat. Und ich habe den gleichen Wunsch, sie zu berühren, in ihrer Nähe zu sein. Aber wir haben keine Möglichkeit, sie zu teilen und ich leide darunter. Wir müssen das alles erst verstehen.«

Es klingelte, als wir noch beim Frühstück waren. Ich stand auf und nahm erleichtert die Pakete in Empfang. Unruhig hatte ich schon auf sie gewartet und mich gefragt, ob auch alles rechtzeitig angeliefert werden konnte. Mein Sonderwunsch war ja ziemlich kurzfristig gewesen. Ein Paket trug ich direkt in die Garderobe, die anderen hinüber ins Wohnzimmer.

Max schaute kaum auf. »Siehst du, die liefern immer pünktlich.«

Elisabeth sah mich fragend an.

»Die Smokings für heute Abend. Du warst doch dabei, als ich sie bestellt habe.«

Sie seufzte. »Ach ja. Wie läuft das denn heute ab, wann müssen wir los?«

»Der Wagen holt uns gegen sieben ab.«

»Gut, dann haben wir ja noch viel Zeit. Geht jemand mit in die Stadt? Wir könnten uns die neue Ausstellung anschauen.«

Max lachte. »Dafür werden wir wohl kaum Zeit haben.«

Mit einem Stirnrunzeln fragte sie: »Wieso denn nicht? Es ist doch erst zehn. Ich wollte gerne vorher mit Vince jemanden besuchen, aber der Nachmittag ist noch lang.«

Max schüttelte lachend den Kopf. »Erklär du ihr das bitte, Franca. Ich glaube, wenn ich das tue, höre ich wieder einen unvermeidlichen Grundsatzvortrag über die verschiedenen Welten.«

Franca lächelte. »Weißt du, Elisabeth, so ein Abend erfordert für die Leute im Rampenlicht eine Menge Vorbereitung. Es kommen der Masseur, der Visagist und der Friseur«, zählte sie auf. »Und selbst der Schneider kontrolliert noch einmal den Sitz der Smokings. Etwa ab zwei geht es hier los. Du bist übrigens auch eingeplant.«

Sie maß uns mit einem Blick, als hätten wir von einer Zirkusveranstaltung mit ihr als Hauptattraktion gesprochen. »Kommt gar nicht in Frage! Wir gehen um sieben los? Gut, dann Duschen um sechs, das reicht mir aus. Ich lasse mir doch nicht den letzten Tag verderben. Da gehe ich lieber über die Klippen spazieren! Vielleicht kommt Dr. White mit mir.« Ungläubig wandte sie sich an mich. »Du machst das Theater auch mit?«

Ich nickte.

Sie schüttelte den Kopf und es schien ihr schwer zu fallen, den ätzenden Kommentar, der ihr auf der Zunge lag, nicht laut auszusprechen. Welch eine Anstrengung! Sie sah aus, als würde sie fast daran ersticken. Ich lachte.

»Verrätst du uns, was du heute tragen willst, nur so zur Information?« Max konnte es nicht lassen und ich sah, wie er grinste.

Ihre Antwort klang ganz unbedarft. »Da meine Lieblingsjeans seit vorgestern im Mülleimer liegt, werde ich mir bei einer Freundin einen Rock ausleihen. Und eine Bluse habe ich ja noch.«

Franca wollte schon Einspruch erheben, aber ich funkelte sie warnend an. Max schien sich köstlich zu amüsieren.

Elisabeth forderte mich auf. »Kommst du mit? Ich möchte dir jemanden vorstellen.«

Ich war froh über die Ablenkung und zog sie aus dem Wohnzimmer, bevor die anderen ihr Gelächter nicht mehr unterdrücken konnten. Es würde ein hartes Stück Arbeit! Hoffentlich konnte ich sie überzeugen. Ich würde Franca brauchen.

Wir fuhren nicht weit.

»Ich will noch etwas klarstellen. Ich muss es nicht, aber du sollst nicht mit diesen Zweifeln leben«, sagte Elisabeth.

Wir hielten vor dem Haus, das Jo erwähnt hatte. Wollte sie mir etwa ihren Liebhaber vorstellen? Ich zögerte, aber sie lächelte nur.

»Nun komm schon.«

Der Aufzug brachte uns ganz nach oben, sie klopfte an eine unscheinbare Tür.

Eine ältere Frau öffnete. »Elisabeth, kommst du, um dich zu verabschieden?«

»Ja, Monika, leider! Aber heute habe ich dir jemanden mitgebracht.« Mit einem verschmitzten Blick stellte sie mich vor. »Das ist mein Freund Vincent, von dem du ja einiges gehört hast. Vince, meine Freundin Monika.«

Wir betraten die Wohnung und setzten uns an den Küchentisch.

»Ich nehme an, dass es heute keinen Unterricht mehr gibt?«, fragte Monika.

Unterricht?

Elisabeth lachte bei meinem Blick. »Monika ist Deutsche wie ich, lebt aber schon über dreißig Jahre hier. Ich habe sie bei der Wanderung durch die Berge kennengelernt und sie hat mir Unterricht erteilt, um mein Englisch zumindest alltagstauglich zu machen. Sie ist eine sehr gute Lehrerin«, lobte sie.

Monika gab das Lob zurück. »Und Elisabeth ist eine sehr fleißige Schülerin. In den letzten beiden Wochen hat sie so große Fortschritte gemacht, dass sie mich gar nicht mehr brauchte. Ich denke, das geht auf die regelmäßige Konversation mit Ihnen zurück, Dr. Jeremiah?«

Erstaunt sah ich zu Elisabeth. »Wir unterhalten uns viel, aber ich hätte nie gedacht, dass sie auf die Idee kommt, zusätzlichen Unterricht zu nehmen.«

»Ich sagte es doch, Vince, du hörst meine Fehler nicht mehr.« Sie strich mir kurz über die Hand. »Monika, kannst du mir noch einen Gefallen tun? Ich brauche etwas halbwegs Ordentliches für eine Veranstaltung heute Abend. Kannst du mir etwas leihen, einen schwarzen Rock vielleicht? Ich schicke ihn dir mit dem versprochenen Paket aus Deutschland zurück.«

Auf dem Weg nach unten stieg einer der Callboys zu uns in den Aufzug. Ich beobachtete ihn genau.

»Na, hast du so genau geschaut, ob er mich kennt oder hat er dir gefallen?«, fragte sie verschmitzt, als wir wieder vor der Tür waren.

Ich wollte schon antworten, aber sie sah mich nur liebevoll an. »Lass die anderen einfach reden, Vince.«

Ich nahm ihre Hand, als wir zum Auto zurückgingen. Auch wenn sie immer abgeblockt war, wenn ich sie berührte, war es ein wunderbares Gefühl, sich nicht mehr verstecken zu müssen. Und was für ein Horror zu wissen, dass es morgen vorbei war!

Sie spürte meine Gedanken und versuchte, meinem Blick auszuweichen, aber ich las die Traurigkeit auch in ihren Augen.

Die Vorbereitungen zuhause hatten bereits begonnen. Ein Hauch von Frisiersalon lag in der Luft und sie schnitt eine Grimasse.

»Max muss das machen, es gehört zu seinem Job«, verteidigte ich ihn.

Sie schüttelte den Kopf, wollte widersprechen, aber ließ es dann bleiben. »Nun, ich werde sofort die Flucht ergreifen, bevor einer eurer dienstbaren Geister hier den Schock seines Lebens bei meinem Anblick erleidet. Man stelle sich vor, welch Katastrophe: Der Visagist fällt vor Schreck tot um.« Sie schüttelte sich ironisch. »Und viel Spaß noch!«

Es half nichts, jetzt musste Franca ran. Sie stand in der Küche und hatte Elisabeths letzte Bemerkung gehört.

»Bitte Franca, lass dir etwas einfallen.«

Sie nickte ergeben. »Lass sie erst einmal spazieren gehen, dann ist ihr Widerstand vielleicht geschwächt.«

43

Franca

Ich fragte Max, wie die Geschichte weitergehen würde.
Er winkte ab. »Ab morgen bin ich da.«
Diesmal hakte ich nach. »Hast du sie dir mal angeschaut? Du versuchst es zu vermeiden, aber glaubst du im Ernst, dass man ihre Beziehung beendet, indem einer der Beteiligten nach Hause fährt und sie sehen sich nie wieder? Haben sie sich schon dazu geäußert?«
»Du bemerkst doch auch die Grabesstimmung hier«, schnaubte er. »Bisher haben sie nur gesagt, dass es ja auch noch Internet und Telefon gibt und dass sie in Kontakt bleiben. Elisabeth arbeitet wieder in ihrem Krankenhaus, sie hat dort ihr Leben. Was wäre denn auch die Alternative? Sie zieht unten ein, sie machen ewige Ferien im siebten Himmel, schmachten sich an und ich darf zuschauen? Vielleicht würfeln wir abends um Vince? Und wenn ich gewinne, höre ich am nächsten Morgen, welche Noten wir für die Vorstellung in der Nacht erhalten?« Er hatte sich richtig in Rage geredet und ich hörte, wie nahe ihm das Ganze ging. Dann atmete er tief durch und versuchte, sich zu beruhigen. »Elisabeth muss fort! Das weiß sie, das wissen wir drei. Das ist keine platonische Liebe zwischen den beiden, aber sie müssen sie platonisch leben. Deshalb haben sie beschlossen, dass es mit Abstand am einfachsten zu ertragen ist. Stell dir vor, du bist in der Situation! Da ist ein Mann, den du liebst und von dem du weißt, dass er ebenso empfindet. Du willst mit ihm zusammen sein. Aber jede liebevolle Berührung, jedes Streicheln ist unmöglich, weil die Gefahr besteht, dass ihr euch ernsthaft verletzt. Es bleibt nur eine andere Ebene, ganz ohne körperliche Nähe. Zudem weiß sie, dass Vince mich liebt! Sie will uns nicht auseinanderbringen und das glaube ich ihr. Sie fühlt jede Berührung zwischen uns, jeden Kuss, jede Umarmung. Das will ich mir gar nicht vorstellen! Mich machen ja schon die zufälligen versteckten Berührungen, die sie heimlich austauschen, halb verrückt. Wenn ich auch noch zusehen müsste, wie sie sich küssen, oder noch anderes....« Er war ganz blass geworden.

Zögernd stimmte ich zu. »Was für eine verfahrene Situation. Ich kann sie gut verstehen, wenn sie sagt, sie muss ihn verlassen. Aber ich vermute, das wird sehr schwer für sie, für beide. Ich hoffe, dass sich eure Probleme lösen, wenn sie das Feld räumt.« Die Skepsis, die ich empfand, konnte ich kaum verbergen.

Um halb fünf bat ich Jerome, mir nach unten zu folgen und sich auf jeden Fall Kommentare über die Haarfarbe des Härtefalls zu verbeißen.

»Was ist denn das für ein Löwe, dessen Höhle wir hier so ängstlich betreten?«, fragte er neugierig. Eine Fremde hatte er hier bisher noch nie betreut.

»Es ist eine Freundin, die jeden persönlichen Schönheitskult ablehnt. Wir haben voraussichtlich nur einen Versuch und wenn der danebengeht, wird sie uns wegschicken. Strengen Sie sich also bitte an.«

Sie saß in aller Ruhe auf der Terrasse, las ein Buch.
»Elisabeth, darf ich dir Jerome vorstellen? Er wird sich ein wenig um dein Haar kümmern.«

Jerome spielte seine Rolle hervorragend. Noch bevor sie ablehnen konnte, sprach er sie bewundernd an: »Oh, Madame, was für eine seltene Freude. Locken in der natürlichen Farbe – wie selten habe ich die Gelegenheit, diese zu frisieren!«

Sie war überrumpelt, ließ sich auf ein Gespräch ein und schon hatte Jerome die eine oder andere Winzigkeit vorgeschlagen, um den natürlichen Eindruck auf das Vorteilhafteste zu betonen. So eine richtig freche Frisur würde doch hervorragend zu ihr passen und sie ließ ihn tatsächlich arbeiten.

Als ich wieder zurückkam, erkannte man sie schon kaum wieder.
Sie bewunderte mich. »Franca, du siehst einfach toll aus! Was ist das für ein Kleid?« Vorsichtig berührte sie den Stoff.

»Nun schauen wir mal nach dir, Elisabeth. Was also hast du dir vorgestellt? Ich berate dich gerne!«

»Mit eurer schönen Garderobe kann ich nicht mithalten, da gibt es nichts zu beraten. Ich hatte es nie für möglich gehalten, dass ich mich einer Menschenmenge von mehr als zehn Personen nähern könnte. Ihr lasst mich einfach am Hintereingang unauffällig aus dem Auto verschwinden«, schlug sie vor. »Nach mir schaut ja zum Glück niemand.«

Sie zeigte mir den Rock, den sie von ihrer Freundin ausgeliehen hatte.

»Elisabeth, der Rock ist dir mindestens zwei Nummern zu groß und mit Sicherheitsnadel im Bund nehme ich dich nicht mit.«

Sie lachte. »Also dann doch die Lederhose? Die fand sogar ich etwas unpassend.«

Ich zog die Augenbrauen hoch. »Tatsächlich? Immerhin!«

»Vielleicht kannst du mir etwas leihen?«

»Ich habe eine bessere Idee.« Ich brachte die Kartons, die Vincent mir für sie gegeben hatte. »Setz dich erst mal. Die ‚Jungs', wie du sie nennst, haben gesagt, sie schulden dir eine Bluse. Ich weiß nicht, was sie damit meinen, da haltet ihr drei ja erstaunlich dicht. Das hier ist für dich. Sie hoffen, dass du ihnen die Freude machst und es trägst!«

Wir öffneten die Kartons und ich sah, wie sie die Luft anhielt.

Ich konnte auch nicht anders. Welch ein Traum! Ein schwarzes ärmelloses Kleid mit engem Oberteil und breiten Trägern, das in einen sanft ausgestellten langen Rock überging, der vorne etwas kürzer geschnitten war: Raffiniert, schlicht und elegant. Dazu dunkelrote oberarmlange Handschuhe und passende zierliche rote Stiefel, die Handtasche war aus dem gleichen Leder.

Sie schüttelte ungläubig den Kopf. »Franca, wo kommt das her? So etwas Schönes gibt es doch gar nicht!«

»Ich darf es eigentlich nicht verraten! Aber Vince hat es für dich entworfen in der Hoffnung, dass du heute Abend mit uns kommst.«

Sie lächelte und seufzte glücklich. »Vince.«

Ich half ihr beim Ankleiden und nickte ihr aufmunternd zu: »Nun passt du zu unseren Begleitern. Jetzt fehlt nur noch ein Hauch Makeup.« Ich hob die Hand, weil ich ihren Einwand schon erwartete. »Ich mache es selbst. Bitte Elisabeth, lass´ uns heute den Spaß! Darf ich es versuchen?«

Als sie sich kurz darauf im Spiegel ansah, schien sie selbst überrascht. »Danke, Franca! Es ist lange her, dass ich so gut ausgesehen habe.«

»Nun los, sonst reicht die Zeit für den Aperitif oben nicht mehr.« Ich freute mich schon auf die Gesichter von Max und Vince.

Sie warteten im Wohnzimmer auf uns. Ich ging voran.

»Meine Herren, darf ich Ihnen vorstellen: Elisabeth Unaussprechlich.«

Vincent hatte vor dem Fenster gestanden, drehte sich gespannt um. Ich sah, wie er glücklich lächelte. »Ich habe es doch gewusst.«

Max hatte die Luft angehalten, als sie sich vor den beiden drehte, um das Kleid vorzuführen. Überrascht suchte er meinen Blick. Hatte er sie noch nie angesehen? Wohl nicht, sie war ja immer die personifizierte Bedrohung seines Glücks gewesen.

Elisabeth lachte die Männer an. »Ich gebe zu, eure Heinzelmännchen haben ihr Geld verdient, Jungs! Ihr seht umwerfend aus! Eine solche Attraktivität sollte verboten werden!«

Vince konnte kaum den Blick von ihr lösen.

Max nahm ihn beim Arm. »Fehlt da nicht noch etwas?«

Er zuckte zusammen, nickte. »Wir haben noch ein Geschenk für dich, Elisabeth. Abschiedsgeschenk will ich es einfach nicht nennen. Ich hoffe, es gefällt dir.«

Er überreichte ihr das schmale Kästchen, sah ihr dabei in die Augen.

»Lass mich raten, ein neues Handy?« Sie versuchte, die Situation zu überspielen, weil Max und ich dabei waren, doch ihr Blick verriet, was sie fühlten. Fast war ich neidisch: Es schien, als hätten sie auf der Welt nur Augen füreinander.

»Nun mach schon auf«, bat ich sie.

Sie öffnete die Verpackung, ließ das Geschenk fast fallen, keuchte ungläubig. »Das kannst du nicht gewusst haben! Ich bin sicher, dass ich nie daran gedacht habe!«

Er lachte. »Ich habe meine Beziehungen genutzt. Georg war zwar sehr verschlossen, aber einen Tipp habe ich doch bekommen. Darf ich dir helfen?«

Sie nickte sprachlos.

»Pass auf dein Make-up auf, Elisabeth! Wir haben keine Zeit für eine zweite Schminkrunde.«, versuchte ich, diese innige Situation mit Rücksicht auf Max zu überspielen.

Doch sie hörten mich nicht. Elisabeth legte den Handschuh ab, Vince nahm die Uhr und legte sie ihr ums Handgelenk. Sie sah ihn wortlos an, dann betrachtete sie die Uhr und drehte das Zifferblatt. »Vince, ich weiß nicht, was ich sagen soll!«

Er nahm ihre Hand, drehte sie nach oben, hauchte ihr einen Kuss aufs Handgelenk: »Nur für dich, my Lady.«

Die Spannung zwischen den beiden schien regelrecht zu explodieren. Und dann: Ein Blick, ein Nicken und ein tiefes Durchatmen. Sie wandten sich voneinander ab, mit einer Anstrengung, als kostete es sie die Welt. Es war selbst als unbeteiligte Zuschauerin nur schwer zu ertragen.

44

Franca

Die Premiere war ein Erfolg.
Alle Beteiligten waren bester Laune, obwohl das Thema des Films ja recht umstritten war. Die Interviews waren zum Glück kurz, die Blitzlichter, Winken, das Übliche. Vince und Elisabeth hatten sich vorher aus dem Wagen gestohlen und den Hintereingang benutzt. Ich fand es schade. Meiner Meinung nach hätten sie mit uns auf den roten Teppich gehört. Ich wusste, sie beobachteten uns jetzt von den oberen Rängen. Bestimmt waren sie erleichtert, dass ihnen das Treiben erspart blieb und amüsierten sich über die oberflächliche Geschäftigkeit. Jahrmarkt der Eitelkeiten war sicher ein Begriff, den sie diskutierten.

Rick, was dann später in diesem Ballsaal geschah, war eigentlich nur eine logische Konsequenz. Ich hatte die seltsame Beziehung zwischen den beiden noch immer nicht verstanden. Sie konnten sich nicht berühren, ohne dass Elisabeth einen Schutzwall um sich herum aufbaute. Aber genau diese Blockierung verhinderte, dass sie ihre Gefühle teilen konnten, wie sie es sich wünschten. Berührungen ohne diese Abschirmung erlebten sie wohl so intensiv, dass sie es beide nicht ertragen konnten. Was für ein Dilemma! Ich denke, Vince und Elisabeth fanden die Lösung dann eher zufällig. Auf diese einfache Idee waren sie gar nicht gekommen. Vince wusste doch, dass Elisabeth gerne tanzt. Aber durch seine Behinderung und auch seine Ungelenkigkeit hatten sie diese Möglichkeit nie in Betracht gezogen. Es lag ihnen so fern, ihre Gefühle auszudrücken, indem sie sich eben nicht berührten und sie in einer Dimension teilten, die ich mir kaum vorstellen kann. Wie gerne würde ich so etwas einmal erleben!

Der Ballsaal war schon voll, als wir ihn betraten, aber unsere Plätze waren reserviert. Max war in seinem Element, unterhielt die Gäste witzig und intelligent. Nur die unterkühlte Stimmung zwischen Joseph und Vince fiel mir auf, während Thomas sich doch recht angeregt mit Elisabeth unterhielt. Sie fügte sich problemlos in die Runde ein, auch wenn man ihr ihre Verunsicherung zunächst ansah. Oder war es ein ungläubiges Kopfschütteln ob dieser soziologischen Feldstudie? Sie entspannte sich zunehmend und suchte nur ab und zu Vincents Blick.

Es wurde viel gelacht, viel getanzt. Max und Elisabeth machten eine richtig gute Figur miteinander, fast als hätten sie geübt. Vince tanzte ja nie. Trotzdem forderte Elisabeth Vince zum Tanzen auf, das hatte ich aus den Augenwinkeln wahrgenommen. Er zögerte, doch dann führte er sie zur Tanzfläche. Ich achtete kaum auf die beiden, freute mich für sie. Doch auf das weitere Geschehen war ich nicht vorbereitet. Ich denke, niemand im Saal hatte jemals Ähnliches erlebt.

Es breitete sich wie ein Knistern aus. Ich wandte mich um, wollte sehen, woher dieses unbekannte Gefühl kam und ich erwartete fast, dass die Lichter im Saal zu flackern begannen. Ich sah eher zufällig zu Elisabeth und Vince. Sie drehten sich zu einem langsamen Walzer. Ich hatte Vince diese Ausdrucksfähigkeit gar nicht zugetraut, denn sein Bein war doch gerade erst verheilt.

Ich nahm wahr, wie Elisabeth ihn ansah, registrierte sein Nicken.

Plötzlich ließen sie einander los, schlossen die Augen und tanzten im Rhythmus mühelos weiter. Ohne den anderen zu sehen, zu berühren und trotzdem in vollkommener Harmonie! Es war wunderschön und nur ich verstand, dass sie sich nicht mehr auf ihre Augen verließen, sondern sich auf einer ganz anderen Ebene trafen.

Als der Walzer in den Titelsong des Films überging, kam noch etwas anderes hinzu. Die Spannung zwischen den beiden hatte inzwischen den ganzen Saal aufgeheizt. Diese mitreißende Musik und ihr Tanz dazu ließen fast das Gefühl von Intimität aufkommen. Sie tanzten ihre Figuren oft meterweit voneinander entfernt, nach einer Melodie, die niemand von uns wahrnahm. Ich konnte es kaum anders beschreiben! Es war, als bewegten sie sich in einem Kraftfeld, das wir nicht wahrnahmen, waren aufeinander abgestimmt bis in die Fingerspitzen.

Es war unglaublich! Als würde all die Anspannung von ihnen abfallen, als hätten sie endlich einen Weg gefunden, ihre Gefühle zu teilen. Das war ein himmlisches Feuer, wenn der Begriff ausreicht, das zu beschreiben, was ich sah. Wie mussten sie sich fühlen? Sie tanzten in einer anderen Sphäre, als hätten sie alles um sich herum vergessen. Und sie bemerkten die Spannung nicht, die sie ausgelöst hatten. Ehrlich, ich konnte den Höhepunkt kaum abwarten, es war wie ein unglaublicher Rausch. Aber ohne den Hauch einer Anzüglichkeit, nur das reine Glücksgefühl, ein getanzter Traum, für uns alle ein wunderbares Geschenk. Ich weiß nicht, ob ich so etwas jemals wieder miterleben darf, aber ich würde süchtig danach, wenn ich die Möglichkeit hätte. Ich war froh, dass Max es nicht mitbekam. Er hatte sich zuvor entschuldigt und war noch nicht zurückgekehrt.

Du hast es in dem Video ja gesehen: Sie bewegten sich weiterhin wie in Trance, hatten Probleme, sich wieder zurechtzufinden und uns andere wahrzunehmen. Das Ausmaß ihrer Vorstellung war ihnen nicht bewusst. Ich glaube, selbst Vince hat alles erst erfasst, als er das Video gesehen hat. Deshalb war Elisabeth so alarmiert.

Die Situation im Ballsaal war ihr unendlich peinlich. Sie hasst es, auch nur den Hauch von Aufmerksamkeit auf sich zu ziehen.

Wir wissen bis heute nicht, von wem die Aufnahme stammt.

45

Vincent

Wir hatten einen Weg gefunden und nun war es zu spät. Bei all dem unglaublichen Glück schwebte die Trennung wie ein Fallbeil über uns.

Es war ein spontaner Vorschlag gewesen. »Vince, wollen wir auch tanzen?«

»Ich tanze nicht, my Lady!«

»Nur einmal?«, bat sie mich mit ihren großen Augen. »So einen Walzer mit leichtem Hin und Her wirst sogar du schaffen.«

Wie konnte ich ihr etwas abschlagen?

Sie war stark abgeblockt und in der Öffentlichkeit war ich Max´ Partner, füllte die Rolle ihm zuliebe auch gerne aus. Was sollte schon geschehen? Ich habe mich später gefragt, ob es ihr Lieblingswalzer war oder mein Wunsch, ihr noch einmal nahe zu sein.

Auf der Tanzfläche schien sie zu überlegen und fragte mich dann verschmitzt, ob wir vielleicht etwas versuchen wollten?

Ich nickte widerstrebend, verstand sie nicht.

»Lass mich los und konzentriere dich auf uns!« Sie sprach es nicht aus, ich hörte ihre Worte direkt in meinem Kopf.

Und dann war alles so einfach und so selbstverständlich. Ich weiß nicht, Rick, wie ich dir erklären soll, was wir gefühlt haben. Ich weiß noch nicht einmal, ob überhaupt Worte existieren, die diesen Zustand beschreiben könnten.

Sie senkte ihre Blockade langsam und unsere Abstimmung, unser Feld baute sich sofort auf. Wir hatten damals natürlich keine Übung, hatten nie mit einer solchen Wucht gerechnet – so ohne jegliche Berührung. Dieses Gefühl war wieder da wie am See, doch die bedrohliche Atmosphäre fehlte. Es war eher wie ein Wind, der uns aufnahm, drehte, trug wie Blätter. Ich konnte mich nicht von diesem Klang lösen: Nun war sie wieder da, die Melodie, die uns führte.

Franca sagte, die Musik im Saal habe sich geändert. Aber ich bemerkte es nicht, hörte nur noch auf dieses Lied in meinem Kopf. Ich wüsste bis heute nichts davon, wenn nicht irgendjemand das Video gemacht hätte.

Ich habe mich nicht darin erkannt, als Max es mir zeigte.

In dieser letzten Nacht konnte ich nicht schlafen.

Sie fehlte mir jetzt schon. Als ich aufstand, sah ich sie noch einmal im Garten tanzen, in ihrem wunderbaren Kleid, ganz allein. Am liebsten hätte ich nun ein Video aufgezeichnet, um sie mir jederzeit anschauen zu können. Als sie endete, verneigte sie sich wieder vor der Nacht. Dann drehte sie sich um, sah genau zu dem Fenster des dunklen Hauses, an dem ich stand und versank in einen tiefen Hofknicks.

Wie sollte ich ohne sie leben?

Epilog:
Vermont

Rick

Die Buchstaben auf dem Laptop begannen zu verschwimmen.
Ich lehnte mich zurück und schloss die Augen. Nach der Wache bei Max hatte mich Vince wie vereinbart abgelöst, aber ich hatte nicht schlafen können. Zu viele Gedanken gingen mir durch den Kopf.
Den ganzen Tag über hatte ich Gespräche geführt und so die Ereignisse des letzten Jahres aus den Einzelberichten zusammengefügt. Die meisten der Fragen, die mich am Morgen beschäftigt hatten, waren nun beantwortet. Aber jede Antwort warf gleich wieder neue Fragen auf und fast alle führten zu Elisabeth.
Sie hatte mir bei unserem ersten Gespräch ehrlich geantwortet, aber das Wichtigste geschickt verschleiert. Danach hatte ich keine Gelegenheit mehr gefunden, mit ihr zu sprechen und je mehr ich über sie gehört hatte, desto vorsichtiger wurde ich. Ich musste zunächst Genaueres über sie in Erfahrung bringen, bevor ich mich für ein erneutes Zusammentreffen gewappnet fühlte. Sie schien mir eine Meisterin der Andeutungen zu sein! Jedes ihrer Worte hatte sie so genau gewählt, als wolle sie mir versteckte Hinweise liefern, aber ich hatte sie nicht auf Anhieb erkannt. Ich musste mich noch mehr in ihre Denkweise einfühlen.
»Ich habe Sie durchaus wahrgenommen.«
Das hatte sie gesagt, aber ich hatte den Satz ganz anders verstanden, kaum auf die feinen Nuancen geachtet. Nun war mir klar, was sie gemeint hatte: Sie sagte ‚wahrgenommen' statt gesehen oder bemerkt. Sie bezog sich damit auf meine Berührung, nachdem ich sie aufgefangen hatte. Ihren Hilferuf hatte außer mir nur Vince bemerkt, keiner der anderen Anwesenden hatte ihn erwähnt.
Es gab nur eine einleuchtende Erklärung dafür: Durch meine Berührung war ein empathischer Kontakt zustande gekommen. Ich hatte ihre Angst in mir gefühlt und als Schrei gedeutet. Ihre `Blockade´, wie die anderen es nannten, war sicher nach der langen Nacht mit Max geschwächt gewesen. Vince hatte uns alle eindringlich davor ge-

warnt, sie ohne ihre Erlaubnis zu berühren. An seinen entsetzten und zugleich auch fragenden Blick in diesem Moment, als er sie aufhob, hatte ich mich erst später erinnert.

Sie hatte mich auch gefragt, ob sie mich verletzt habe und was sie damit meinte, hatte ich erst im Laufe des Tages erkannt. Ich konnte das alles kaum glauben, aber die Auswirkungen spürte ich ja jetzt noch. Das Summen in meinem Körper hatte zwar nachgelassen, dauerte aber immer noch an. Max hatte es mehrfach erwähnt, nannte es auch ein Klingeln, das er verspürt hatte, als er sie berühren musste. Vince dagegen sprach von einer Melodie und seine Augen hatten so verträumt gewirkt, als er davon sprach, dass ich ihn fast darum beneidete.

Eine weitere Frage kam mir in den Sinn. Die Berichte der anderen bezogen sich auf einen Zeitraum von etwa zwei Monaten und erklärten auf keinen Fall, warum sich Max in dieser Klinik befand. Auch die Beziehung zwischen den Dreien hatte ich nur in Ansätzen erfasst.

Vince galt weiterhin als der Partner von Max und hatte in den vergangenen Wochen allein hier bei Max gelebt und liebevoll für ihn gesorgt. Seine enge Beziehung zu Elisabeth hatte er zumindest meinen Eltern verschwiegen, während der Rest der Familie davon wusste. Aber keiner von uns konnte sie richtig einordnen, obwohl sich alle fragten, ob Elisabeth und Vincent ein Paar waren. Ich dachte an die Situation vom Morgen zurück, die ich unabsichtlich beobachtet hatte. Anscheinend hatten sie ja einen Weg gefunden, der ihnen eine größere Nähe ermöglichte.

Zudem hatte ich auch noch eine andere Situation erlebt. Als ich am Nachmittag Franca suchte und sie bei Max vermutete, traf ich Elisabeth an seinem Bett. Ich hatte den Eindruck, dass sich beide ertappt fühlten und ihre Hände schnell zurückgezogen hatten.

Nein, ich musste einfach noch mehr erfahren, aber jetzt war ich zu müde zum Denken und stand auf, um mir noch ein Glas Eis für meinen Schlummertrunk aus dem Automaten im Aufenthaltsraum zu besorgen.

Sie hatte wohl eine ähnliche Idee verfolgt. Mit einer Tasse Tee stand sie am Fenster des Aufenthaltsraumes und drehte sich um, als sie mich hörte.

Ohne große Überraschung grüßte sie mich. »Gute Nacht, Rick, können Sie auch nicht schlafen? Entschuldigen Sie, ich habe Sie jetzt Rick genannt. Aber es schien mir angemessen, nachdem den ganzen Tag damit zugebracht haben, unserer Geschichte nachzuspüren.«

Ich fühlte mich auf dem falschen Fuß erwischt. Auf ein Treffen zu dieser Zeit und in diesem Zustand war ich nicht vorbereitet.

Leise sprach sie weiter. »Ich war auf der Suche nach Ihnen, sah Sie aber immer in einem Gespräch. Und ich wollte Sie nicht unterbrechen.«

Überrascht fragte ich nach. »Warum haben Sie mich gesucht?«

»Ich befürchtete, Sie doch verletzt zu haben und wollte es wiedergutmachen. Sicherlich wissen Sie jetzt, wodurch das Summen in Ihrem Kopf entstanden ist.«

»Und Sie könnten es wieder abstellen?«, fragte ich skeptisch.

Sie zuckte die Achseln. »Wenn Sie eine kurze Berührung zulassen, kann ich es ableiten.«

Ich wirkte wohl erschreckt, denn sie wandte sich ab. »Es ist nur ein Angebot und ich verstehe, dass Sie zögern. Das Summen wird in ein paar Tagen von selbst verschwinden.«

Natürlich wünschte ich mir einen klaren Kopf zurück und wollte auf keinen Fall noch tagelang damit leben. »Ich möchte es gerne loswerden! Aber ich kann mir nicht vorstellen, dass Sie es einfach abstellen können.«

Sie lächelte. »Sie haben heute sicher viel Verwunderliches gehört. Ich kann es Ihnen nicht verdenken, wenn Sie zögern, aber ich verspreche Ihnen, dass es nicht wehtun wird.«

Als ich wortlos zustimmte, kam sie auf mich zu, berührte leicht mein Handgelenk und schloss die Augen. Ich beobachtete sie fasziniert, denn nun hatte ich die Gelegenheit, am eigenen Leib zu erfahren, wie sie arbeitete. Das Summen veränderte sich und ich hörte kurz einen melodischen Ton. Dann verschwand es, noch bevor ich den Gedanken zu Ende gedacht hatte und ich fühlte mich sofort erleichtert.

Sie öffnete die Augen und sah mich an: »Geht es jetzt besser?« Als ich nickte, fuhr sie fort. »Darf ich Sie fragen, was Sie heute über mich erfahren haben? Und warum Sie sich überhaupt für unsere Geschichte interessieren?«

Ich antwortete ihr ehrlich und berichtete von dem Video, das ich gesehen hatte und von meinem Wunsch zu verstehen, was sich im letzten Jahr zugetragen hatte. Als sie mich weiter offen ansah, skizzierte ich kurz meinen bisherigen Wissensstand und sie hörte kommentarlos zu.

Sie lachte nur einmal, als ich den ‚Zusammenstoß der Welten' an ihrem ersten Morgen mit Vince wiedergab. »Das war wirklich ein anstrengender Morgen!« Erstaunt betrachtete sie mich. »Ich wundere mich, dass auch Vince Ihnen so offen berichtet hat. Sie scheinen ein einfühlsamer Zuhörer zu sein. Wie ich hörte, hat sogar mein Sohn mit Ihnen gesprochen!«

Ich bestätigte kurz und beschloss, nun doch die Gelegenheit zu nutzen. »Würden Sie mir denn Ihre Sicht der Ereignisse auch schildern?«

Sie überlegte, reagierte abwehrend. »Sehen Sie, Rick, es ist ein Unterschied, ob man seine Gesprächspartner gut kennt oder einander fremd ist. Ihre Familie ist Ihnen vertraut, auch wenn Sie sich selten sehen. Selbst Vince kennt Sie schon lange. Ich wüsste dagegen nicht, ob ich die passenden Formulierungen finde, damit Sie mich richtig verstehen könnten.«

»Versuchen Sie es doch einfach! Erzählen Sie mir eine Erinnerung und ich werde Ihnen berichten, wie ich sie verstanden habe.«

»Schlagen Sie einen Test vor?« Sie lächelte und ich sah sie aufmunternd an.

Wieder traf mich ihr prüfender Blick, dann kapitulierte sie. »Gut, Rick, wagen wir es. Sie haben unsere Geschichte bis zu unserer Trennung in Schottland gehört, deshalb werde ich Ihnen erzählen, wie ich unseren Abschied erlebt habe.« Sie wies auf das Sofa. »Setzen wir uns.«

Als wir unsere Plätze gefunden hatten, konzentrierte ich mich und bereitete mich auf versteckte Hinweise vor.

Leise begann sie mit ihrem Bericht. »Es war noch dunkel, als ich aufstand. Sorgsam verschloss ich meinen Wanderrucksack und legte die Tasche obenauf. Sah mich um, ob ich etwas vergessen hatte, kontrollierte das Bad. Dieser Traum von einem Abendkleid hing am Schrank und ich konnte nicht anders, ich musste noch einmal darüber streichen. Es war einfach perfekt! Nur Vince hätte es so entwerfen können. Ich hatte mich von der Liebe, die dieses Kleid ausstrahlte, verführen lassen.

Wir hatten uns schon gestern Abend verabschiedet, was blieb auch zu sagen? Meine Entscheidung war richtig. Tagelang hatte ich alle Alternativen überlegt, abgewogen und wieder verworfen.

Ich zog die Tür nur zu, ließ den Schlüssel stecken, schulterte den Rucksack und ging ums Haus herum. Das Taxi hatte ich schon gestern bestellt und ich hörte, wie es an der Straße anhielt. Ich beschleunigte meinen Schritt und hoffte, dass sich der Fahrer an die Anweisung hielt, auf keinen Fall zu klingeln oder zu hupen. Nach ein paar Schritten lächelte ich. Natürlich, das würde er sich nicht nehmen lassen. Ich konnte nicht einfach verschwinden.

Sie standen an der Haustür.

»Du wolltest wirklich so gehen?«, fragte Max mich ungläubig.

»Ich habe es euch doch gesagt, ich ertrage keine Abschiede.« Ich gab dem Taxifahrer meinen Rucksack und drehte mich zu ihnen um. »Nun Max, es war schön, dich wiederzusehen.« Wir versuchten eine kurze Umarmung.

Vince sah mir in die Augen. »Ich vermisse dich jetzt schon so sehr«, flüsterte es in meinem Kopf und ich drückte ihn kurz an mich: »Ich vermisse dich mehr!«

Ich drehte mich im Auto noch einmal um, wollte sie in Erinnerung behalten, so wie sie dort standen. Max hatte den Arm um Vince gelegt. Sie sahen dem Wagen nach.

Damals dachte ich, ich würde nie wieder glücklich sein.«

Sie beendete ihre Erzählung und sah mich erwartungsvoll, fast hoffend an.

Ich ließ mir Zeit, stellte mir die Situation vor und spürte dem traurigen Klang ihrer Stimme nach. Da war ein Wort gewesen, das man auch anders deuten konnte und ich fragte nach. »Sagten Sie zu Max tatsächlich, es sei schön gewesen, ihn wiederzusehen?«

Sie lächelte erleichtert und fuhr dann mit leiser Stimme fort.

»Max erinnerte sich nicht an mich, da war ich sicher. Ich hatte ihn genau beobachtet und hätte die geringsten Anzeichen eines Wiedererkennens wahrgenommen. Auch wenn die Erkenntnis für mich nicht gerade schmeichelhaft war, erleichterte es unsere Beziehung zumindest ein wenig. Die Elisabeth von damals existiert nicht mehr.

War ich unvorsichtig gewesen? Ich hatte doch noch am Vorabend meines Abfluges nachgeschaut: Max Llewellyn befand sich weiterhin zu einem Auslandsaufenthalt in den U.S.A.. Wir würden uns auch unter den unwahrscheinlichsten Bedingungen nicht begegnen. Welchen Streich hat uns das Schicksal gespielt? Als ich ihn in der kleinen Hotelhalle stehen sah, dachte ich, ich schaffe keinen Schritt mehr.

Und die Liebe! Wie hatte ich nur so überheblich sein können, zu glauben, dass sie mich nie mehr treffen konnte! Die Liebe anderer zu schützen, war zu einem meiner wichtigsten Grundsätze geworden, entstanden in den dunklen Stunden, die ich endgültig hinter mir lassen wollte. In meinem eigenen Leben dagegen durfte die Liebe nicht mehr existieren. Ich hatte sie mit einem Bann belegt und mich dabei so sicher gefühlt.

Nun hatte sie mich doch gefunden, mich hinterrücks überfallen und meinen wunden Punkt erwischt. Niemals hätte ich auf die SMS in Wales antworten dürfen! Aber ich war einsam an jenem Tag und hatte mich einmal nicht unter dieser eisernen Kontrolle, die mich so viel Kraft kostete. Es war nur eine Brieffreundschaft ohne weitere Nähe, nur das geschriebene Wort. Ohne Ablenkung durch Gefühle, was sollte schon geschehen?

Aber ich hatte nicht mit Vince gerechnet. Diesen Überschwang an Gefühlen, dessen Ursache ich mir damals nicht erklären konnte, hatte ich bei unserem Treffen an der Klippe ausgeglichen. Ich war überzeugt, dass wir unsere Freundschaft an dem Punkt wieder aufnehmen könnten, an dem Max uns getrennt hatte. Doch schon in unserer ersten Woche verliebte ich mich auf ganz altmodische Weise in diesen wunderbaren Mann, der zu einem anderen gehörte. Ich spürte, wie die Spannung zwischen uns von Tag zu Tag wuchs und die Bilder, wie wir uns liebten, überfielen mich in einer Macht, die mich kaum noch schlafen ließen. Selbst das Tanzen brachte mir kaum noch Erleichterung. Jeder noch so zufällige Kontakt stellte meine Selbstbeherrschung auf eine fast grausame Probe. Warum nur konnte ich den Partner, der sonst auf allen Ebenen wie für mich geschaffen schien, nicht berühren?«

Verzweiflung klang aus ihren Worten und sie schüttelte sich. Dann sprach sie zögernd weiter.

»Ganz ohne körperliche Nähe fanden wir am Ballabend eine Möglichkeit, unsere Liebe zu teilen. Was ich dort fühlte, war fremd, faszinierend, mitreißend, phantastisch – und einmalig. Vince zeigte mir ganz neue Facetten einer Liebe, um die ich früher mit allen Mitteln gekämpft hätte.

Aber ich habe mein Leben schon einmal fast zerstört und dabei auch anderen Leid zugefügt. Vielleicht hätte ich auch jetzt alle Skrupel beiseite gefegt, wäre mir durch genau diese Nähe zu Vince nicht etwas anderes ganz klar geworden: Er liebte auch Max. Vincent und Max, sie waren das ideale Paar! Max hat die Herausforderung gemeistert. Seinen Kampf gegen die Eifersucht, sein Ziel, Vince zurückzugewinnen, hatte ich miterlebt. Manchmal verursachte das Mitfühlen fast eine körperliche Übelkeit in mir, aber Max hat es geschafft und mir eines klar gemacht: Mein Vince war eindeutig sein Vince.«

Sie lehnte sich zurück und beobachtete mich forschend, lächelte dann über meinen Gesichtsausdruck.

Ich war völlig konsterniert. Anscheinend gab es eine Vorgeschichte, die noch niemand erwähnt hatte. Und so, wie sie sagte, erinnerte sich noch nicht einmal Max an sie.

Ernsthaft blickte sie mich an. »Ich denke, das genügt als erster Eindruck. Ich war jetzt sehr offen, weil ich glaube, Sie könnten mich tatsächlich verstehen und ich vertraue auf Ihre Diskretion. Was halten Sie von folgendem Vorschlag: Sie haben bisher erst den Beginn unserer Geschichte gehört und es fehlen Ihnen noch wichtige Informationen. Wenn Sie durch Ihre Interviews erfahren haben, warum Max hier ist, werde ich Ihnen auch mehr von mir erzählen. Jetzt ist nicht der richtige Zeitpunkt dafür, denn wir sind alle geschwächt. Sind Sie einverstanden?«

Sie hörte meine Antwort kaum, schloss kurz die Augen. Ein Lächeln stahl sich in ihre Miene. Dann stand sie auf und ging zum Aufzug, dessen Türen sich in diesem Moment öffneten.

Vince sah sie fragend an, sie nickte. Mit einem Lächeln nahm er ihre Hand, gemeinsam gingen sie den Flur hinunter. Er öffnete das Schloss der Tür, hob sie in seine Arme und trug sie ins Zimmer.

Und ließ mich ratlos zurück.

Danksagung

Auch dieses Werk wäre nie ohne Hilfe erschienen.

Daher gilt mein Dank:

- den Probelesern Daniela, Robert, Eva, Gabi und Simone für die vielen Anmerkungen
- Isabell für die Gestaltung des Covers und ihre besondere Geduld bei meinen Extrawünschen (www.Isabellvalentin.de)
- der Autorengruppe Schreiberberg für die anregenden Diskussionen
- und wie immer: meinen Männern!

Hinweis Autoreninformation

Die Romane um Elisabeth, Vincent und Max werden mit
‚Parallelum' fortgesetzt und in
‚Punktum' abgeschlossen.

Kontakt: marlian.wall@t-online.de

Die Trilogie um Elisabeth, Max und Vincent ist ein Roman. Namen, Personen und Handlung wurden frei erfunden. Ähnlichkeiten mit lebenden oder verstorbenen Personen sind demnach unbeabsichtigt und wären rein zufällig.

Leseprobe zu Band 2:

Marlian Wall: Parallelum

Schottland

Vincent

Du möchtest wissen, wie es mit uns Dreien weiterging?
Elisabeth war vor zwei Monaten nach Deutschland zurückgekehrt und wie sehr sie mir fehlte, wurde mir von immer schmerzlicher bewusst.
In den ersten Tagen kam ich erstaunlich gut damit klar. Wir hatten jeden Abend miteinander telefoniert und ich freute mich schon tagsüber darauf, ihr abends von den vielen Begebenheiten und Gedanken zu berichten, die mir durch den Kopf gingen. Was hatte mich morgens bei der Zeitungslektüre beschäftigt, wie war es an der Universität gelaufen, was hatte ich unternommen, wie stand es mit Max – all diese Kleinigkeiten, mit denen wir versuchen wollten, unsere Beziehung auch über die Entfernung hinweg aufrechtzuerhalten. Ich stellte mir vor, sie sei nur unterwegs wie in der ersten Woche ihres Aufenthaltes bei uns und abends könnten wir wieder zusammen sein. Körperlich hatte ich fast wieder die Kondition vor dem Unfall erreicht. Auch mein tägliches Laufprogramm hatte ich wieder aufgenommen. Doch jeden Abend überfiel mich eine Unruhe zu der Zeit, zu der sie normalerweise von ihren Ausflügen zurückgekehrt war. Ich versuchte, diese Ungeduld mit Beschäftigung auszugleichen, fuhr einkaufen und besorgte die Zutaten für unser Abendessen, begann zu kochen. Max hatte diese Veränderung stillschweigend zu Kenntnis genommen. Oft lobte er mich sogar für ein gelungenes Essen, auch wenn ich wusste, dass ihm unsere frühere Lebensweise fehlte.
Kurz nach dem Abendessen brach er ins Theater auf und mir blieben noch zwei Stunden der Wartezeit bis zu dem Telefonat mit Elisabeth um neun Uhr. Meine Ruhelosigkeit nahm zu. Zum Lesen fehlte mir die Konzentration und das Fernsehprogramm machte mir

den Zustand unserer Gesellschaft zu schmerzlich bewusst. Ab und zu gelang es mir, einen der Filme anzuschauen, über die ich mit Elisabeth gesprochen hatte. Doch selbst dann sah ich ständig auf die Uhr des Players, der mir signalisierte, wie lange ich noch warten musste. Nein, körperliche Bewegung half am besten und so drehte ich auch abends noch eine Laufrunde. Einmal jedoch schüttete es so sehr, dass ich wirklich nicht vor die Tür gehen wollte. Ich begann vor Ungeduld die Wäsche im Waschraum zu sortieren und in die Maschine zu stecken.

Die zurückhaltende Notiz unserer Haushälterin Claire fand ich am nächsten Abend zusammen mit meinem auf Kindergröße geschrumpften Kaschmirpullover auf dem Schreibtisch: »Dr. Jeremiah, da das Halten von Vorlesungen eher zu Ihrem Metier gehört, fasse ich mich kurz: Dilettieren Sie nicht in fremden Fachbereichen!«

Ich lachte über die Retourkutsche. Sie bezog sich auf eine Auseinandersetzung vor Jahren, als Claire meinen Schreibtisch aufgeräumt hatte. Damals hatte ich wohl diese Worte benutzt, um ihr klarzumachen, dass sie meine Dinge nicht anrühren durfte. Sie hatte mich ob der Wortwahl verständnislos angeschaut. Und ich hatte ihr allgemein verständlich erklärt, was ich ausdrücken wollte. Nie hätte ich gedacht, dass sie die Worte behalten hatte! Aber ich neigte dazu, sie zu unterschätzen und darauf hatte mich auch Elisabeth hingewiesen, die sich gut mit ihr verstand: »Du glaubst ja nicht, wie viel sie über euch weiß! Und wie scharfsinnig sie euch analysiert. Ich habe so gelacht!«

Schon eine Viertelstunde vor der Telefonzeit mit Elisabeth legte ich mir das Telefon bereit, schenkte mir ein Glas Wein ein und schob meinen Lieblingssessel vor das Fenster, damit ich bei unserem Gespräch über den Garten aufs Meer schauen konnte. Das Licht dimmte ich weitgehend herab. Möglichst wenig äußere Reize sollten meine schönste Stunde des Tages stören.

Meist rief ich an und schon beim zweiten Klingeln meldete sie sich erleichtert: »Da bist du ja, ich habe schon auf dich gewartet!«

Wenn wir dann miteinander sprachen oder auch manchmal in Diskussionen gerieten, war jedoch nicht der Inhalt des Gesprochenen das Wichtigste für mich, sondern etwas anderes: Ich hörte ihre Stimme und wenn ich dabei die Augen schloss, konnte ich eine Ahnung dessen spüren, was ich gefühlt hatte, als sie noch bei mir war. Seit sie Schottland verlassen hatte, war die enge emotionale Verbindung zwischen uns abgebrochen und ich fühlte mich so leer, als sei ein wichtiger Teil von mir selbst verschwunden. Doch das war nicht die einzige Veränderung. Als sie hier war, hatte sie meine Stimmung, die schon immer leicht melancholisch war, ausgeglichen und mich das Glück fühlen lassen, das sie oft empfand. Nun war ich mit mir allein und die Schwermut, die mich schon das ganze Leben begleitete, empfand ich als zusätzliche Belastung.

Manchmal sah ich bei unseren Gesprächen auch nur in die Dunkelheit. Dann hatte ich den Eindruck, sie tanzte wieder als kaum merklicher Schatten in unserem Garten. Wenn ich ihr in diesen Momenten nicht antwortete, reagierte sie nie unwirsch, weil ich ihr nicht zugehört hatte, sondern fragte nur leise: »Woran denkst du, mein Lieber, geht es dir wie mir?«

Nach der ersten halben Stunde unseres Gesprächs begann bereits wieder das Unwohlsein. Nur noch 27, 26, 25 Minuten verblieben, bis wir wieder getrennt waren. Anfangs hatten wir stundenlang miteinander telefoniert, aber wir zogen die Einsamkeit und die Sehnsucht, die mich nach jedem Gespräch mit ihr unweigerlich überfielen, nur hinaus. Max hatte dann eher bedrückt als eifersüchtig reagiert: »Jetzt bin ich doch wieder bei dir, das hatten wir uns doch gewünscht. Wäre es dir lieber, dass sie hier bei dir ist?«

Ich wollte ihn nicht traurig machen, daher hatten Elisabeth und ich beschlossen, unser Gespräch auf eine Stunde zu begrenzen. So blieb mir noch ein wenig Zeit, bevor Max wieder nach Hause kam und mir von seinem Abend berichtete. Er brauchte mich im Moment, denn seine Theaterinszenierung war bei den Kritikern durchgefallen. Auch das Publikum reagierte zurückhaltend und geizte mit dem Applaus, den er vermisste. Ich hatte ihn zu einer der ersten Aufführungen begleitet und hatte mein Entsetzen kaum verbergen können. Dieser dominante, selbstgerechte und völlig überzogen agierende Star des Abends war doch nicht mein Partner, der gerade die einfühlsamen Rollen früher mit sensibler Zurückhaltung gespielt hatte. Und dadurch so erfolgreich geworden war!

Zuhause hatte er nach der Vorstellung nach meiner Meinung gefragt und ich hatte vorsichtig versucht, ihm meinen Eindruck zu vermitteln, doch meine Einwände ließ er nicht gelten, sah mich verletzt an: »Jetzt meckerst du auch noch, hält denn nur noch Joseph zu mir? Er sagt, ich war noch nie besser!«

Ich schüttelte den Kopf: »Ich weiß, dass Joseph selbst Ambitionen hatte, Schauspieler zu werden. Nicht umsonst ist aus deinem besten Freund dein Manager geworden, denn er hatte nie deine Klasse. Hör auch auf andere Meinungen, Max! Seit wann erträgst du denn keine negativen Kritiken? Früher haben sie dich angespornt!«

Aber er reagierte regelrecht verbohrt: »Ich weiß, wie diese Rolle zu spielen ist, das Publikum ist nur nicht reif dafür!«

Ich sorgte mich um ihn, aber ich erreichte ihn kaum. Und dann kam er eines Abends nicht nach Hause.

Band 2:
Marlian Wall
Parallelum

»Ich zerstöre keine Beziehungen, Max, aber nun nehme ich keine Rücksicht mehr. Jetzt musst du mit mir rechnen, denn ich werde um ihn kämpfen!«

Elisabeth kehrt nach Schottland zurück, doch ihr Glück mit Vincent wird auf eine harte Belastungsprobe gestellt. Während Vincent versucht, die Geheimnisse aus Elisabeths Vergangenheit zu lüften, gerät Max in große Gefahr. Als sich die Wege der drei in Deutschland erneut kreuzen, fällt Max eine fatale Entscheidung…

ISBN: 9783743187467

Band 3:
Marlian Wall
Punktum

»Seit drei Tagen waren wir umeinander geschlichen. Mir blieb mir nur diese letzte Nacht, um alle Geheimnisse zu lüften. Was war in Elisabeths früherem Leben geschehen?«

Ein Schneesturm tobt in Vermont, als Elisabeth ihre wechselvolle Geschichte offenbart. Wie werden sich Max und Vincent nach den unerwarteten Wendungen des Schicksals entscheiden?

ISBN: 9783743187481